— Sim, um homem em cujo ombro terei o prazer de pôr a mão que lhe estendo, senhor Devanne. E tenho uma suspeita, sabe? Arsène Lupin e Herlock Sholmes vão se reencontrar algum dia... O mundo é muito pequeno para que não se reencontrem...

E, nesse dia...

Copyright © 2021 Pandorga

All rights reserved.
Todos os direitos reservados.
Editora Pandorga
1ª Edição | Maio 2021

Título original: *Arsène Lupin .... Herlock Sholmes*
Autor: Maurice Leblanc

Diretora Editorial
Silvia Vasconcelos

Editora Assistente
Jéssica Gasparini Martins

Capa e Projeto Gráfico
Rafaela Villela

Diagramação
Lilian Guimarães

Tradução
Ana Paula Rezende

Revisão
Carla Paludo
Luciane H. Gomide

Dados Internacionais de Catalogação na Publicação (CIP) de acordo com ISBD

L445a	Leblanc, Maurice
	Arsène Lupin contra Herlock Sholmes / Maurice Leblanc ; traduzido por Ana Paula Rezende. - Cotia : Pandorga, 2021.
	256p. : il. ; 16cm x 23cm.
	ISBN: 978-65-5579-096-2
	1. Literatura francesa. 2. Romance. 3. Ficção. I. Rezende, Ana Paula. II. Título.
2021-2006	CDD 843 CDU 821.133.1-3

Elaborado por Odílio Hilario Moreira Junior - CRB-8/9949

Índices para catálogo sistemático:
1. Literatura francesa 843
2. Literatura francesa 821.133.1-3

Arsène Lupin
contra
Herlock Sholmes

Maurice Leblanc

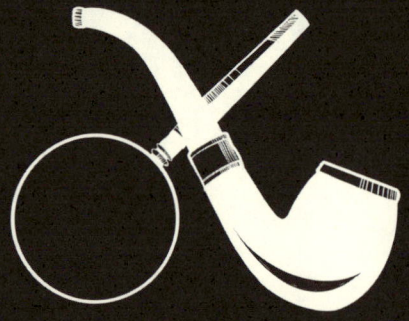

Sumário

Apresentação		11
Capítulo 1	Bilhete de loteria número 514	19
Capítulo 2	O diamante azul	47
Capítulo 3	Herlock Sholmes inicia as hostilidades	73
Capítulo 4	Luz na escuridão	99
Capítulo 5	Um rapto	121
Capítulo 6	A segunda prisão de Arsène Lupin	147
Capítulo 7	O candelabro judaico	173
Capítulo 8	O naufrágio	203
Maurice Leblanc		237
Curiosidades		241

APRESENTAÇÃO

No início do século XX, o personagem detetive de Arthur Conan Doyle era tão popular, que alguns achavam tratar-se de uma pessoa real. Na verdade, não se surpreenda se essa crença existir até hoje. Sherlock Holmes é tão vivo no imaginário popular, que vários autores pelo mundo se inspiraram e criaram seus próprios detetives e aventuras.

O que muitos talvez não saibam é que Conan Doyle se inspirou também em outro personagem. Auguste Dupin, o primeiro detetive da história da literatura policial nasceu da mente do pai do suspense, Edgar Allan Poe. O personagem apareceu pela primeira vez no conto "Os assassinatos da Rua Morgue", em 1841, e também contava com um amigo para partilhar suas ideias – o que provavelmente inspirou o Watson, de Sherlock.

Maurice Leblanc, enquanto discípulo de Doyle, indiretamente bebe na fonte de Poe. Não seria ousado reparar na semelhança dos nomes Lupin com Dupin, embora a pronúncia seja diferente. Conspirações à parte, em *Arsène Lupin contra Herlock Sholmes*, fica evidente a fascinação do autor pelo detetive britânico de Doyle e bem clara a tentativa de provar de uma vez por todas a superioridade intelectual dos franceses sobre os ingleses.

Arsène Lupin contra Herlock Sholmes é o segundo volume e continuação da coletânea de histórias de Arsène Lupin. Aqui são apresentadas duas aventuras após uma disputa de intelecto entre Lupin e Sholmes. Foram publicadas pela primeira vez em novembro de 1906 na revista *Je sais tout*, assim como o primeiro volume.

A primeira aventura, publicada em *Je sais tout* de 15 de novembro de 1906 até 15 de abril de 1907, envolvem uma dama loura, desaparecimentos misteriosos, um bilhete premiado, um diamante azul e acontecimentos que fazem com que o célebre detetive Herlock Sholmes seja chamado. Herlock é o único capaz de entrentar Lupin que, escondido nas passagens secretas da mansões de Destangue, prega uma série de peças no detetive inglês.

Na segunda aventura, publicada na mesma *Je sais tout* de 15 de julho a 15 de agosto de 1907, temos claro o lado "bom" do ladrão de casaca que tenta ajudar a família do Barão d'Imblevalle, mas tem seus planos atrapalhados pela investigação de Herlock Sholmes.

Recheado de reviravoltas, o embate entre esses gênios inigualáveis não poderia ser mais interessante.

Capa da primeira edição, 1908.

Capítulo 1

Bilhete de loteria número 514

No dia oito de dezembro do ano passado, o senhor Gerbois, professor de matemática no Instituto de Versailles, encontrou, enquanto vasculhava uma antiga loja de quinquilharias, uma pequena escrivaninha de mogno que o agradou bastante graças à sua grande quantidade de gavetas.

"É exatamente o que eu procurava para o aniversário da Suzanne", pensou ele. E, como sempre tentava proporcionar prazeres simples à filha, consistentes com sua renda modesta, perguntou o preço e, depois de barganhar bastante, comprou-a por sessenta e cinco francos. Enquanto fornecia seu endereço para o vendedor, um jovem vestido com bom gosto e elegância, que explorava o estoque de antiguidades, viu a escrivaninha e imediatamente perguntou seu preço.

— Já foi vendida — respondeu o vendedor.
— Ah! Para este cavalheiro, suponho?

O senhor Gerbois inclinou a cabeça e deixou a loja, bastante orgulhoso por ser o proprietário de um artigo que atraíra a atenção de um cavalheiro refinado. Mas ainda não dera mais do que dez passos na rua quando foi abordado pelo jovem, que, com o chapéu na mão e em tom de perfeita cortesia, dirigiu-se a ele:

— Peço desculpas, senhor; vou lhe fazer uma pergunta que talvez considere impertinente. A questão é: o senhor tinha algum objeto especial em vista quando comprou aquela escrivaninha?

— Não. Eu me deparei com ela por acaso e gostei da peça.

— Mas o senhor tem um apreço especial por ela?

— Ora, vou ficar com ela, e isso é tudo.

— Porque é uma peça de antiguidade, talvez?

— Não, porque é conveniente — declarou o senhor Gerbois.

— Nesse caso, o senhor poderia trocá-la por outra escrivaninha que também lhe seria conveniente e que está mais bem conservada?

— Mas a que eu comprei está bem conservada e não vejo nenhum sentido em fazer a troca.

— Mas...

O senhor Gerbois é um homem de temperamento irritadiço e imprudente. Então, respondeu, de maneira ríspida:

— Peço, senhor, que não insista.

Mas o jovem insistiu em seu argumento.

— Não sei quanto o senhor pagou por ela, senhor, mas ofereço o dobro.

— Não.

— O triplo do valor.

— Ah, já chega — exclamou o professor, impaciente. — Não quero vendê-la.

O jovem olhou para ele por algum tempo de um jeito que o senhor Gerbois demoraria para se esquecer, então virou-se e saiu andando rapidamente.

Uma hora depois, a escrivaninha foi entregue na casa do professor na Viroflay Road. Ele chamou a filha e disse:

— Isso é para você, Suzanne, se você gostar dela.

Suzanne era uma garota bonita, de natureza alegre e afetuosa. Ela jogou os braços em volta do pescoço do pai e beijou-o entusiasmada. Para ela, a escrivaninha era um presente maravilhoso. Naquela noite, com a ajuda de Hortense, a criada, ela colocou a escrivaninha em seu quarto, tirou o pó da mesa, limpou suas gavetas e o escaninho e organizou cuidadosamente nela seus papéis, seus manuscritos, suas correspondências, uma coleção de cartões-postais e algumas lembrancinhas de seu primo Philippe, as quais ela guardava em segredo.

Na manhã seguinte, às sete e meia, o senhor Gerbois foi para o instituto. Às dez horas, como era de seu costume, Suzanne foi ao encontro dele, e foi um grande prazer para ele ver a imagem esguia de sua filha e seu sorriso infantil esperando-o no portão do instituto. Voltaram juntos para casa.

— E a sua escrivaninha, como está ela nesta manhã?

— Maravilhosa! Hortense e eu polimos as partes de latão até parecer que são de ouro.

— Então, você está feliz com ela?

— Feliz com ela? Ora, não sei como consegui ficar sem ela por tanto tempo.

Enquanto caminhavam na calçada que levava até sua casa, o senhor Gerbois disse:

— Podemos ir lá dar uma olhada nela antes de tomarmos nosso café da manhã?

— Ah, sim! Essa é uma ideia maravilhosa!

Ela subiu as escadas na frente do pai, mas, ao chegar à porta do quarto, soltou um grito de surpresa e susto.

— O que aconteceu? — balbuciou o senhor Gerbois.

— A escrivaninha desapareceu!

Os policiais que foram até a casa ficaram impressionados com a admirável simplicidade dos meios empregados pelo ladrão. Durante a ausência de Suzanne, a criada fora até o mercado e, enquanto a casa estava vazia, um carregador, usando um distintivo — alguns dos vizinhos o viram —, parou sua charrete na frente da casa e tocou a campainha duas vezes. Como não sabiam que Hortense estava ausente, os vizinhos não suspeitaram de nada. Assim, o homem realizou seu trabalho em paz e com tranquilidade.

Além da escrivaninha, nada mais fora tirado da casa. Até mesmo a bolsa de Suzanne, que ela deixara sobre a escrivaninha, fora encontrada em outra mesa e nada havia sido tirado dela. Era óbvio que o ladrão entrara na casa com um propósito, o que tornava o crime ainda mais misterioso, pois, por que alguém assumiria um risco tão grande por causa de um objeto tão insignificante?

A única pista que o professor podia fornecer era o estranho incidente da noite anterior. Ele declarou:

— O jovem ficou bastante chateado com a minha recusa, e tive a impressão de que ele me ameaçou enquanto ia embora.

Mas a pista era vaga. O vendedor não conseguiu fornecer nenhuma luz ao assunto. Ele também não conhecia o cavalheiro. Quanto à escrivaninha, ele a comprara por quarenta francos em um leilão na Chevreuse e acreditava tê-la revendido a um preço justo. A investigação policial não descobriu nada mais.

Mas o senhor Gerbois continuou com a ideia de que sofrera uma enorme perda. Devia haver uma fortuna guardada em uma gaveta secreta e por aquele motivo o jovem se rendera ao crime.

— Meu pobre pai, o que teríamos feito com aquela fortuna? — perguntou Suzanne.

— Minha criança! Com tal fortuna, você arrumaria um excelente casamento.

Suzanne suspirou amargamente. Ela não desejava ninguém mais além de seu primo Philippe, que, na verdade, era um ser deplorável. E a vida, na pequena casa em Versailles, não era tão feliz e satisfatória quanto antes.

Dois meses se passaram. E então veio uma sucessão de eventos surpreendentes, uma estranha mistura de sorte e terrível infortúnio!

No primeiro dia de fevereiro, às cinco e meia, o senhor Gerbois entrou na casa, carregando a edição noturna do jornal, sentou-se, colocou seus óculos e começou a ler. Como a política não lhe interessava, ele começou a ler a parte interna do jornal. Sua atenção foi imediatamente atraída por um artigo que tinha como título:

O número 514, da série 23, ganhou 1 milhão.

O jornal caiu de suas mãos. As paredes ficaram borradas perante seus olhos e seu coração parou de bater. O número 514, da série 23, era dele. Ele comprara aquele bilhete de um amigo, para lhe fazer um favor, sem pensar que aquilo teria algum proveito e, veja só, aquele era um número da sorte!

Rapidamente pegou seu caderno de anotações. Sim, ele estava certo. Os dados do bilhete de número 514, da série 23, estavam escritos ali, na parte de dentro da capa. Mas onde estava o bilhete?

Ele correu até sua escrivaninha para procurar pela caixa de envelopes onde guardava bilhetes importantes, mas ela não estava lá. De repente, ele se lembrou de que a caixa não estava lá já fazia algumas semanas. Ouviu passos no caminho de cascalho que levava até a rua.

Ele gritou:

— Suzanne! Suzanne!

Ela voltava de uma caminhada. Entrou apressada. Ele foi encontrá-la, com a voz engasgada:

— Suzanne... a caixa... a caixa de envelopes?

— Que caixa?

— Aquela que eu comprei no Louvre... em um sábado... ficava na ponta daquela mesa.

— O senhor não se lembra, papai? Nós guardamos todas aquelas coisas juntas.

— Quando?

— À noite... o senhor sabe... na mesma noite...

— Mas onde? Me diga, rápido! Onde?

— Onde? Ora, na escrivaninha.

— Na escrivaninha que foi roubada?

— Sim.

— Ah, meu Deus! Na escrivaninha roubada!

Ele disse a última frase com a voz baixa, em um tipo de estupor. Então ele pegou a mão dela e, ainda em voz baixa, disse:

— Aquela caixa continha um milhão, minha filha.

— Ah, papai, por que o senhor não me contou? — murmurou ela, ingenuamente.

— Um milhão! — repetiu ele. — Continha o bilhete que ganhou o grande prêmio da Loteria da Imprensa.

As proporções colossais do desastre a impressionaram e, durante um longo tempo, os dois ficaram em um silêncio que temiam quebrar. Por fim, Suzanne disse:

— Mas, pai, eles vão lhe pagar o prêmio assim mesmo.

— Como? Como posso provar?

— Mas o senhor precisa provar?

— Claro que sim.

— E o senhor não tem nenhuma prova?

— A prova estava na caixa.

— Na caixa que desapareceu.

— Sim; e agora o ladrão pegará o dinheiro.

— Ah! Mas isso seria terrível, pai. O senhor precisa evitar que isso aconteça.

Ele ficou em silêncio por um momento; então, levantou-se em um sobressalto, bateu os pés no chão e exclamou:

— Não, não e não, ele não vai ficar com aquele milhão; ele não vai ficar com o dinheiro! Por que ficaria? Ah! Esperto como ele é, não seria capaz de fazer nada. Se for atrás do dinheiro, será preso. Ah! Agora sim, quero só ver, meu elegante camarada!

— O que o senhor vai fazer, pai?

— Vou defender nossos direitos, aconteça o que acontecer! E vamos conseguir. O milhão de francos me pertence, e pretendo ficar com ele.

Alguns minutos depois, ele enviou o seguinte telegrama:

```
Crédit Foncier, rua Capucines, Paris.

Sou o portador do bilhete número 514, da
série 23. Oponha-se por todos os meios
legais a qualquer outro reclamante.

GERBOIS.
```

Quase no mesmo instante, o Crédit Foncier recebeu o seguinte telegrama:

```
O bilhete número 514, da série 23, está em
minha posse.

ARSÈNE LUPIN.
```

Sempre que decido narrar uma das muitas aventuras extraordinárias que marcaram a vida de Arsène Lupin, experimento uma sensação de desconforto, pois me parece que o lugar-comum dessas aventuras já é bastante conhecido por meus leitores. Na verdade, não existe um movimento de nosso ladrão nacional, como ele foi tão habilmente descrito, que não tenha recebido a mais detalhada publicidade, não existe uma façanha que não tenha sido estudada em todas as suas fases, não existe uma ação que não tenha sido discutida com aquela particularidade normalmente reservada para a descrição de feitos heroicos.

Por exemplo, quem não conhece a estranha história da dama loira com aqueles episódios curiosos que foram anunciados pelos jornais com manchetes de bastante destaque como: "Bilhete da loteria número 514!", "O Crime na Avenida Henri-Martin!", "O Diamante Azul!" e o interesse criado pela intervenção do famoso detetive inglês Herlock Sholmes! A agitação que surgiu pelas várias adversidades que marcaram a guerra entre aqueles artistas famosos! E a comoção nas avenidas, o dia em que os jornaleiros gritavam: "Prisão de Arsène Lupin!".

Minha desculpa para repetir tais histórias dessa vez é o fato de que eu tenho a chave para solucionar o enigma. Tais aventuras sempre estiveram envolvidas em um certo grau de obscuridade, que agora deixo de lado. Eu reproduzo velhos artigos de jornal, relato entrevistas de épocas passadas e apresento cartas antigas, mas organizei e classifiquei todo o material e o reduzi à verdade exata. Meus colaboradores nesse trabalho foram o próprio Arsène Lupin e o também inefável Wilson, amigo e confidente de Herlock Sholmes.

Todos se lembrarão da grande explosão de gargalhadas que a publicação daqueles dois telegramas recebeu. O nome "Arsène Lupin" era, por si só, um estímulo à curiosidade e uma promessa de diversão para a plateia. E, nesse caso, a plateia significa o mundo todo.

Uma investigação foi iniciada imediatamente a pedido do Crédit Foncier, que comprovou tais fatos: aquele bilhete número 514, da série 23, fora vendido na filial da Loteria de Versailles para um oficial de artilharia chamado Bessy, que acabou morrendo ao cair de seu cavalo. Algum tempo antes de sua morte, ele informou alguns de seus camaradas que transferira seu bilhete para um amigo.

— E eu sou esse amigo — afirmou o senhor Gerbois.

— Prove — respondeu o governador do Crédit Foncier.

— É claro que posso provar. Vinte pessoas podem lhe contar que eu era amigo íntimo do senhor Bessy e que nós frequentemente nos encontrávamos no Café de la Place-d'Armes. Foi lá que, um dia, comprei o bilhete dele por vinte francos, simplesmente para fazer um favor a ele.

— O senhor tem alguma testemunha dessa transação?

— Não.

— Ora, e como o senhor pretende provar que ela aconteceu?

— Com uma carta que ele me escreveu.

— Que carta?

— Uma carta que estava presa ao bilhete.

— Mostre a carta.

— Ela foi roubada junto com o bilhete.

— Bom, você precisa encontrá-la.

Logo se soube que Arsène Lupin estava com a carta. Um parágrafo curto apareceu no *Echo de France* — que tem a honra de ser seu órgão oficial e do qual, dizem, ele é o principal acionista —, o parágrafo anunciava que Arsène Lupin entregara nas mãos do senhor Detinan, seu advogado e conselheiro legal, a carta que o senhor Bessy escrevera a ele e lhe entregara pessoalmente.

Tal anúncio provocou uma explosão de gargalhadas. Arsène Lupin contratara um advogado! Arsène Lupin, obedecendo a regras e os costumes da sociedade moderna, escolheu como representante legal o conhecido membro de um bar parisiense!

O senhor Detinan nunca teve o prazer de conhecer Arsène Lupin — fato do qual ele se ressentia bastante —, mas ele realmente fora contratado pelo misterioso cavalheiro e sentia-se bastante honrado por ter sido escolhido. Estava preparado para defender os interesses de seu cliente da melhor maneira que conseguisse. Ele estava feliz, até mesmo orgulhoso, em mostrar a carta do senhor Bessy, mas, embora provasse a transferência do bilhete, ela não mencionava o nome do comprador. Estava simplesmente endereçada a "Meu querido amigo".

"Meu querido amigo! Esse sou eu", acrescentou Arsène Lupin em uma nota anexada à carta do senhor Bessy. "E a melhor prova do fato é que eu sou o dono da carta."

A multidão de repórteres imediatamente apressou-se para abordar o senhor Gerbois, que só conseguia repetir:

— Meu querido amigo! Esse sou eu... Arsène Lupin roubou a carta junto com o bilhete da loteria.

— Ele que prove o que diz! — respondeu Lupin aos repórteres.

— Ele deve estar com a carta, porque ele roubou a escrivaninha! — argumentou o senhor Gerbois na frente dos mesmos repórteres.

— Ele que prove o que diz! — respondeu Lupin.

Essa foi a divertida comédia encenada pelos dois reclamantes do bilhete de número 514; e o comportamento calmo de Arsène Lupin contrastava, de maneira estranha, com o nervosismo do pobre senhor Gerbois. Os jornais estavam repletos de lamentações do pobre homem. Ele anunciava seu infortúnio com franqueza patética.

— Entendam, cavalheiros, foi o dote de Suzanne que o patife roubou! Pessoalmente, eu não me importo com o dinheiro... mas a

Suzanne! Pensem nisso, um milhão! Dez vezes cem mil francos! Ah! Eu sabia muito bem que a escrivaninha continha um tesouro!

Não adiantava dizer a ele que seu adversário, ao roubar a escrivaninha, não sabia que o bilhete de loteria estava dentro dela e que, aconteça o que acontecer, ele não tinha como prever que o bilhete era o ganhador do grande prêmio. Ele respondia:

— Bobagem! É claro que ele sabia... do contrário, por que ele se daria ao trabalho de roubar uma escrivaninha simples e miserável?

— Por algum motivo desconhecido, mas certamente ele não a roubou por causa de um pedaço de papel que, na ocasião, valia apenas vinte francos.

— Um milhão de francos! Ele sabia disso; ele sabe de tudo! Ah, vocês não o conhecem, aquele canalha! Não foi de vocês que ele roubou um milhão de francos!

A polêmica teria durado muito mais tempo, mas, no décimo segundo dia, o senhor Gerbois recebeu uma carta de Arsène Lupin, com a palavra *"confidencial"*, onde estava escrito o seguinte:

Senhor, o povo está se divertindo às suas custas. O senhor não acha que já é chegada a hora de conversarmos seriamente? A situação é a seguinte: eu tenho a posse de um bilhete ao qual não tenho nenhum direito legal, e o senhor tem o direito legal a um bilhete que não possui. Nenhum de nós pode fazer nada. O senhor não vai abrir mão de seus direitos para mim, e eu não vou entregar o bilhete para o senhor. Então, o que faremos?

Vejo apenas uma maneira de resolver a questão: dividimos o prêmio. Meio milhão para o senhor; meio milhão para mim. Não acha que é uma divisão justa? Na minha opinião, é uma solução equitativa, imediata. Darei três dias para o senhor pensar na minha proposta. Na quinta-feira pela manhã, espero ler na coluna pessoal do Echo de France uma discreta mensagem endereçada ao sr. Ars. Lup., expressando de maneira velada seu consentimento à minha oferta. Ao fazer isso, o senhor recuperará imediatamente a posse do bilhete; para então buscar o dinheiro e me enviar meio milhão da maneira como descreverei para o senhor mais tarde.

Caso o senhor recuse minha oferta, vou recorrer a outras medidas para atingir o mesmo resultado. Mas, além dos vários incômodos que tal obstinação de sua parte lhe causará, o senhor vai precisar pagar vinte e cinco mil francos para despesas suplementares.

Acredite, senhor, eu continuo sendo seu devoto criado,

Arsène Lupin.

Em um momento de irritação, o senhor Gerbois cometeu o grave erro de mostrar a carta e permitir que uma cópia dela fosse feita. Sua indignação superou sua discrição.

— Nada! Ele não vai ficar com nada! — exclamou ele, perante uma multidão de repórteres. — Dividir o que é meu com ele? Nunca! Ele que rasgue o bilhete se quiser!

— Mas ficar com quinhentos mil francos é melhor do que nada.

— Essa não é a questão. É uma questão de direito, e vou provar esse direito na corte.

— Como assim? O senhor vai processar Arsène Lupin? Isso vai ser divertido.

— Não, vou processar o Crédit Foncier. Eles devem me pagar o milhão de francos.

— Sem mostrar o bilhete ou, pelo menos, provar que o comprou?

— Essa prova existe, pois Arsène Lupin admite que roubou minha escrivaninha.

— Mas teriam as palavras de Arsène Lupin algum peso na corte?

— Isso não importa; vou brigar por isso.

O povo gritou de alegria; e foram feitas apostas sobre o resultado a favor de Lupin. Na quinta-feira seguinte, a coluna pessoal do *Echo de France* foi avidamente lida pelo público curioso, mas não continha nenhuma nota endereçada ao sr. Ars. Lup. O senhor Gerbois não respondera à carta de Arsène Lupin. Aquilo era uma declaração de guerra.

Naquela noite, os jornais anunciaram o rapto da senhorita Suzanne Gerbois.

A característica mais interessante do que pode ser chamado de dramas de Arsène Lupin é a atitude cômica da polícia parisiense. Arsène Lupin fala, planeja, escreve, ordena, ameaça e executa como se a polícia não existisse. Eles nunca descobrem seus planos.

E ainda assim a polícia fazia o máximo. Mas o que eles podiam fazer contra um inimigo como aquele, um inimigo que os menospreza e ignora?

Suzanne deixara a casa quando faltavam vinte minutos para as dez, segundo o testemunho da criada. Ao deixar o instituto, cinco minutos depois das dez, seu pai não a encontrou no lugar de costume esperando por ele. Consequentemente, o que quer que tenha acontecido ocorreu durante a caminhada de Suzanne de casa até o instituto. Dois vizinhos a encontraram a cerca de trezentos metros de casa. Uma dama vira, na avenida, uma jovem que correspondia com a descrição de Suzanne. Ninguém mais a viu desde então.

Ela foi procurada em todos os lugares; os funcionários das ferrovias e dos carros de aluguel foram questionados, mas nenhum deles viu nem sinal da garota desaparecida. Mas, na Ville-d'Avray, encontraram um vendedor que abasteceu um automóvel com gasolina e o carro viera de Paris no dia do rapto. Estava ocupado por uma mulher loira — extremamente loira, disse a testemunha. Uma hora depois, o automóvel passou de novo pela Ville-d'Avray indo de Versailles para Paris. O vendedor declarou que agora o automóvel continha uma segunda mulher que estava coberta com um véu. Sem dúvida, era Suzanne Gerbois.

O rapto deve ter acontecido à luz do dia, em uma rua movimentada, no coração da cidade. Como? E em que lugar? Nenhum grito foi ouvido; nenhuma ação suspeita foi vista. O vendedor descreveu o automóvel como sendo uma limusine azul royal de vinte e quatro cavalos da empresa Peugeon & Co. As investigações foram conduzidas na Grand-Garage, administrada pela senhora Bob-Walthour, que se especializou em raptos com automóveis. Foi descoberto que ela alugara uma limusine Peugeon naquele dia para uma mulher loira que nunca vira antes.

— Quem era o chofer?

— Um jovem chamado Ernest, que conheci apenas no dia anterior. Ele veio muito bem recomendado.

— Ele está aqui agora?

— Não. Ele trouxe o carro de volta, mas não o vi mais desde então — disse a senhora Bob-Walthour.

— A senhora sabe onde podemos encontrá-lo?

— Vocês podem ir atrás das pessoas que o recomendaram para mim. Aqui estão os nomes delas.

Depois de interrogadas, ficou-se sabendo que nenhuma daquelas pessoas conhecia um homem chamado Ernest. A recomendação fora forjada.

E assim aconteceu com cada pista seguida pela polícia. Acabava em lugar nenhum. O mistério continuava sem solução.

O senhor Gerbois não tinha força ou coragem para travar uma batalha tão desigual. O desaparecimento de sua filha acabou com ele; ele se rendeu ao inimigo. Um breve anúncio no Echo de France declarou sua rendição incondicional.

Dois dias depois, o senhor Gerbois foi até o escritório do Crédit Foncier e entregou o bilhete de loteria de número 514, da série 23, ao diretor, que exclamou surpreso:

— Ah, o bilhete está com o senhor! Ele lhe devolveu!

— O bilhete estava perdido. Só isso — respondeu o senhor Gerbois.

— Mas o senhor disse que tinha sido roubado.

— Achei que tinha sido roubado... mas aí está ele.

— Vamos precisar de algumas provas para que o senhor tenha o direito de receber o dinheiro.

— A carta do vendedor é suficiente, senhor Bessy?

— Sim, isso serve.

— Aqui está — disse o senhor Gerbois, entregando a carta.

— Muito bem. Deixe os papéis conosco. As regras da loteria nos dão quinze dias para investigar seu pedido. Aviso o senhor quando puder buscar seu dinheiro. Presumo que o senhor deseja, tanto quanto eu, que esse assunto seja resolvido sem nenhuma publicidade.

— Isso mesmo.

O senhor Gerbois e o diretor então mantiveram um discreto silêncio. Mas o segredo foi revelado de alguma forma, pois logo todos souberam que Arsène Lupin devolvera o bilhete de loteria para o senhor Gerbois. O público recebeu a notícia com espanto e admiração.

Certamente, ele foi um jogador ousado que lançou sobre a mesa um trunfo tão importante quanto o precioso bilhete. Mas, era verdade, ele ainda detinha uma carta de igual importância. Mas e se a garota fugisse? E se a refém mantida por Arsène Lupin fosse resgatada?

A polícia acreditou ter descoberto o ponto fraco do inimigo e então redobrou suas forças. Arsène Lupin foi desarmado por sua própria culpa, esmagado pelas rodas de sua própria maquinação, privado de cada tostão do cobiçado milhão... o interesse público agora estava voltado para o campo de seu adversário.

Mas era necessário encontrar Suzanne. E eles não a encontraram, assim como ela também não fugiu. Consequentemente, deve-se admitir que Arsène Lupin ganhou a primeira rodada. Mas o jogo ainda não estava decidido. A questão mais difícil ainda existia. A senhorita Gerbois está em suas mãos, e ele a manterá presa até receber quinhentos mil francos. Mas como e onde tal troca será feita? Para esse propósito, um encontro precisa ser marcado, e então o que impediria o senhor Gerbois de avisar a polícia e, assim, efetivar o resgate de sua filha e, ao mesmo tempo, permanecer com todo o dinheiro? O professor foi entrevistado, mas foi extremamente reticente. Sua resposta foi:

— Não tenho nada a declarar.

— E a senhorita Gerbois?

— A busca continua.

— Mas Arsène Lupin escreveu para o senhor?

— Não.

— O senhor jura?

— Não.

— Então é verdade. Quais são as instruções?

— Não tenho nada a declarar.

Então os entrevistadores se dirigiram ao senhor Detinan e perceberam que ele também era bastante discreto.

— O senhor Lupin é meu cliente e não posso discutir seus assuntos — respondeu ele, com um ar de gravidade.

Tais mistérios só serviram para irritar o povo. Obviamente havia algum segredo nas negociações. Arsène Lupin havia organizado e apertado as malhas da sua rede, enquanto os policiais observavam de perto, dia e noite, o senhor Gerbois. E os três únicos possíveis desfechos — a prisão, a vitória ou o abandono ridículo e deplorável — eram discutidos abertamente; mas a curiosidade do público foi apenas parcialmente satisfeita, e foi reservada a estas páginas a revelação da verdade sobre o assunto.

Na segunda-feira, doze de março, o senhor Gerbois recebeu um aviso do Crédit Foncier. Na quarta-feira, pegou o trem das treze horas para Paris. Às quatorze horas, mil notas de mil francos foram entregues a ele. Enquanto ele as contava, uma a uma, nervoso — aquele dinheiro representava o valor do resgate de Suzanne —, uma carruagem com dois homens parou na esquina, perto do banco. Um dos homens tinha cabelos grisalhos e uma expressão estranhamente sagaz, que contrastava bastante com sua humilde constituição. Era o detetive Ganimard, o incansável inimigo de Arsène Lupin. Ganimard disse a seu companheiro, Folenfant:

— Em cinco minutos, veremos nosso amigo, o esperto Lupin. Está tudo pronto?

— Sim.

— Quantos homens nós temos?

— Oito, dois deles em bicicletas.

— Tudo bem, o suficiente, não são muitos. Gerbois não pode fugir de nós de maneira alguma; se isso acontecer, está tudo acabado. Ele vai se encontrar com Lupin no lugar marcado, dará meio milhão em troca da garota, e o jogo estará terminado.

— Mas por que o Gerbois não está do nosso lado? Seria o melhor a fazer, e ele ainda poderia ficar com todo o dinheiro para ele.

— Sim, mas ele tem medo de que, ao desafiar o outro, não consiga recuperar a filha.

— Que outro?

— Lupin.

Ganimard disse aquela palavra em tom solene, um tanto tímido, como se estivesse falando de alguma criatura sobrenatural, cujas garras ele já conseguia sentir.

— É muito estranho — observou Folenfant, judiciosamente — sermos obrigados a proteger esse cavalheiro contra sua própria vontade.

— Sim, mas Lupin sempre vira o mundo de cabeça para baixo — disse Ganimard, com tristeza.

Logo depois, o senhor Gerbois apareceu e saiu andando na rua. No final da rua des Capucines, ele virou em direção à avenida, andando devagar e parando com frequência para olhar as vitrines.

— Calmo demais, muito confiante — disse Ganimard. — Um homem com um milhão no bolso não teria esse ar de tranquilidade.

— O que ele está fazendo?

— Ah, nada, evidentemente... mas suspeito que seja Lupin. Sim, Lupin!

Nesse momento, o senhor Gerbois parou em uma banca de revistas, comprou um jornal, abriu-o e começou a ler enquanto caminhava devagar. No momento seguinte, deu um salto repentino para dentro de um automóvel que estava parado na esquina. Ao que parecia, o carro esperava por ele, pois partiu rapidamente, virou na Madeleine e desapareceu.

— Maldição! — gritou Ganimard. — Esse é um de seus velhos truques!

Ganimard apressou-se atrás do automóvel na Madeleine. Então caiu na gargalhada. Na entrada da Boulevard Malesherbes, o automóvel parara e o senhor Gerbois descera.

— Rápido, Folenfant, o chofer! Deve ser o tal do Ernest.

Folenfant interrogou o chofer. Seu nome era Gaston; ele era empregado de uma empresa de carro de aluguel; dez minutos atrás, um cavalheiro entrara em contato com ele e lhe pedira para esperar perto da banca de revistas por outro cavalheiro.

— E o segundo cavalheiro, que endereço ele lhe deu? — perguntou Folenfant.

— Endereço nenhum. Boulevard Malesherbes... avenida de Messine... gorjeta em dobro. Foi isso.

Mas, durante esse tempo, o senhor Gerbois pulara para dentro do primeiro carro de aluguel que passou por ele.

— Para a estação Concorde, Metropolitan — disse ele ao coche.

Ele desceu na Place du Palais-Royal, correu até um outro carro de aluguel e pediu para que o coche o levasse até a Place de la Bourse. Então uma segunda viagem de metrô até a avenida de Villiers, seguida por uma terceira viagem de carro de aluguel até o número 25 da rua Clapeyron.

O número 25 da rua Clapeyron é separado do Boulevard des Batignolles pela casa que ocupa o ângulo formado pelas duas ruas. Ele subiu até o primeiro andar e tocou a campainha. Um cavalheiro abriu a porta.

— O senhor Detinan mora aqui?

— Sim, esse é o meu nome. Você é o senhor Gerbois?

— Sim.

— Eu estava esperando pelo senhor. Entre.

Quando o senhor Gerbois entrou no escritório do advogado, o relógio bateu três horas. Ele disse:

— Cheguei na hora exata. Ele está aqui?

— Ainda não.

O senhor Gerbois sentou-se, limpou a testa, olhou para o relógio, como se não soubesse a hora, e perguntou ansioso:

— Ele virá?

— Bem, senhor — respondeu o advogado —, isso eu não sei, mas estou tão ansioso para descobrir quanto o senhor. Se ele vier, correrá um grande risco, pois esta casa tem sido bastante vigiada nas duas últimas semanas. Eles desconfiam de mim.

— Desconfiam de mim também. Não tenho certeza se consegui despistar os detetives ou não no meu caminho para cá.

— Mas o senhor...

— Não seria minha culpa — exclamou o professor, rapidamente. — Você não pode me repreender. Prometi obedecer às ordens dele e as segui minuciosamente. Peguei o dinheiro no horário estabelecido por ele e vim aqui da maneira como ele ordenou. Cumpri minha parte no acordo. Agora, que ele cumpra a dele!

Depois de um curto momento de silêncio, ele perguntou ansioso:

— Ele vai trazer a minha filha, não é?

— Espero que sim.

— Mas... você o viu?

— Eu? Não, ainda não. Ele combinou o encontro por carta, dizendo que vocês dois estariam aqui e me pedindo para dispensar meus criados antes das três horas. Pediu ainda para não deixar ninguém entrar enquanto o senhor estivesse aqui. Se eu não concordasse com esse esquema, eu deveria avisá-lo por meio de algumas palavras a serem publicadas no *Echo de France*. Mas eu só quero agradar o senhor Lupin, por isso, concordei.

— Ah! E como é que isso vai terminar? — resmungou o senhor Gerbois.

Ele pegou as notas de dinheiro em seu bolso, colocou-as em cima da mesa e dividiu-as em duas partes iguais. Então, os dois homens ficaram ali sentados em silêncio. De tempos em tempos, o senhor Gerbois ficava atento. Alguém tocara a campainha? Seu nervosismo aumentava a cada minuto, e o senhor Detinan também mostrava estar bastante ansioso. Por fim, o advogado perdeu a paciência. Levantou-se abruptamente e disse:

— Ele não vai vir... Não devemos esperar que ele venha. Seria tolice de nossa parte. Ele correria um risco grande demais.

E o senhor Gerbois, desanimado, com as mãos nas notas, gaguejou:

— Ah, meu Deus! Espero que ele venha. Eu daria todo esse dinheiro para ver minha filha de novo.

A porta se abriu.

— Metade do dinheiro será suficiente, senhor Gerbois.

Tais palavras foram ditas por um jovem bem vestido que agora entrara na sala e que fora imediatamente reconhecido pelo senhor Gerbois como a pessoa que desejara comprar a escrivaninha dele em Versailles. Ele correu na direção do homem.

— Onde está minha filha, minha Suzanne?

Arsène Lupin fechou a porta com cuidado e, enquanto removia suas luvas devagar, disse ao advogado.

— Meu caro, tenho uma grande dívida com você pela sua gentileza ao concordar defender meus interesses. Não vou me esquecer disso.

O senhor Detinan murmurou:

— Mas o senhor não tocou a campainha. Não ouvi o barulho da porta.

— Portas e campainhas são coisas que deveriam funcionar sem serem ouvidas. Estou aqui e é isso o que importa.

— Minha filha! Suzanne! Onde ela está? — repetiu o professor.

— Meu Deus, senhor — disse Lupin —, por que a pressa? Sua filha estará aqui em um segundo.

Lupin andou de um lado para o outro por um tempo e então, com o ar pomposo de um orador, disse:

— Senhor Gerbois, parabenizo o senhor pela maneira inteligente com que conseguiu fazer sua jornada até aqui.

Então, ao perceber as duas pilhas de dinheiro, exclamou:

— Ah! Estou vendo o milhão aqui. Não vamos mais perder tempo. Permita-me.

— Um momento! — disse o advogado, colocando-se perante a mesa. — A senhorita Gerbois não está aqui ainda.

— E?

— A presença dela não seria indispensável?

— Entendo! Entendo! Arsène Lupin só inspira uma confiança limitada. Ele pode pegar o meio milhão e não devolver a refém. Ah, senhor, as pessoas não me entendem. Como fui obrigado, por força das circunstâncias, a cometer certas ações um tanto... fora do comum, a minha boa-fé foi impugnada... eu, que sempre considerei importantes o escrúpulo e a delicadeza nos negócios. Bom, meu senhor, se o senhor tiver algum receio, abra a janela e grite. Tem pelo menos uma dúzia de detetives na rua.

— O senhor acha mesmo?

Arsène Lupin levantou a cortina.

— Eu acho que o senhor Gerbois não conseguiu despistar o Ganimard... o que foi que eu disse? Lá está ele.

— É possível — exclamou o professor. — Mas eu juro para você...

— Que o senhor não me traiu? Eu não duvido do senhor, mas aqueles camaradas são espertos... às vezes. Ah! Posso ver Folenfant, Greaume e Dieuzy todos bons amigos meus.

O senhor Detinan olhou para Lupin admirado. Quanta segurança! Ele riu como se estivesse envolvido em alguma brincadeira de criança, como se nenhum perigo o ameaçasse. Essa despreocupação tranquilizou o advogado mais do que a presença dos detetives. Ele se afastou da mesa na qual as notas estavam. Arsène Lupin pegou uma pilha de notas e depois a outra, retirou de cada uma vinte e cinco notas e ofereceu ao senhor Detinan dizendo:

— A recompensa por seus serviços ao senhor Gerbois e a Arsène Lupin. O senhor merece.

— Os senhores não me devem nada — respondeu o advogado.

— Ora, depois de todo o trabalho que demos ao senhor!

— E todo o prazer que os senhores me proporcionaram!

— Isso significa, meu querido senhor, que não quer aceitar nada de Arsène Lupin. Vê como é ter uma má reputação?

Ele então ofereceu os cinquenta mil francos ao senhor Gerbois, dizendo:

— Senhor, em memória do nosso agradável encontro, permita que eu lhe devolva isso como um presente de casamento à senhorita Gerbois.

O senhor Gerbois pegou o dinheiro, mas disse:

— Minha filha não vai se casar.

— Ela não vai se casar se o senhor não permitir, mas ela deseja se casar.

— O que você sabe sobre isso?

— Eu sei que garotas jovens normalmente sonham com coisas que não são do conhecimento de seus pais. Felizmente, às vezes, bons camaradas como Arsène Lupin descobrem seus segredinhos dentro das gavetas de suas escrivaninhas.

— O senhor encontrou mais alguma coisa? — perguntou o advogado. — Confesso que estou curioso para saber por que o senhor quis tanto ficar com aquela escrivaninha.

— Por causa de seu valor histórico, meu amigo. Embora, apesar da opinião do senhor Gerbois, a escrivaninha não tivesse nenhum tesouro além do bilhete da loteria — e disso eu não sabia —, eu a procurava já há bastante tempo. Aquela escrivaninha de teixo e mármore foi descoberta na pequena casa onde Marie Walêwska um dia morou, em Boulogne, e, em uma das gavetas, existe a inscrição: "Dedicada a Napoleão I, imperador da França, por seu fiel servidor, Mancion". E, acima dela, estas palavras, talhadas com a ponta de uma faca: "Para você, Marie". Depois disso, Napoleão ordenou que uma escrivaninha parecida com essa fosse construída para a imperatriz Josephine, de maneira que a escrivaninha que era tão admirada em Malmaison não passava de uma cópia imperfeita daquela que agora faz parte da minha coleção.

— Ah! Se eu soubesse disso, na loja, eu a teria cedido ao senhor de bom grado — disse o professor.

Arsène Lupin sorriu enquanto respondia:

— E o senhor teria tido a vantagem de guardar só para o senhor o bilhete de loteria número 514.

— E o senhor não teria achado necessário raptar minha filha.

— Raptar sua filha?

— Sim.

— Meu querido senhor, o senhor está enganado. A senhorita Gerbois não foi raptada.

— Não?

— Claro que não. Rapto envolve força ou violência. E garanto ao senhor que ela se fez de refém por vontade própria.

— Ah, por vontade própria! — repetiu o senhor Gerbois, impressionado.

— Na verdade, ela quase pediu para ser levada. Ora, o senhor acha que uma jovem inteligente como a senhorita Gerbois, que, além de tudo, nutre uma paixão desconhecida, hesitaria em fazer o que fosse necessário para garantir que seu segredo fosse mantido? Ah! Eu juro ao senhor que não foi difícil fazê-la entender que essa era a única maneira de superar sua obstinação.

O senhor Detinan estava bastante surpreso. Ele respondeu a Lupin:

— Mas devo pensar que foi mais difícil fazê-la ouvir o senhor. Como o senhor se aproximou dela?

— Ah, não fui eu que me aproximei dela. Não tenho a honra de ser seu conhecido. Uma amiga minha, uma dama, conduziu as negociações.

— A mulher loira do automóvel, sem dúvida.

— Exatamente. Tudo foi combinado na primeira conversa perto do instituto. Desde então, a senhorita Gerbois e a sua nova amiga têm viajado para a Bélgica e para a Holanda de uma maneira que pode ser considerada bastante agradável e instrutiva para uma jovem garota. Ela mesma contará tudo ao senhor.

A campainha tocou três vezes sucessivamente, seguida por dois toques isolados.

— É ela — disse Lupin. — Senhor Detinan, o senhor poderia...

O advogado apressou-se até a porta.

Duas jovens mulheres entraram. Uma delas jogou-se nos braços do senhor Gerbois. A outra aproximou-se de Lupin. Era uma mulher alta e de boa aparência, com o rosto bastante pálido e cabelo loiro, dividido sobre a testa em ondas que brilhavam como o sol. Estava vestida de preto, sem nenhuma joia; mas, apesar disso, sua aparência indicava bom gosto e refinada elegância. Arsène Lupin disse algumas poucas palavras a ela. Então, curvando-se para a senhorita Gerbois, disse:

— Devo desculpas à senhorita por todo o trabalho, mas espero que a senhorita não tenha se sentido muito infeliz.

— Infeliz! Ora, eu teria me sentido muito feliz, na verdade, se não tivesse deixado meu pobre pai.

— Então, tudo está resolvido. Beije-o novamente e aproveite a oportunidade — é uma oportunidade excelente — para falar com ele sobre seu primo.

— Meu primo! O que você quer dizer com isso? Não estou entendendo.

— Claro que você está entendendo. Seu primo Philippe. O jovem cujas cartas você guarda com tanto cuidado.

Suzanne enrubesceu, mas, seguindo o conselho de Lupin, ela se jogou mais uma vez nos braços do pai. Lupin olhou para eles com olhar terno.

— Ah! Eis aí minha recompensa por fazer o bem! Que imagem tocante! Um pai feliz e uma filha feliz! E saber que a felicidade deles é graças a seu trabalho, Lupin! Daqui para frente, essas pessoas vão abençoar você e falarão de você com respeito para seus descendentes, até mesmo para sua quarta geração. Que recompensa gloriosa, Lupin, que ato de generosidade!

Ele caminhou até a janela.

— O querido velho Ganimard ainda está esperando? Ele adoraria estar presente nesta cena comovente! Ah! Ele não está mais lá. Nem os outros. Não vejo ninguém. Aquelas pragas! A situação está ficando séria. Eu me atrevo a dizer que eles já estão no portão... falando com o porteiro, talvez... ou, até mesmo, subindo as escadas!

O senhor Gerbois fez um movimento repentino. Agora que a filha voltara para ele, enxergava a situação de maneira diferente. Para ele, a prisão de seu adversário significava meio milhão de francos. Instintivamente ele deu um passo à frente. Como que por acaso, Lupin ficou parado na frente dele.

— Aonde o senhor vai, senhor Gerbois? Vai me defender? Isso é muito gentil da sua parte, mas eu lhe garanto que não é necessário. Eles estão mais preocupados do que eu.

Então ele continuou a falar, de maneira calma:

— Mas, de verdade, o que é que eles sabem? Que o senhor está aqui e que, talvez, a senhorita Gerbois esteja aqui, pois eles podem tê-la visto chegar com a dama desconhecida. Mas eles não imaginam que eu estou aqui. Como é possível que eu esteja em uma casa que eles revistaram do teto ao chão hoje pela manhã? Eles acham que a dama desconhecida foi enviada por mim para fazer a troca e estarão a postos para prendê-la quando ela sair.

Naquele momento, a campainha tocou. Com um movimento brusco, Lupin segurou o senhor Gerbois e disse a ele, em tom autoritário:

— Não se mova! Lembre-se de sua filha e seja prudente, se não... Quanto a você, senhor Detinan, tenho a sua palavra.

O senhor Gerbois ficou paralisado. O advogado não se mexeu. Sem o menor sinal de pressa, Lupin pegou seu chapéu e tirou a poeira dele com a manga de sua camisa.

— Meu querido senhor Detinan, se algum dia eu puder lhe ser útil... Meus melhores votos, senhorita Suzanne, e minhas considerações ao senhor Philippe.

Ele tirou um pesado relógio de ouro do bolso.

— Senhor Gerbois, agora já se passam quarenta e dois minutos das três. Eu lhe dou permissão para deixar este recinto aos quarenta e seis minutos depois das três. Nem um minuto antes do que isso.

— Mas eles vão forçar a entrada — sugeriu o senhor Detinan.

— O senhor se esquece da lei, meu querido! Ganimard nunca se aventuraria a violar a privacidade de um cidadão francês. Mas, perdoe-me, o tempo urge, e vocês estão todos um pouco nervosos.

Ele colocou o relógio sobre a mesa, abriu a porta do quarto e, dirigindo-se à dama loira, disse:

— Está pronta, querida?

Ele deu um passo para trás para deixar que ela passasse, abaixou a cabeça respeitosamente para a senhorita Gerbois e saiu, fechando a porta. Eles então o ouviram no vestíbulo, falando, em voz alta:

— Bom-dia, Ganimard, como vai? Envie minhas lembranças para a senhora Ganimard. Qualquer dia desses vou convidá-la para um café da manhã. Au revoir, Ganimard.

A campainha tocou violentamente, várias vezes seguidas, e vozes a acompanhavam.

— Quarenta e cinco minutos — murmurou o senhor Gerbois.

Depois de alguns segundos, ele saiu do escritório e entrou no vestíbulo. Arsène Lupin e a dama loira não estavam mais lá.

— Papai! O senhor não pode! Espere! — gritou Suzanne.

— Espere! Você é uma tola! Sem trégua para aquele patife! E o meio milhão?

Ele abriu a porta. Ganimard entrou correndo.

— Aquela mulher, onde ela está? E Lupin?

— Ele estava aqui... ele está aqui.

Ganimard soltou um grito de triunfo.

— Vamos pegá-lo. A casa está cercada.

— Mas e a escada de serviço? — perguntou o senhor Detinan.

— Ela leva para o pátio — disse Ganimard. — Só há uma saída: a porta da rua. Dez homens a estão vigiando.

— Mas ele não entrou pela porta da rua e não vai sair por ela.

— E vai sair por onde então? — perguntou Ganimard. — Pelo ar?

Ele abriu uma cortina e deixou exposto um longo corredor que levava até a cozinha. Ganimard correu por ele e tentou abrir a porta que dava para a escada de serviço. Ela estava trancada. Da janela, ele gritou para um de seus assistentes:

— Viu alguém?

— Não.

— Então eles ainda estão na casa! — exclamou ele. — Estão escondidos em um dos quartos. Eles não podem ter fugido. Ah, Lupin, você já me enganou antes, mas, desta vez, vou me vingar.

Às sete horas da noite, o senhor Dudouis, chefe do departamento de polícia, atônito por não ter recebido notícias ainda, foi até a rua Clapeyron. Conversou com os detetives que estavam vigiando a casa e então subiu até o apartamento do senhor Detinan. O advogado abriu a porta para ele. Lá dentro, o senhor Dudouis viu um homem, ou melhor, duas pernas balançando no ar, enquanto o corpo ao qual elas pertenciam estava escondido dentro da chaminé.

— Olá!... Olá! — ofegou uma voz abafada.

E uma outra voz mais abafada, lá do alto, respondeu:

— Olá!... Olá!

O senhor Dudouis riu e exclamou:

— Ei! Ganimard, virou um limpador de chaminés?

O detetive arrastou-se para fora da chaminé. Com seu rosto sujo de preto, suas roupas cheias de fuligem e com seus olhos avermelhados, chegava a estar irreconhecível.

— Estou procurando por ele — rosnou ele.

— Quem?

— Arsène Lupin... e sua amiga.

— Ora, e você acha que eles estão escondidos na chaminé?

Ganimard levantou-se, segurou a manga do paletó de seu superior com a mão suja e exclamou, bravo:

— Onde você acha que eles estão, chefe? Eles têm que estar em algum lugar! São de carne e osso como você e eu e não podem desaparecer como fumaça.

— Não, mas desapareceram.

— Mas como? Como? O prédio está cercado por nossos homens, e tem gente até no telhado.

— Mas e o prédio vizinho?

— Não há nenhuma comunicação com ele.

— E os apartamentos dos outros andares?

— Conheço todos os moradores. Eles não viram ninguém.

— Você tem certeza de que conhece todos eles?

— Sim. O porteiro responde por eles. Além disso, como precaução extra, coloquei um homem em cada apartamento. Eles não podem fugir. Se eu não prender os dois nesta noite, vou prendê-los amanhã. Vou dormir aqui.

Ele dormiu lá naquela noite e nas duas noites seguintes. Três dias e três noites se passaram sem que o irreprimível Lupin ou sua companheira fossem encontrados; mais do que isso, Ganimard não conseguiu nenhuma pista que pudesse servir de base para uma teoria que explicasse a fuga dos dois. Por esse motivo, ele manteve a sua primeira opinião.

— Não há nenhum sinal de que eles fugiram, por isso, têm que estar aqui.

Pode ser que, no fundo de seu coração, sua convicção fosse menos firmemente estabelecida, mas ele não confessaria isso. Não, mil vezes não! Um homem e uma mulher não podem desaparecer como espíritos do mal em um conto de fadas. E, sem perder a coragem, ele continuou sua procura, como se esperasse encontrar os fugitivos escondidos em algum lugar impenetrável ou personificados nos tijolos das paredes da casa.

Capítulo 2

O diamante azul

Na noite de vinte e sete de março, no número 134 da avenida Henri-Martin, na casa que herdara de seu irmão seis meses antes, o velho general Baron d'Hautrec, embaixador em Berlim sob o segundo império, dormia em uma poltrona confortável, enquanto a dama de companhia lia para ele e a irmã Auguste aquecia sua cama e acendia o candelabro. Às sete horas, a irmã, que era obrigada a voltar para o convento de sua ordem naquele horário, disse para a dama de companhia:

— Senhorita Antoinette, já terminei meu trabalho. Estou indo.

— Muito bem, irmã.

— Não se esqueça de que o cozinheiro está de folga e de que a senhorita está sozinha na casa com o criado.

— Não tema pelo barão. Durmo no quarto ao lado e sempre deixo a porta aberta.

A irmã saiu da casa. Alguns minutos depois, Charles, o criado, chegou para receber suas ordens. O barão agora estava acordado e ele mesmo falou com ele.

— As ordens de sempre, Charles: confirme se a campainha está tocando no seu quarto e, no primeiro toque, corra atrás do médico. Quanto à leitura, senhorita Antoinette, até onde chegamos na leitura?

— O senhor não vai para a cama agora?

— Não, não, vou me deitar mais tarde. Além disso, não preciso de ninguém.

Vinte minutos depois, ele estava dormindo de novo, e Antoinette saiu da sala na ponta dos pés. Naquele momento, Charles fechava as persianas no andar de baixo. Na cozinha, ele trancou a porta que levava para o jardim e, no vestíbulo, não só trancou as portas como também passou a corrente nelas. Subiu então para seu quarto no terceiro andar, foi se deitar e logo adormeceu.

Provavelmente uma hora se passou quando ele pulou alarmado da cama. A campainha tocava. Tocou durante algum tempo, talvez por sete ou oito segundos, sem interrupção.

— Ora — murmurou Charles, recuperando-se do susto —, mais um dos caprichos do barão.

Ele se vestiu rapidamente, desceu as escadas, parou em frente à porta e bateu, como era de costume. Não houve resposta. Ele abriu a porta e entrou.

— Ah! Tudo escuro — murmurou ele. — O que aconteceu?

Então, com a voz baixa, ele disse:

— Senhorita?

Nenhuma resposta.

— A senhorita está aí? O que aconteceu? O senhor barão não está bem?

Nenhuma resposta. Nada além de um silêncio profundo que logo se tornou deprimente. Ele deu dois passos para a frente, bateu em uma cadeira e, ao tocá-la, percebeu que ela estava de cabeça para baixo. Então, com a mão, ele percebeu que havia outros objetos no chão: uma mesa pequena e uma tela. Ansioso, aproximou-se da parede, tateou para encontrar o interruptor e acendeu a luz.

No meio do quarto, entre a mesa e a cômoda, estava o corpo de seu patrão, o barão d'Hautrec.

— Minha nossa! Isso não é possível! — gaguejou ele.

Ele não conseguia se mexer. Ficou ali parado, com os olhos arregalados, olhando de maneira tola para a terrível bagunça, para as cadeiras reviradas, para um grande candelabro de cristal estilhaçado em milhares de pedaços, para o relógio caído na peça de mármore em frente à lareira, todas as provas de uma luta terrível e desesperada. O cabo de um estilete brilhava, perto do corpo; a lâmina estava manchada de sangue. Havia um lenço com manchas vermelhas na beira da cama.

Charles recuou horrorizado: o corpo caído a seus pés esticou-se por um momento e depois encolheu-se novamente; dois ou três espasmos e aquilo foi o fim.

Ele se curvou sobre o corpo. Havia um ferimento no pescoço, de onde o sangue escorria e então formava uma poça escura no tapete. O rosto tinha uma expressão de profundo terror.

— Alguém o matou! — murmurou ele. — Alguém o matou!

Então ele estremeceu ao pensar que outro crime terrível deveria ter acontecido. Afinal, a dama de companhia do barão não dormia no quarto ao lado? Teria o assassino aniquilado ela também? Ele abriu a porta; o quarto estava vazio. Concluiu que Antoinette fora raptada ou talvez tivesse saído antes do crime. Ele voltou para os aposentos do barão, seu olhar recaiu sobre a escrivaninha, e percebeu que aquela peça de mobília permanecia intacta. Viu então, sobre uma mesa, ao lado de um molho de chaves e um livro de bolso que o barão colocava lá todas as noites, um punhado de moedas de ouro. Charles alcançou o livro de bolso, abriu-o e encontrou algumas notas de dinheiro. Ele as contou; havia treze notas de cem francos.

De maneira instintiva e mecânica, ele guardou as notas no bolso, desceu correndo as escadas, abriu o ferrolho, destrancou a corrente, fechou a porta e saiu voando pela rua.

Charles era um homem honesto. Mal saíra pelo portão quando, sentindo o ar frio da noite e da chuva, parou de repente. Agora ele conseguiu pensar em sua ação com calma e ficou horrorizado. Fez sinal para um carro de aluguel que passava e disse ao coche:

— Vá até a delegacia e traga o delegado. Rápido! Houve um assassinato naquela casa.

O motorista do carro de aluguel chicoteou seu cavalo. Charles tentou voltar para casa, mas encontrou o portão fechado. Ele mesmo o fechara ao sair, e ele não poderia ser aberto pelo lado de fora. Mas também não adiantava tocar a campainha, pois não havia ninguém na casa.

Levou quase uma hora para a polícia chegar. Quando chegou, Charles contou sua história e entregou as notas de dinheiro ao delegado.

Um serralheiro foi chamado e, depois de uma considerável dificuldade, conseguiu forçar a abertura do portão e da porta do vestíbulo. O delegado de polícia entrou na sala primeiro, mas imediatamente virou-se para Charles e disse:

— O senhor me disse que o quarto estava uma grande bagunça.

Charles estava parado à porta impressionado, atônito; toda a mobília fora colocada de volta em seu lugar. A pequena mesa estava arrumada entre as duas janelas, as cadeiras estavam viradas na posição certa e o relógio estava no centro da cornija da lareira. Os cacos do candelabro haviam sido recolhidos.

— Onde está... o senhor barão? — gaguejou Charles.

— Exato! — exclamou o oficial. — Onde está a vítima?

Ele se aproximou da cama e puxou um grande lençol, sob o qual jazia o barão d'Hautrec, ex-embaixador da França em Berlim. Sobre ele, estava seu casaco militar, decorado com a Cruz de Honra. Seu semblante estava calmo. Seus olhos fechados.

— Alguém esteve aqui — disse Charles.

— Como podem ter entrado?

— Não sei, mas alguém esteve aqui durante minha ausência. Havia um estilete no chão, ali! E um lenço, manchado de sangue, na cama. Eles não estão mais aqui. Foram levados embora. E alguém arrumou o quarto.

— Quem faria isso?

— O assassino.

— Mas as portas estavam trancadas.

— Ele deve ter ficado na casa.

— Então ele ainda deve estar aqui, pois você ficou o tempo todo na frente da casa.

Charles pensou por um tempo e então disse, devagar:

— Sim, claro. Eu não me afastei do portão.

— Quem foi a última pessoa que você viu com o barão?

— A senhorita Antoinette, dama de companhia dele.

— E o que aconteceu com ela?

— Eu não sei. Sua cama estava vazia, por isso, acho que ela saiu. Isso não me surpreende, pois ela é jovem e bonita.

— Mas como ela poderia ter saído da casa?

— Pela porta — disse Charles.

— Mas você passou o ferrolho e a corrente na porta.

— Sim, mas ela deve ter saído antes disso.

— E o crime aconteceu depois que ela saiu?

— Claro — disse o criado.

A casa foi totalmente vasculhada, mas o assassino desaparecera. Como? E quando? Fora ele ou um cúmplice que retornara à cena do crime e removera tudo o que pudesse dar alguma pista de sua identidade? Tais eram as questões que a polícia tentava desvendar.

O criminalista chegou às sete horas; e, às oito, o senhor Dudouis, chefe do departamento de investigações, chegou à cena do crime. Estavam acompanhados do procurador da república e de um magistrado investigador. Além desses oficiais, a casa estava abarrotada de policiais, detetives, repórteres, fotógrafos, parentes e conhecidos do homem assassinado.

Uma busca detalhada foi feita. Analisaram a posição do corpo de acordo com as informações dadas por Charles. Interrogaram a irmã Auguste quando ela chegou, mas não descobriram nada novo. A irmã Auguste ficou atônita ao saber do desaparecimento de Antoinette Bréhat. Ela contratara a jovem garota doze dias antes, com excelente recomendação, e recusava-se a acreditar que ela negligenciara sua responsabilidade ao deixar a casa durante a noite.

— Mas, veja só, ela ainda não voltou — disse o magistrado. — E continuamos sem saber o que aconteceu com ela.

— Acho que ela foi levada pelo assassino — disse Charles.

A teoria era plausível e surgiu devido a alguns fatos. O senhor Dudouis concordou com isso. Ele disse:

— Levada? Realmente! Isso não é improvável.

— Não apenas improvável — disse uma voz —, mas uma contradição aos fatos. Não existe nenhuma prova para sustentar tal teoria.

A voz era ríspida, tinha um tom agudo e ninguém se surpreendeu ao ver que quem falava aquilo era Ganimard. Eles não tolerariam tal tom arrogante de mais ninguém.

— Ah, é você, Ganimard! — exclamou o senhor Dudouis. — Não tinha visto você.

— Cheguei aqui às duas horas.

— Então você está interessado em outra coisa que não o bilhete de loteria número 514, o assunto da rua Clapeyron, a dama loira e Arsène Lupin?

— Ah, ah, ah! — gargalhou o detetive veterano. — Eu não diria que Lupin está muito longe deste caso. Mas vamos deixar o assunto da loteria de lado por um tempo e tentar resolver esse novo mistério.

Ganimard não é um daqueles detetives famosos cujos métodos farão escola ou cujo nome será imortalizado nos anais criminais de seu país. Ele é desprovido daqueles lampejos de genialidade que caracterizam o trabalho de Dupin, Lecoq e Sherlock Holmes. Ainda assim, devemos admitir que ele tem qualidades superiores de observação, sagacidade, perseverança e até mesmo de intuição. Seu mérito jaz em sua absoluta independência. Nada o incomoda ou exerce influência sobre ele, exceto, talvez, um tipo de fascinação que Arsène Lupin desperta nele. Seja como for, não há dúvidas de que sua postura naquela manhã, na casa do falecido barão d'Hautrec, foi, sem dúvida, de superioridade, e sua colaboração no caso era apreciada e desejada pelo investigador magistrado.

— Em primeiro lugar — disse Ganimard —, vou pedir ao senhor Charles para ser bem específico em uma questão: ele diz que, na ocasião de sua primeira visita ao quarto, vários móveis estavam revirados e espalhados pelo lugar. Agora, pergunto a ele se, em sua segunda visita ao quarto, ele encontrou tais móveis arrumados em seus lugares de costume, quero dizer, claro, em seus devidos lugares.

— Sim, tudo em seu devido lugar — respondeu Charles.

— É óbvio, então, que a pessoa que colocou tudo no lugar sabia onde ficava cada mobília.

A lógica de seu comentário era visível para seus ouvintes. Ganimard continuou:

— Mais uma pergunta, senhor Charles. O senhor foi acordado pelo toque da campainha. Quem o senhor acha que a tocou?

— O senhor barão, claro.

— Quando ele conseguiu tocá-la?

— Depois da luta... quando estava morrendo.

— Impossível, porque o senhor o encontrou deitado, inconsciente, em um lugar distante mais de quatro metros do botão da campainha.

— Então ele deve tê-la tocado durante a luta.

— Impossível — declarou Ganimard —, pois o toque da campainha, como o senhor disse, foi contínuo e ininterrupto e durou sete ou oito segundos. O senhor acha que seu antagonista teria permitido que ele tocasse a campainha desse modo?

— Ora, então foi antes do ataque.

— Bem impossível também, pois o senhor nos contou que o espaço de tempo entre o toque da campainha e a sua entrada na sala não foi maior do que três minutos. Assim, se o barão a tocou antes do ataque, somos forçados a concluir que a luta, o assassinato e a fuga do assassino, tudo isso ocorreu no curto espaço de tempo de três minutos. Repito: isso é impossível.

— Ainda assim — disse o magistrado —, alguém tocou a campainha. Se não foi o barão, quem foi então?

— O assassino.

— Com que intenção?

— Isso eu não sei. Mas o fato de ele ter tocado a campainha prova que ele sabia que ela tocava no quarto do criado. Agora, quem saberia disso, além de alguém que conhecesse bem a casa?

Ganimard estava traçando sua linha de pensamento de maneira cada vez mais clara e lógica. Em poucas sentenças, ele desdobrara e definira sua teoria sobre o crime, de maneira que pareceu bastante natural quando o magistrado disse:

— Pelo que estou entendendo, Ganimard, você suspeita da garota Antoinette Bréhat?

— Não suspeito dela, eu a acuso.

— Você a acusa de ser cúmplice?

— Eu a acuso de ter matado o barão d'Hautrec.

— Isso não faz sentido! Que provas você tem?

— A mão direita da vítima, com um punhado de cabelo.

Ele mostrou o cabelo, que era lindamente loiro e brilhava como fios de ouro. Charles olhou para aquilo e disse:

— Isso é cabelo da senhorita Antoinette. Não há dúvidas. E então tem mais uma coisa. Acredito que a faca, que vi quando entrei no quarto pela primeira vez, pertencia a ela. Ela a usava para cortar as páginas dos livros.

Um longo e terrível silêncio se seguiu como se o crime tivesse adquirido um horror adicional por ter sido cometido por uma mulher. Por fim, o magistrado disse:

— Vamos assumir, até termos mais informações, que o barão foi assassinado por Antoinette Bréhat. Precisamos descobrir onde ela se escondeu depois do crime, como ela conseguiu voltar para a casa depois que Charles saiu e como ela conseguiu fugir depois que a polícia chegou. Você tem alguma opinião sobre esses fatos, Ganimard?

— Nenhuma.

— Ora, então, em que pé estamos?

Ganimard estava envergonhado. Finalmente, com um esforço visível, ele disse:

— Tudo o que posso dizer é que encontro neste caso o mesmo procedimento que vimos na questão do bilhete de loteria número 514; o mesmo fenômeno, que deve ser considerado como a capacidade de desaparecer. Antoinette Bréhat apareceu e desapareceu nesta casa de maneira tão misteriosa quanto Arsène Lupin entrou na casa do senhor Detinan e fugiu de lá acompanhado pela dama loira.

— E isso significa alguma coisa?

— Significa para mim. Posso ver uma possível conexão entre esses dois estranhos incidentes. Antoinette Bréhat foi contratada pela irmã Auguste doze dias atrás, e podemos dizer que foi no mesmo dia em que a dama loira escapou de meus dedos de maneira tão astuta. Em segundo lugar, o cabelo da dama loira tinha exatamente o mesmo tom dourado brilhante que o cabelo encontrado neste caso.

— De maneira que, na sua opinião, Antoinette Bréhat...

— É a dama loira, precisamente.

— E Lupin esteve envolvido nos dois casos?

— Sim, essa é minha opinião.

Tal afirmação foi recebida com uma explosão de gargalhada. Ela vinha do senhor Dudouis.

— Lupin! Sempre Lupin! Lupin sempre envolvido em tudo. Lupin em todos os lugares!

— Sim, Lupin está envolvido em tudo — respondeu Ganimard, envergonhado por ter sido ridicularizado por seu superior.

— Bom, até onde eu entendo — observou o senhor Dudouis —, você não descobriu nenhum motivo para este crime. A escrivaninha não foi arrombada, e o livro de bolso não foi levado. Até mesmo uma pilha de moedas de ouro foi deixada sobre a mesa.

— Sim, isso é verdade — exclamou Ganimard —, mas e o famoso diamante?

— Que diamante?

— O diamante azul! O famoso diamante que era parte da coroa real da França e que foi dado pelo duque d'Aumale a Leonide Lebrun e, quando Leonide Lebrun morreu, foi comprado pelo barão d'Hautrec como lembrança de uma comediante charmosa a quem ele tanto amava. Essa é uma daquelas coisas que um velho parisiense, como eu, nunca se esquece.

— É óbvio que, se o diamante azul não for encontrado, o motivo para o crime está desvendado — disse o magistrado. — Mas onde devemos procurar por ele?

— No dedo do barão — respondeu Charles. — Ele sempre usava o diamante azul na mão esquerda.

— Eu vi aquela mão, só havia um anel de ouro nela — disse Ganimard ao se aproximar do corpo.

— Olhe na palma da mão — respondeu o criado.

Ganimard abriu a mão rígida. O bisel estava virado para dentro e, no centro do bisel, o diamante azul brilhava com todo seu glorioso esplendor.

— O maldito! — murmurou Ganimard, absolutamente impressionado. — Não consigo entender.

— Agora você deve desculpas a Lupin por ter suspeitado dele, hein? — disse o senhor Dudouis, rindo.

Ganimard parou para pensar um pouco e então respondeu:

— É quando não consigo entender as coisas que suspeito de Arsène Lupin.

Tais foram os fatos descobertos pela polícia no dia seguinte ao crime misterioso. Os fatos eram vagos e incoerentes e não foram explicados por nenhuma descoberta subsequente. Os movimentos de Antoinette Bréhat permaneceram tão inexplicáveis quanto aqueles da dama loira, e a polícia não descobriu nenhum vestígio daquela criatura misteriosa de cabelo dourado que matara o barão d'Hautrec e fracassara em tirar de seu dedo o famoso diamante que um dia brilhara na coroa real da França.

Os herdeiros do barão d'Hautrec não poderiam deixar de se beneficiar de tamanha notoriedade. Organizaram uma exposição da mobília e de outros objetos na casa, que seriam vendidos nas salas de leilão da Drouot & Co. Mobiliário moderno de gosto comum, vários objetos de nenhum valor artístico, mas, no centro da sala, em uma caixa de veludo roxo, protegido por um globo de vidro e vigiado por dois oficiais, estava o famoso diamante azul.

Um grande e magnífico diamante de pureza incomparável e com aquele tom de azul indefinível que a água translúcida ganha quando o céu é refletido nela, daquele azul que pode ser detectado na brancura do linho. Alguns se admiraram, outros se entusiasmaram... e alguns olharam aterrorizados para a cama da vítima, para o lugar onde o corpo estivera, para o chão que estava sem o tapete manchado de sangue e, principalmente, para as paredes, as paredes intransponíveis pelas quais o criminoso deve ter passado. Alguns se certificaram de que a cornija de mármore da lareira não se movia, outros imaginaram buracos abertos, bocas de túneis, conexões secretas com os esgotos e as catacumbas.

A venda do diamante azul aconteceu na sala de vendas da Drouot & Co. O lugar estava abarrotado e o leilão beirou a loucura. Participaram dele todos aqueles que normalmente compareciam a eventos similares em Paris; aqueles que compram e aqueles que passam a impressão de que podem comprar; banqueiros, agentes, artistas, mulheres de todas as classes, dois ministros, um tenor italiano, além de um rei exilado que, para manter seu crédito, fazia ofertas altas, com bastante ostentação e em voz alta, ofertas na altura de cem mil francos. Cem mil francos! Ele poderia oferecer aquela soma sem correr nenhum risco de ter sua oferta aceita. O tenor italiano arriscou cento e cinquenta mil, e um membro da Comédie-Française ofereceu cento e setenta e cinco mil francos.

Quando a oferta chegou em duzentos mil francos, os competidores menores saíram da disputa. Quando o valor do lance chegou a duzentos e cinquenta mil, apenas dois compradores permaneceram no páreo: Herschmann, o famoso capitalista, o rei das minas de ouro; e a condessa de Crozon, a americana rica cuja coleção de diamantes e pedras preciosas é famosa em todo o mundo.

— Duzentos e sessenta mil... duzentos e setenta mil... setenta e cinco... oitenta... — exclamava o leiloeiro enquanto olhava para os dois competidores sucessivamente. — Duzentos e oitenta mil para a senhora... ouvi alguma coisa mais?

— Trezentos mil — disse Herschmann.

Houve um breve silêncio. A condessa estava em pé, sorrindo, mas pálida de emoção. Em pé, ela se apoiava nas costas da cadeira que estava à sua frente. Ela sabia, assim como todos os presentes, que o duelo chegava ao fim; lógica e inevitavelmente, ele se encerraria com a vitória do capitalista, que tinha milhões não revelados com os quais realizava seus caprichos. Mas a condessa ainda deu um novo lance:

— Trezentos e cinco mil.

Mais um momento de silêncio. Todos os olhares estavam agora voltados para o capitalista na expectativa de que ele aumentasse o lance. Mas Herschmann não prestava nenhuma atenção no leilão; seus olhos estavam fixos em uma folha de papel que ele segurava em sua mão direita, enquanto a outra mão segurava um envelope amassado.

— Trezentos e cinco mil — repetiu o leiloeiro. — Dou-lhe uma! Dou-lhe duas! Pela última vez... alguém dá mais? Dou-lhe uma! Dou-lhe duas! Ouvi um novo lance? Última chance!

Herschmann não se moveu.

— Dou-lhe três e esta é a última chance! Vendido! — exclamou o leiloeiro quando seu martelo bateu à mesa.

— Quatrocentos mil — gritou Herschmann, de repente, como se o som do martelo o tivesse tirado de seu estupor.

Tarde demais, a decisão do leiloeiro era irrevogável. Alguns dos conhecidos de Herschmann juntaram-se ao seu redor. O que acontecera?

Por que ele não falou nada antes? Ele riu e disse:

— Sério! Simplesmente esqueci, foi um momento de distração.
— Que estranho.
— Estão vendo aqui, acabei de receber uma carta.
— E essa carta foi suficiente...
— Para tirar minha atenção? Sim, por um momento.

Ganimard estava lá. Ele viera testemunhar a venda do anel. Parou um dos atendentes da sala de leilão e perguntou:

— Foi você que levou a carta para o senhor Herschmann?
— Sim.
— Quem a entregou a você?
— Uma dama.
— Onde ela está?
— Onde ela está? Ela estava sentada lá... a dama que usava um véu grosso.
— Ela foi embora?
— Sim, acabou de ir.

Ganimard apressou-se até a porta e viu a dama descendo as escadas. Correu atrás dela. Uma multidão de pessoas retardou sua saída pela porta da frente. Quando chegou à calçada, ela desaparecera. Ele voltou para a sala de leilão, chegou perto de Herschmann, apresentou-se e perguntou sobre a carta. Herschmann entregou-a a ele. A carta fora cuidadosamente escrita a lápis, e o capitalista não reconhecia aquela letra, onde se liam estas poucas palavras:

O diamante azul dá azar.
Lembre-se do barão d'Hautrec.

As vicissitudes do diamante azul ainda não haviam chegado ao fim. Embora tenha ficado famoso graças ao assassinato do barão d'Hautrec e aos incidentes na sala de leilão, só seis meses depois é que ele realmente ganhou grande destaque. No verão seguinte, a condessa de Crozon foi assaltada e levaram dela a famosa pedra preciosa que ela tivera tanto trabalho para comprar.

Deixe-me relembrar esse estranho caso, cujos incidentes excitantes e dramáticos nos arrepiaram da cabeça aos pés e sobre os quais tenho permissão, agora, de lançar alguma luz.

Na noite de dez de agosto, os convidados do conde e da condessa de Crozon estavam reunidos na sala de visitas do magnífico castelo com vistas para a Bahia de Somme. Para entreter seus amigos, a condessa sentou-se ao piano e tocou para eles, colocando antes disso suas joias em uma pequena mesa perto do piano e, entre elas, estava o anel do barão d'Hautrec.

Uma hora depois, o conde e a maioria dos convidados se retiraram, incluindo seus dois primos e a madame de Réal, uma amiga íntima da condessa. Esta continuou na sala de visitas com o sr. Bleichen, o cônsul austríaco, e sua esposa.

Eles conversaram por algum tempo e então a condessa apagou o grande candelabro que estava sobre a mesa no centro da sala. Ao mesmo tempo, o sr. Bleichen apagou os dois candelabros que estavam sobre o piano. Houve uma escuridão momentânea, e então o cônsul acendeu uma vela e os três se retiraram para seus aposentos. Mas, assim que chegou em seu quarto, a condessa se lembrou de suas joias e pediu que sua criada as buscasse. Quando a criada voltou com as joias, ela as colocou sobre a cornija da lareira sem que a condessa olhasse para elas. No dia seguinte, a senhora de Crozon percebeu que um de seus anéis não estava lá; era o anel de diamante azul.

Ela informou ao marido e, depois de conversarem sobre o assunto, chegaram à conclusão de que a criada estava acima de qualquer suspeita e de que o culpado deveria ser o senhor Bleichen.

O conde notificou o delegado de polícia em Amiens, que começou a investigação e, discretamente, vigiou o cônsul austríaco para impedir que ele se desfizesse do anel.

O castelo foi cercado por detetives durante o dia e a noite. Duas semanas se passaram sem nenhum incidente. Então o senhor Bleichen anunciou que pretendia partir. Naquele dia, uma acusação formal contra ele foi feita. Os policiais fizeram uma busca oficial em sua bagagem. Em uma pequena pasta, cuja chave era guardada pelo próprio cônsul, encontraram um frasco de dentifrício e dentro do frasco encontraram o anel.

A senhora Bleichen perdeu os sentidos. Seu marido foi preso.

Todos se lembrarão da linha de defesa adotada pelo homem acusado. Ele declarou que o anel fora colocado lá pelo conde de Crozon como um ato de vingança. Disse ele:

— O conde é bruto e a sua esposa é infeliz. Ela me consultou e eu a aconselhei a se divorciar. O conde deve ter ouvido essa conversa e, para se vingar, pegou o anel e o colocou em minha pasta.

O conde e a condessa continuaram com a acusação. O público precisava escolher entre a explicação dada por eles e aquela fornecida pelo cônsul, ambas igualmente possíveis e prováveis. Nenhum fato novo foi descoberto para virar a história em qualquer direção. Um mês de fofocas, conjecturas e investigações fracassou em fornecer um único raio de luz.

Cansados da agitação e notoriedade e incapazes de encontrar as provas necessárias para sustentar sua acusação contra o cônsul, o conde e a condessa por fim mandaram buscar um detetive em Paris capaz de desenrolar os fios emaranhados dessa misteriosa meada. Isso fez com que Ganimard entrasse no caso.

Durante quatro dias, o detetive veterano procurou pela casa, de cima a baixo, examinou cada centímetro do chão, teve longas conversas com a criada, o chofer, os jardineiros, os empregados das redondezas e visitou quartos que foram ocupados por outros convidados. Então, em uma manhã, desapareceu sem se despedir de seus anfitriões. Mas uma semana depois eles receberam o seguinte telegrama:

> Por favor, encontrem-me na casa de chá japonesa, na rua Boissy d'Anglas, amanhã, sexta-feira, às cinco da tarde.
> Ganimard

Às cinco da tarde de sexta-feira, o automóvel parou em frente ao número nove da rua Boissy d'Anglas. O velho detetive estava parado na calçada, esperando por eles. Sem dizer uma palavra, conduziu os dois até o primeiro andar da casa de chá japonesa. Em uma das salas, encontraram-se com dois homens, os quais foram apresentados por Ganimard com estas palavras:

— Senhor Gerbois, professor na Faculdade de Versailles, de quem, vocês devem se lembrar, Arsène Lupin roubou meio milhão de francos; senhor Léonce d'Hautrec, sobrinho e único legatário do barão d'Hautrec.

Alguns minutos depois, outro homem chegou. Era o senhor Dudouis, chefe do departamento de detetives, o qual pareceu estar um tanto mal-humorado. Ele se curvou e então disse:

— O que está acontecendo agora, Ganimard? Recebi sua mensagem pedindo para que eu viesse aqui. Aconteceu alguma coisa?

— Sim, chefe, é um assunto muito importante. Dentro de uma hora, os últimos dois casos para os quais fui designado terão sua conclusão aqui. Por isso, me pareceu que sua presença era indispensável.

— Assim como a presença de Dieuzy e Folenfant, que eu notei que estão perto da porta assim que entrei?

— Sim, chefe.

— E por que eles estão lá? Você vai efetivar uma prisão e quer fazer isso com estardalhaço? Vamos lá, Ganimard, estou ansioso para ouvir a sua história.

Ganimard hesitou por um momento e então falou com a óbvia intenção de impressionar seus ouvintes:

— Em primeiro lugar, quero dizer que o senhor Bleichen não teve nada a ver com o roubo do anel.

— Oh! Oh! — exclamou o senhor Dudouis. — Essa é uma declaração bastante séria e ousada.

— E isso foi tudo o que o senhor descobriu? — perguntou o conde de Crozon.

— De maneira alguma. No segundo dia depois do roubo, três de seus convidados saíram em uma viagem de automóvel até Crécy. Dois deles visitaram o famoso campo de batalhas; e, enquanto estavam lá, a terceira pessoa visitou rapidamente a agência de correios e enviou uma pequena caixa, amarrada e selada de acordo com as regulamentações, e declarou que seu conteúdo valia cem francos.

— Não vejo nada de estranho nisso — disse o conde.

— Talvez o senhor veja algo de estranho nisso quando eu lhe contar que essa pessoa, em vez de fornecer seu nome verdadeiro, enviou a caixa com o nome de Rousseau, e a pessoa a quem a caixa estava endereçada, um certo senhor Beloux de Paris, mudou de residência imediatamente após receber a caixa, em outras palavras, o anel.

— Presumo que o senhor esteja se referindo a um de meus primos d'Andelle?

— Não — respondeu Ganimard.

— À madame De Réal, então?

— Sim.

— O senhor está acusando minha amiga, madame De Réal? — exclamou a condessa, chocada e espantada.

— Desejo fazer uma pergunta à senhora, madame — disse Ganimard. — A senhora De Réal estava presente quando a senhora comprou o anel?

— Sim, mas não fomos juntas ao leilão.

— Ela aconselhou a senhora a comprar o anel?

A condessa pensou por um momento e então disse:

— Sim, acho que ela falou sobre isso primeiro.

— Obrigado, madame. Sua resposta confirma o fato de que foi a senhora De Réal quem mencionou o anel primeiro e que foi ela quem a aconselhou a comprá-lo.

— Mas acho minha amiga bastante incapaz de...

— Me perdoe, condessa, mas devo lembrá-la de que a senhora De Réal é apenas uma conhecida e não uma amiga íntima da senhora, como os jornais anunciaram. A senhora só a conheceu no último inverno. Agora, sou capaz de provar que tudo o que ela lhe contou sobre si, seu passado e seus parentes é absolutamente falso. Posso afirmar que a senhora Blanche de Réal não existia antes de conhecer a senhora e que agora ela já não existe mais.

— E?

— E? — respondeu Ganimard.

— Sua história é muito estranha — disse a condessa —, mas não tem nenhuma relação com o meu caso. Se a madame De Réal pegou o anel, como é que o senhor explica o fato de ele ter sido encontrado no dentifrício do senhor Bleichen? Qualquer pessoa que corresse o risco e se desse ao trabalho de roubar o diamante azul certamente ficaria com ele. O que o senhor tem a dizer sobre isso?

— Eu, nada, mas a senhora De Réal é quem vai responder.

— Ah, então ela existe?

— Ela existe e não existe. Vou explicar em poucas palavras. Três dias atrás, enquanto lia o jornal, vi uma lista de chegadas de hotel em Trouville, e ali eu li: "Hotel Beaurivage — senhora De Réal etc.".

— Fui imediatamente para o Trouville e interroguei o proprietário do hotel. Pela descrição e por outras informações que recebi dele, concluí que era a mesma senhora De Réal que eu procurava, mas ela já não estava mais hospedada no hotel e deixara lá seu endereço em Paris como sendo o número três da rua de Colisée. Antes de ontem, fui até aquele endereço e descobri que não havia ninguém com o nome de senhora De Réal lá, mas sim uma senhora Réal, que mora no segundo andar, trabalha como negociadora de diamantes e que frequentemente se ausenta de casa. Ela voltara de uma viagem na noite anterior. Ontem liguei para ela e, com um nome falso, me ofereci para atuar como intermediário na venda de alguns diamantes para alguns amigos ricos meus. Ela vai me encontrar aqui, hoje, para realizarmos o negócio.

— Como assim? Você está esperando que ela venha até aqui?

— Sim. Às cinco e meia.

— Você tem certeza disso?

— De que ela é a senhora De Réal do Castelo de Crozon? Certamente. Tenho provas convincentes do fato. Mas... ouçam! Estou ouvindo o sinal de Folenfant.

Era um assobio. Ganimard levantou-se rapidamente.

— Não há tempo a perder. Senhor e senhora De Crozon, os senhores poderiam, por gentileza, dirigir-se à outra sala? O senhor também, senhor d'Hautrec, e o senhor, senhor Gerbois. A porta ficará aberta e, quando eu der o sinal, o senhor aparecerá. Claro, chefe, o senhor continuará aqui.

— Podemos ser incomodados por outras pessoas — disse o senhor Dudouis.

— Não. Este local é novo e o proprietário é meu amigo. Ele não vai deixar que ninguém, além da dama loira, nos incomode.

— Dama loira! O que você quer dizer com isso?

— Isso mesmo, a dama loira, chefe; a amiga e cúmplice de Arsène Lupin, a dama loira misteriosa contra quem tenho provas convincentes; mas, além disso, quero confrontá-la com as pessoas das quais ela roubou.

Ele olhou pela janela.

— Eu a vejo. Ela está se aproximando da porta. Não tem como fugir: Folenfant e Dieuzy estão vigiando a porta... a dama loira será finalmente capturada, chefe!

Um momento depois, uma mulher apareceu à porta. Ela era alta e esguia, com a pele bastante pálida e cabelos dourados brilhantes. Ganimard tremia de nervosismo; ele não conseguia se mover nem dizer uma palavra. Ela estava ali, na frente dele, à sua mercê! Seria uma grande vitória sobre Arsène Lupin! E que revanche! E, ao mesmo tempo, a vitória parecia tão fácil que ele se perguntava se a dama loira não escaparia de suas mãos por meio de um daqueles milagres que normalmente encerravam as façanhas de Arsène Lupin. Ela continuou parada à porta, surpresa com o silêncio, e olhou em volta sem qualquer demonstração de suspense ou medo.

"Ela vai fugir! Ela vai desaparecer!", pensou Ganimard.

Ele então conseguiu ficar entre a porta e ela. Ela se virou para sair.

— Não, não! — disse ele. — Por que a senhora vai embora?

— Realmente, senhor, não entendo o que está acontecendo aqui. Permita-me.

— Não há motivos para a senhora ir embora, madame, e existem boas razões para a senhora ficar.

— Mas...

— É inútil, madame. A senhora não pode ir embora.

Tremendo, ela se sentou em uma cadeira e balbuciou:

— O que o senhor quer?

Ganimard vencera a batalha e capturara a dama loira. Ele disse a ela:

— Permita-me apresentar o amigo que mencionei, que deseja comprar alguns diamantes. A senhora está com as pedras que prometeu trazer?

— Não, não, eu não sei. Eu não me lembro.

— Vamos lá! Faça uma forcinha! Uma pessoa conhecida pretendia enviar à senhora uma pedra azul... "algo parecido com o diamante azul", disse eu, rindo; e a senhora respondeu: "Exatamente, acho que tenho justo o que o senhor quer". A senhora não se lembra ?

— Vamos lá! — disse Ganimard. — Vejo que não existe nenhuma confiança entre nós, senhora de Réal. Vou lhe dar um bom exemplo mostrando o que eu tenho.

Ele pegou em seu bolso um papel que desdobrou e tirou dele uma mecha de cabelo.

— Aqui está um pouco do cabelo arrancado da cabeça de Antoinette Bréhat pelo barão d'Hautrec, que foi encontrado preso em sua mão depois que ele morreu. Mostrei essa amostra para o senhor Gerbois, que declara que eles são da mesma cor de cabelo da dama loira. Além disso, eles são exatamente da mesma cor do cabelo da senhora, cor idêntica.

A senhora Réal olhou para ele espantada, como se não entendesse o que ele queria dizer. Ele continuou:

— E existem dois frascos de perfume, sem rótulo, é verdade, e vazios, mas que ainda têm seu odor suficientemente impregnado para permitir que a senhorita Gerbois reconheça que aquele é o perfume usado pela dama loira que viajou com ela durante duas semanas. Agora, um desses frascos foi encontrado nos aposentos que a senhora de Réal ocupou no Castelo de Crozon e o outro, nos aposentos que a senhora ocupou no Hotel Beaurivage.

— O que o senhor está dizendo? Dama loira... Castelo de Crozon...

O detetive não respondeu. Pegou em seu bolso e colocou sobre a mesa, lado a lado, quatro pequenos pedaços de papel. Então disse:

— Nesses quatro pedaços de papel, tenho vários tipos de caligrafia; a primeira é a caligrafia de Antoinette Bréhat. O segundo papel foi escrito pela mulher que enviou um bilhete ao barão Herschmann no leilão em que o diamante azul foi vendido; a terceira é a caligrafia da senhora De Réal, escrita enquanto ela estava no Castelo de Crozon; e a quarta é a sua caligrafia, madame... seu nome e endereço, que a senhora entregou ao porteiro no Hotel Beaurivage em Trouville. Agora, compare as quatro caligrafias. São idênticas.

— Mas que absurdo é esse? Realmente, senhor, não entendo. O que isso quer dizer?

— Isso quer dizer, madame — exclamou Ganimard —, que a dama loira, a amiga e cúmplice de Arsène Lupin é ninguém mais do que a senhora, madame Réal.

Ganimard foi até a sala ao lado e voltou com o senhor Gerbois, que ele colocou em frente à senhora Réal e disse:

— Senhor Gerbois, foi essa a pessoa que sequestrou sua filha, a mulher que o senhor viu na casa do senhor Detinan?

— Não.

Ganimard ficou tão surpreso que não conseguiu falar por um momento. Finalmente, ele disse:

— Não? O senhor deve estar enganado.

— Não estou enganado. A senhora é loira, é verdade, e nesse aspecto se assemelha à dama loira, mas, nos outros aspectos, ela é totalmente diferente.

— Não posso acreditar nisso. O senhor deve estar enganado.

Ganimard chamou suas outras testemunhas.

— Senhor d'Hautrec — disse ele —, o senhor reconhece Antoinette Bréhat?

— Não, esta não é a pessoa que vi na casa do meu tio.

— Essa mulher não é a senhora De Réal — declarou o conde de Crozon.

Esse foi o golpe final. Ganimard estava arruinado. Fora enterrado entre as ruínas da estrutura que ele erguera com tanto cuidado e certeza. Seu orgulho foi humilhado, seu espírito quebrado, pela força desse golpe inesperado.

O senhor Dudouis surgiu e disse:

— Nós devemos desculpas à senhora, madame, por esse infeliz engano. Mas, desde que a senhora chegou aqui, percebi seu nervosismo. Alguma coisa a incomoda, posso perguntar o que é?

— Meu Deus, senhor, eu estava com medo. Minha bolsa contém diamantes que valem cem mil francos, e a conduta de seu amigo era bastante suspeita.

— Mas a senhora frequentemente se ausenta de Paris. Como a senhora explica isso?

— Faço viagens constantes a negócios para outras cidades. É isso.

O senhor Dudouis não tinha mais nada a perguntar. Ele virou para seu subordinado e disse:

— Sua investigação foi muito superficial, Ganimard, e a sua conduta com relação a essa dama é realmente deplorável. O senhor deve ir até meu escritório amanhã para explicar o assunto.

A interrogação chegara ao fim, e o senhor Dudouis estava prestes a deixar a sala quando um incidente bastante intrigante aconteceu. A senhora Réal virou-se para Ganimard e disse:

— Entendo que o senhor seja o senhor Ganimard, estou certa?

— Sim.

— Então, esta carta deve ser para o senhor. Eu a recebi hoje pela manhã. Estava endereçada ao senhor Justin Ganimard, aos cuidados da senhora Réal. Pensei que era uma brincadeira, pois não conhecia esse nome, mas parece que seu correspondente desconhecido sabia de nosso encontro.

Ganimard estava inclinado a colocar a carta no bolso sem ler, mas não se atreveu a fazer isso na presença de seu superior, por isso, abriu o envelope e leu a carta em voz alta, em um tom quase inaudível.

Era uma vez, uma dama loira, um Lupin e um Ganimard. O perverso Ganimard tinha planos malignos contra a linda dama loira, e o bom Lupin era seu amigo e protetor. Quando o bom Lupin desejou que a dama se tornasse amiga da condessa De Crozon, fez ela assumir o nome de senhora De Réal, que é bastante semelhante ao nome de uma certa negociadora de diamantes, uma mulher de pele pálida e cabelo dourado. E o bom Lupin disse a si mesmo: se algum dia o perverso Ganimard encontrar os vestígios da dama loira, seria muito útil para mim que ele fosse tirado de sua rota indo atrás da honesta negociadora de diamantes. Uma precaução sábia que trouxe bons frutos. Uma pequena nota enviada para o jornal lida pelo perverso Ganimard, um frasco de perfume intencionalmente esquecido pela verdadeira dama loira no Hotel Beaurivage, o nome e endereço da senhora Réal escrito em um registro de hotel pela dama loira verdadeira, e o plano está traçado. O que você acha disso, Ganimard? Eu queria contar a você a verdadeira história, pois eu sabia que você seria o primeiro a rir dela. Realmente, é bastante impressionante, e eu gostei muito dela.

Aceite minhas felicitações, caro amigo, e envie minhas considerações ao precioso senhor Dudouis.

Arsène Lupin.

— Ele sabe de tudo — resmungou Ganimard, mas ele não via o humor na situação como Lupin previra. — Ele sabe de coisas que nunca comentei com ninguém. Como ele descobriu que eu ia chamá-la para vir aqui, chefe? Como ele poderia saber que eu havia encontrado o primeiro frasco de perfume? Como ele conseguiu descobrir essas coisas?

Ele bateu os pés e puxou seus cabelos, uma presa para o desespero mais trágico. O senhor Dudouis sentiu pena dele e disse:

— Vamos lá, Ganimard, não pense nisso. Tente se sair melhor da próxima vez.

E o senhor Dudouis saiu da sala, acompanhado pela senhora Réal.

Durante os próximos dez minutos, Ganimard leu e releu a carta de Arsène Lupin. O senhor e a senhora De Crozon, o senhor d'Hautrec e o senhor Gerbois estavam envolvidos em uma conversa animada em um canto da sala. Por fim, o conde aproximou-se do detetive e disse:

— Meu querido senhor, depois de sua investigação, não estamos nem um pouco mais perto da verdade do que estávamos antes.

— Me perdoem, mas minha investigação estabeleceu os seguintes fatos: a dama loira é a heroína misteriosa dessas façanhas, e Arsène Lupin dirige as façanhas.

— Isso não resolve o mistério. Na verdade, o deixa ainda mais obscuro. A dama loira comete um assassinato para roubar o diamante azul e ainda assim ela não o rouba. Depois ela o rouba e se livra dele em segredo, entregando-o a outra pessoa. Como o senhor explica sua conduta estranha?

— Não posso explicar.

— Claro, mas talvez alguém possa.

— Quem?

O conde hesitou, por isso, a condessa respondeu, com franqueza:

— Existe apenas um homem além do senhor que é competente para entrar na arena contra Arsène Lupin e derrotá-lo. O senhor tem alguma objeção a chamarmos Herlock Sholmes para participar deste caso?

Ganimard sentiu-se envergonhado com o questionamento, mas respondeu:

— Não, mas não entendo o que...

— Deixe-me explicar. Todo esse mistério me incomoda. Eu gostaria que ele fosse resolvido. O senhor Gerbois e o senhor d'Hautrec têm o mesmo desejo, e concordamos em chamar o famoso detetive inglês.

— A senhora está certa, madame — respondeu o detetive, com uma lealdade que não lhe dava crédito. — A senhora está certa. O velho Ganimard não é capaz de derrotar Arsène Lupin. Mas será que Herlock Sholmes conseguirá? Espero que sim, pois tenho uma grande admiração por ele. Mas... é improvável que ele consiga.

— O senhor quer dizer que ele não vai conseguir?

— Essa é minha opinião. Posso prever o resultado de um duelo entre Herlock Sholmes e Arsène Lupin. O inglês será derrotado.

— Mas, de qualquer maneira, podemos contar com sua ajuda?

— Acredito que sim, madame. Ficarei feliz em ajudar o senhor Sholmes como puder.

— O senhor sabe qual é o endereço dele?

— Sim; 219 Parker Street.

Naquela noite, o senhor e a senhora De Crozon retiraram a acusação que haviam feito contra o senhor Bleichen, e uma carta coletiva foi enviada a Herlock Sholmes.

Capítulo 3

Herlock Sholmes inicia as hostilidades

O que o senhor deseja?
— Qualquer coisa — respondeu Arsène Lupin, como um homem que nunca se importa com os detalhes de uma refeição. — Qualquer coisa que você sugira, mas nada de carne ou álcool.

O garçom afastou-se, com desdém.

— Como assim? Ainda vegetariano? — exclamei.
— Mais do que nunca — respondeu Lupin.
— Por gosto, fé ou hábito?
— Higiene.
— E você nunca abre exceção?
— Ah, sim. Quando estou comendo fora e desejo evitar que me considerem excêntrico.

Jantávamos perto da estação Northern Railway, em um pequeno restaurante, pois Arsène Lupin me convidara. Frequentemente ele me enviava um telegrama pedindo para que eu o encontrasse em algum restaurante pouco conhecido, onde pudéssemos desfrutar de um jantar tranquilo e bem servido. Aqueles encontros sempre eram interessantes, pois eu ouvia suas aventuras impressionantes até então desconhecidas para mim.

Naquela noite em particular, ele parecia estar ainda mais animado do que o normal. Ria e brincava com uma alegria despreocupada e com aquele sarcasmo delicado que lhe era tão habitual, um sarcasmo iluminado e espontâneo que não carregava nenhuma malícia. Era um prazer encontrá-lo com um temperamento tão jovial e não pude resistir ao meu desejo de dizer aquilo a ele.

— Ah, sim! — exclamou ele. — Tem dias em que vejo a vida leve e alegre como se estivéssemos em uma manhã de primavera; então a vida parece ser um tesouro infinito do qual nunca me cansarei. E, ainda assim, Deus sabe que vivo sem economizar!

— Até demais, talvez.

— Ah, mas vou te dizer uma coisa: o tesouro é infinito. Posso gastá-lo de maneira generosa. Posso lançar minha juventude e força aos quatro ventos e elas são substituídas por mais juventude e força. Além disso, minha vida é tão agradável! Se eu quisesse, poderia me tornar... o quê? Um orador, um fabricante, um político... mas garanto a você que nunca terei tal desejo. Sou Arsène Lupin e Arsène Lupin continuarei sendo. Fiz uma pesquisa vã na história para tentar encontrar uma carreira parecida com a minha; uma vida melhor ou mais intensa... Napoleão? Sim, talvez. Mas Napoleão, no final de sua carreira, quando toda a Europa tentava acabar com ele, perguntou-se no auge de cada batalha se aquela seria sua última.

Estaria ele falando sério? Ou estava brincando? Ele ficou mais animado e continuou:

— Isso é tudo, você entende, o perigo! A sensação contínua do perigo! Respirá-lo como se fosse o ar que você precisa para respirar, o aroma em cada lufada de vento, para detectá-lo em cada barulho incomum. E, no meio da tempestade, para permanecer tranquilo e não tropeçar! Se não, você está perdido. Existe apenas uma sensação parecida com isso: aquela do piloto de um carro de corrida. Mas a corrida dura apenas algumas horas; a minha corrida acontecerá até eu morrer!

— Que fantasia! — exclamei. — E você quer que eu acredite que não existe nenhum motivo especial para você ter adotado essa vida animada?

— Vamos lá — disse ele, com um sorriso. — Você é um psicólogo sábio. Descubra você mesmo.

Ele se serviu de um copo d'água, bebeu-a e disse:

— Você leu o *Le Temps* hoje?

— Não.

— Herlock Sholmes atravessou o canal nesta tarde e chegou a Paris por volta de seis da tarde.

— O maldito! Por que ele veio para cá?

— É uma pequena viagem que ele está fazendo a pedido do conde e da condessa De Crozon, do senhor Gerbois e do sobrinho do barão d'Hautrec. Eles o encontraram na estação Northern Railway e o levaram para se reunir com Ganimard e, neste momento, os seis estão conversando.

Apesar da grande tentação, nunca me aventurei a perguntar a Arsène Lupin sobre qualquer ação de sua vida particular, a não ser que ele mencionasse o assunto antes. Até aquele momento, seu nome não fora mencionado, pelo menos não oficialmente, em conexão com o diamante azul. Consequentemente, consumi minha curiosidade com paciência. Ele continuou:

— Também está no *Le Temps* uma entrevista com meu velho amigo Ganimard, que diz que certa dama loira, que parece ser minha amiga, deve ter assassinado o barão d'Hautrec e tentou roubar o famoso anel da madame De Crozon. E o que você acha disso? Ele me acusa de ser o instigador de tais crimes.

Não consegui evitar um leve tremor. Seria aquilo verdade? Deveria eu acreditar que sua carreira de roubo, seu modo de viver, o resultado lógico de tal vida levara aquele homem a cometer crimes mais sérios, incluindo assassinato? Olhei para ele. Ele estava tão tranquilo... e tinha uma expressão tão franca em seus olhos! Observei suas mãos: elas eram excessivamente delicadas, longas e esguias; inofensivas, é verdade; pareciam mãos de um artista...

— Ganimard está delirando — disse eu.

— Não, não — protestou Lupin. — Ganimard tem alguma inteligência e, às vezes, quase uma inspiração.

— Inspiração!

— Sim. Por exemplo, aquela entrevista é um golpe de mestre. Em um primeiro momento, ele anuncia a chegada de seu rival inglês para me vigiar e tornar seu trabalho mais difícil. Em um segundo momento, ele indica o local exato para onde levaria seu convidado para que Sholmes não receba o crédito pelo trabalho já feito por Ganimard. Essa é uma bela guerra.

— O que quer que seja, você tem dois adversários para enfrentar. E são dois adversários de peso!

— Ah, um deles não conta.

— E o outro?

— Sholmes? Ah, confesso que ele é um inimigo importante, o que é o motivo do meu bom humor hoje. Em primeiro lugar, é uma questão de autoestima. Fico feliz em saber que eles me consideram um camarada digno de chamar a atenção de um famoso detetive inglês. Só imagine o prazer que um homem como eu sente ao pensar em um duelo com Herlock Sholmes. Mas vou ser obrigado a reforçar minha estratégia; ele é um camarada esperto e vai questionar cada centímetro do chão por onde pisar.

— Então você o considera um oponente forte?

— Sim. Como detetive, acredito, nunca existiu outro igual. Mas tenho uma vantagem sobre ele; ele está atacando e eu estou simplesmente me defendendo. Meu papel é mais fácil. Além disso, conheço seus métodos e ele não conhece os meus. Estou preparado para apresentar a ele alguns de meus truques novos que lhe fornecerão muitos elementos sobre os quais pensar.

Ele bateu os dedos na mesa enquanto disse as frases seguintes, com ar de verdadeira satisfação:

— Arsène Lupin contra Herlock Sholmes... França contra Inglaterra... Trafalgar será finalmente vingada... Ah! O patife. Ele não suspeita de que eu esteja preparado. E um Lupin preparado...

Ele parou de repente, foi tomado por um ataque de tosse e escondeu o rosto no guardanapo, como se estivesse engasgado com alguma coisa?

— Um pedaço de pão? — perguntei. — Beba um pouco de água.

— Não, não é isso — respondeu ele, com a voz sufocada.

— Então, o que foi?

— A necessidade de ar.

— Você quer que abra uma janela?

— Não, preciso sair. Me dê meu chapéu e meu casaco, rápido! Preciso ir.

— O que aconteceu?

— Os dois cavalheiros que acabaram de entrar... olhe para o mais alto... quando sairmos, fique à minha esquerda para que ele não me veja.
— O que está sentado atrás de você?
— Sim. Vou explicar para você, lá fora.
— Quem é?
— Herlock Sholmes.

Ele fez um esforço desesperado para se controlar, como se estivesse com vergonha de sua agitação, colocou seu guardanapo de volta, bebeu um copo de água e, já bastante recuperado, disse para mim, sorrindo:

— É estranho, não é, que eu fique afetado com tanta facilidade, mas aquela visão inesperada...

— Do que você tem medo, se ele não pode reconhecer você graças às suas inúmeras transformações? Sempre que vejo você, me parece que seu rosto está diferente; e não me é nem um pouco familiar. Não sei o motivo.

— Mas ele me reconhecerá — disse Lupin. — Ele me viu apenas uma vez, mas, naquela época, ele fez uma fotografia mental minha — não da minha aparência externa, mas de minha alma — não do que eu aparento ser, mas do que eu sou. Você entende? E então, e então, não esperava encontrá-lo aqui... Que encontro estranho... nesse restaurante pequeno...

— Bom, devemos sair?
— Não, agora não — disse Lupin.
— O que você vai fazer?
— A melhor coisa a fazer é agir com franqueza... ter confiança nele... confiar nele...
— Você não vai falar com ele, vai?
— Por que não? Ficarei em vantagem se fizer isso e descobrir o que ele sabe e, talvez, o que ele pensa. No momento, tenho a sensação de que ele está olhando para meu pescoço e meus ombros e está tentando se lembrar de onde já me viu antes.

Ele pensou por um momento. Observei um sorriso malicioso no canto de sua boca. Então, obediente, eu acho, a um capricho de sua natureza impulsiva e não às necessidades da situação, ele se levantou, virou-se e, inclinando a cabeça com um ar de alegria, disse:

— Mas que sorte? Ah! Estou tão feliz em ver você. Permita-me lhe apresentar um amigo meu.

Por um momento, o inglês ficou desconcertado; então fez um movimento como se fosse agarrar Arsène Lupin. Este balançou a cabeça e disse:

— Isso não seria justo. Além do mais, o movimento seria estranho e... bastante inútil.

O inglês olhou em volta como se procurasse por ajuda.

— Não adianta — disse Lupin. — Além disso, você tem tanta certeza de que consegue colocar a mão em mim? Vamos lá, agora, me mostre que você é um verdadeiro inglês e, então, jogue de maneira honesta.

O conselho pareceu apropriado para o detetive, pois ele se levantou um pouco e disse, de maneira bastante formal:

— Senhor Wilson, meu amigo e assistente, este é o senhor Arsène Lupin.

O espanto de Wilson fez com que ele soltasse uma gargalhada. Com os olhos arregalados e a boca aberta, ele olhou para um e para o outro, como se não conseguisse compreender a situação. Herlock Sholmes riu e disse:

— Wilson, você deveria disfarçar seu espanto com um incidente que é um dos mais naturais do mundo.

— Por que você não o prende? — balbuciou Wilson.

— Você não vê, Wilson, que o cavalheiro está entre mim e a porta e apenas a alguns passos da porta. Quando eu mexer meu dedinho, ele já estará do lado de fora.

— Não deixe que esse seja o problema — disse Lupin, que deu a volta na mesa e sentou-se de maneira que o inglês agora ficasse entre ele e a porta, colocando-se, assim, à mercê do forasteiro.

Wilson olhou para Sholmes para confirmar se poderia demonstrar admiração a esse ato de extrema coragem. O rosto do inglês estava impenetrável, mas, um minuto depois, ele chamou:

— Garçom!

Quando o garçom veio até a mesa, ele pediu refrigerante, cerveja e uísque. O tratado de paz estava assinado, até futuras ordens. Em pouco tempo, os quatro homens já estavam conversando de maneira aparentemente bastante amigável.

Herlock Sholmes é um homem como aqueles que você encontra na rua no mundo dos negócios. Tem cerca de cinquenta anos de idade e parece ter passado a vida em um escritório, preenchendo tabelas com números maçantes ou escrevendo frases formais sobre negócios. Não havia nada que pudesse distingui-lo de um cidadão comum de Londres, exceto pela aparência de seus olhos, terrivelmente perspicazes e penetrantes.

Mas então ele é Herlock Sholmes, o que significa que é uma maravilhosa combinação de intuição, observação, clarividência e engenhosidade. É facilmente possível acreditar que a natureza fora tão boa a ponto de pegar os dois mais extraordinários detetives que a imaginação do homem até hoje concebeu, o Dupin de Edgar Allan Poe e o Lecoq de Emile Gaboriau, e, desses dois, construir um novo detetive, mais extraordinário e sobrenatural do que qualquer um dos dois. E, quando alguém lê as histórias de suas façanhas, que o tornaram famoso no mundo todo, a pessoa se pergunta se Herlock Sholmes não é apenas um personagem mítico, um herói fictício nascido da cabeça de um grande escritor, como Conan Doyle, por exemplo.

Quando Arsène Lupin o interrogou sobre a duração de sua estadia na França, ele trouxe a conversa para seu verdadeiro rumo ao dizer:

— Isso vai depender do senhor, meu caro.

— Ah! — exclamou Lupin, rindo. — Se depender de mim, o senhor pode voltar para a Inglaterra esta noite.

— Isso é um pouco rápido demais, mas pretendo voltar nos próximos oito ou nove dias, dez no máximo.

— O senhor está com pressa?

— Tenho muitos casos para resolver; casos como o roubo do Banco Anglo-Chinês, o sequestro da senhora Eccleston... Mas o senhor não acha, senhor Lupin, que consigo resolver meu assunto em Paris dentro de uma semana?

— Certamente, se o senhor colocar todos os seus esforços no caso do diamante azul. É, inclusive, o tempo que eu preciso para fazer os preparativos para minha segurança se a solução para o caso lhe der alguma vantagem perigosa sobre mim.

— E, ainda assim — disse o inglês —, pretendo resolver o assunto em oito ou dez dias.

— E me prender no décimo primeiro dia, talvez?

— Não, o décimo dia é meu limite.

Lupin balançou a cabeça pensativo ao dizer:

— Isso vai ser difícil, muito difícil.

— Difícil, talvez, mas possível, portanto, certamente acontecerá.

— Certamente acontecerá — disse Wilson, como se ele já tivesse claramente descoberto a longa série de operações que levariam seu colaborador ao resultado desejado.

— Claro — disse Herlock Sholmes —, não tenho todas as cartas na mesa, já que esses casos já aconteceram há vários meses e ainda faltam informações e pistas nas quais costumo basear minhas investigações.

— Pistas como pontos de lama e cinzas de cigarro — disse Wilson com ar de importância.

— Além das importantes conclusões a que chegou o senhor Ganimard, já estou com todos os artigos escritos sobre o assunto e já cheguei a algumas conclusões.

— Algumas ideias foram sugeridas por nós por meio de nossas análises ou hipóteses — acrescentou Wilson, sentenciosamente.

— Gostaria de perguntar — disse Arsène Lupin naquele tom respeitoso que ele usava para falar com Sholmes — se seria indiscrição minha se eu quisesse saber a opinião que o senhor já tem formada sobre esse caso?

Realmente, era muito emocionante ver aqueles dois homens olhando um para o outro sobre a mesa, envolvidos em uma séria discussão como se fossem obrigados a resolver alguns problemas difíceis ou chegar a um acordo sobre algum fato controverso. Wilson estava no sétimo céu com tanta alegria. Herlock Sholmes encheu seu cachimbo devagar, acendeu-o e disse:

— Esse assunto é muito mais simples do que parece ser à primeira vista.

— Muito mais simples — disse Wilson, com um eco fiel.

— Digo "esse assunto", pois, na minha opinião, é um assunto só — disse Sholmes. — A morte do barão d'Hautrec, a história do anel e, não podemos nos esquecer, o mistério do bilhete de loteria número 514 são apenas fases diferentes do que podemos chamar de mistério da dama loira. Agora, de acordo com meu ponto de vista, é apenas uma questão de descobrir a ligação que une os três episódios à mesma história — o fato que prova a unidade dos três eventos. Ganimard, cujo julgamento é bastante superficial, acha que a unidade está na questão do desaparecimento, ou seja, no poder de ir e vir sem ser visto ou ouvido. Essa teoria não me satisfaz.

— Ora, e qual é a sua ideia? — perguntou Lupin.

— Na minha opinião — disse Sholmes —, o traço característico dos três episódios é seu desenho e propósito de guiar o assunto por um certo canal previamente escolhido pelo senhor. Para o senhor, é mais do que um plano, é uma necessidade, uma condição indispensável para o sucesso.

— O senhor pode me fornecer mais detalhes da sua teoria?

— Certamente. Por exemplo, desde o início do seu conflito com o senhor Gerbois, não fica evidente que o apartamento do senhor Detinan é o lugar escolhido pelo senhor, o local inevitável onde todos devem se reunir? Na opinião do senhor, aquele era o único lugar seguro, e o senhor planejou um encontro lá, publicamente, é possível dizer, com a dama loira e a senhorita Gerbois.

— A filha do professor — acrescentou Wilson. — Agora, vamos considerar o caso do diamante azul. O senhor tentou tomar posse dele quando o barão d'Hautrec o tinha em seu poder? Não. Mas o barão fica com a casa do irmão. Seis meses depois, temos a intervenção de Antoinette Bréhat e sua primeira tentativa. O diamante escapa de você e o local de sua venda, a casa de leilões Drouot, é amplamente divulgado. Será uma venda livre e aberta? É o amador mais rico que certamente comprará a joia? Não. No momento em que o banqueiro Herschmann está prestes a comprar o anel, a dama lhe envia um bilhete advertindo-o, e é a condessa De Crozon, preparada e influenciada pela mesma dama, quem se torna a compradora do diamante. O anel desaparecerá em um instante? Não, o senhor não tem a oportunidade de fazer isso. Por isso, precisa esperar. Finalmente a condessa vai para seu castelo. Era por isso que o senhor esperava. O anel desaparece.

— E reaparece novamente no dentifrício do senhor Bleichen — observou Lupin.

— Ah! Que bobagem! — exclamou Sholmes, batendo na mesa com seu punho. — Não conte tal anedota. Sou raposa velha para acreditar nessa pista falsa.

— O que o senhor quer dizer com isso?

— O que eu quero dizer? — perguntou Sholmes, que então parou por um momento como se quisesse causar algum tipo de impressão. E, por fim, ele disse:

— O diamante azul encontrado no dentifrício é falso. O senhor está com a verdadeira pedra.

Arsène Lupin continuou em silêncio por um tempo. Então, com os olhos fixos no inglês, respondeu, com calma:

— O senhor é atrevido.

— Atrevido, é mesmo! — repetiu Wilson, radiante de admiração.

— Sim — disse Lupin —, e ainda assim, para lhe dar crédito, o senhor jogou uma forte luz sobre um assunto misterioso. Nenhum magistrado, nenhum repórter especial envolvido no caso nunca chegou tão perto da verdade. É uma maravilhosa amostra de intuição e lógica.

— Ah, a pessoa só tem que usar o cérebro — disse Herlock Sholmes, ao receber o elogio do criminoso especialista.

— E tão poucos de nós têm cérebro para usar — respondeu Lupin. — E agora que o campo das conjecturas foi estreitado e a sujeira foi tirada da frente...

— Bom, agora só tenho que descobrir por que os três episódios aconteceram no número 25 da rua Clapeyron, no número 134 da avenida Henri-Martin e dentro das paredes do Castelo de Crozon e então meu trabalho será finalizado. O que restar será brincadeira de criança. O senhor não acha?

— Sim, acho que o senhor está certo.

— Nesse caso, senhor Lupin, estou errado em dizer que resolverei a questão em dez dias?

— Em dez dias, o senhor saberá toda a verdade — disse Lupin.

— E o senhor será preso.

— Não.

— Não?

— Para que eu seja preso, deve acontecer uma série de contratempos improváveis e inesperados que não posso admitir que aconteçam.

— Temos um ditado inglês que diz: "o inesperado sempre acontece".

Eles olharam um para o outro por um tempo de maneira calma e sem receios, sem nenhum sinal de bravata ou malícia. Eles se encontraram como dois iguais em um concurso de talento e habilidade. E esse encontro foi o cruzamento formal das espadas, preliminar ao duelo.

— Ah! — exclamou Lupin. — Finalmente terei um adversário que faz jus a seu nome, um adversário cuja derrota será a conquista mais importante de minha carreira.

— O senhor não tem medo? — perguntou Wilson.

— Quase tenho, senhor Wilson — respondeu Lupin, levantando-se de sua cadeira. — E a prova disso é que estou prestes a me retirar rapidamente daqui. Então, serão dez dias, senhor Sholmes?

— Sim, dez dias. Hoje é domingo. Uma semana depois da próxima quarta-feira, às oito horas da noite, tudo estará resolvido.

— E eu estarei preso?

— Não tenho dúvidas disso.

— Ah! Não é uma previsão muito agradável para um homem que gosta tanto das diversões da vida como eu. Um homem sem compromissos, com um interesse vívido nos assuntos do mundo, um desprezo justificável pela polícia, e a simpatia consoladora de numerosos amigos e admiradores. E agora, eis que tudo está prestes a ser transformado! É o lado reverso da medalha. Depois da bonança, vem a tempestade. Não é mais uma questão de diversão. *Adieu!*

— Rápido! — disse Wilson, cheio de solicitude por uma pessoa em quem Herlock Sholmes inspirara tanto respeito. — Não perca nem um minuto.

— Nem um minuto, senhor Wilson, mas quero expressar meu prazer em ter conhecido o senhor e gostaria de lhe dizer o quanto invejo o mestre por ter um assistente tão valioso quanto o senhor me parece ser.

Então, depois de se despedirem com cordialidade, como adversários em um duelo que não carregam nenhum sentimento de maldade, mas que são obrigados a lutar por força das circunstâncias, Lupin segurou em meu braço e me levou para fora.

— O que você acha disso, meu caro? Os estranhos eventos desta noite darão um interessante capítulo nas memórias que você está escrevendo sobre mim, não é?

Ele fechou a porta do restaurante e, depois de dar alguns poucos passos, parou e disse:

— Você fuma?

— Não. Nem você, ao que me parece.

— Você está certo, eu não fumo.

Ele acendeu um cigarro com um fósforo que precisou sacudir várias vezes para apagar. Mas jogou o cigarro fora imediatamente, correu pela rua e juntou-se a dois homens que surgiram das sombras como se estivessem esperando por um sinal. Conversou com eles por alguns minutos do lado oposto da calçada e então voltou até onde eu estava.

— Peço desculpas. Receio que o maldito Sholmes vai me causar problemas. Mas, garanto a você, ele ainda não acabou com Arsène Lupin. Ele descobrirá que tipo de combustível eu uso para esquentar meu sangue. E agora, au revoir! O genial Wilson está certo; não há nenhum minuto a perder.

Saiu apressado.

Assim terminaram os eventos daquela noite emocionante ou, pelo menos, daquela parte da noite da qual fui um dos participantes. Depois disso, durante o curso da noite, outros incidentes também arrepiantes aconteceram e chegaram a meu conhecimento pela cortesia de outros membros que também estavam presentes naquele jantar singular.

No exato momento em que Lupin me deixou, Herlock Sholmes levantou-se da mesa e olhou para o relógio.

— Vinte minutos para as nove. Às nove horas, devo me encontrar com o conde e a condessa na estação de trem.

— Então precisamos ir! — exclamou Wilson, entre dois goles de uísque.

Eles deixaram o restaurante.

— Wilson, não olhe para trás. Podemos estar sendo seguidos e, nesse caso, vamos agir como se não nos importássemos com isso. Wilson, quero saber sua opinião: por que Lupin estava naquele restaurante?

— Para comer alguma coisa — respondeu Wilson, rapidamente.

— Wilson, preciso parabenizar você pela exatidão de sua dedução. Eu não teria chegado a essa conclusão sozinho.

Wilson enrubesceu de satisfação, e Sholmes continuou.

— Para comer alguma coisa. Muito bem, e, depois disso, provavelmente, para se certificar de que estou indo para o Castelo de Crozon, como foi anunciado por Ganimard em sua entrevista. Preciso ir para lá para não o decepcionar. Mas, para ganhar tempo, não vou.

— Ah — disse Wilson, confuso.

— Você, meu amigo, vai andar por essa rua, pegar um carro de aluguel, dois, três carros de aluguel. Volte mais tarde e pegue as valises que deixamos na estação e vá até o Elysée-Palace a galope.

— E quando eu chegar ao Elysée-Palace?

— Peça um quarto, vá dormir e espere por minhas ordens.

Bastante orgulhoso da missão que lhe fora designada, Wilson se preparou para cumpri-la. Herlock Sholmes foi até a estação de trem, comprou uma passagem e dirigiu-se para o Expresso Amien, no qual o conde e a condessa De Crozon já estavam instalados. Ele se curvou para eles, acendeu seu cachimbo e fumou silenciosamente no corredor. O trem começou a funcionar.

Dez minutos depois, ele se sentou ao lado da condessa e disse a ela:

— A senhora está com o anel, madame?

— Sim.

— A senhora poderia, por gentileza, deixar-me vê-lo?

Ele segurou o anel e analisou-o de perto.

— Como suspeitei, um diamante fabricado.

— Um diamante fabricado?

— Sim, um novo processo que consiste em submeter o pó de diamante a uma temperatura extremamente quente até que derreta e seja então moldado em uma única pedra.

— Mas o meu diamante é verdadeiro.

— Sim. O diamante da senhora é verdadeiro, mas este não é o diamante que a senhora comprou.

— Onde está o meu?

— Está com Arsène Lupin.

— E essa pedra?

— Foi substituída pela da senhora e colocada no dentifrício do senhor Bleichen, que é onde foi encontrado depois.

— Então o senhor acha que esta é falsa?

— Totalmente falsa.

A condessa foi dominada por surpresa e tristeza enquanto seu marido examinava o diamante com ar incrédulo. Finalmente ela balbuciou:

— Isso é possível? E por que eles simplesmente não roubaram o anel? E como foi que roubaram?

— É exatamente isso que vou descobrir.

— No Castelo de Crozon?

— Não. Vou deixar o trem em Creil e voltar para Paris. O jogo entre mim e Arsène Lupin deve acontecer lá. Na verdade, o jogo já começou, e Lupin acha que estou a caminho do castelo.

— Mas...

— O que isso importa, madame? O que realmente importa é seu diamante, não?

— Sim.

— Então, não se preocupe. Já me envolvi em missões mais difíceis do que esta. A senhora tem a minha palavra de que vou reaver o verdadeiro diamante e o entregarei à senhora em dez dias.

O trem diminuiu sua velocidade. Ele colocou o diamante falso no bolso e abriu a porta. O conde gritou:

— O senhor está indo para o lado errado do trem. O senhor vai sair pela trilha.

— Essa é a minha intenção. Se Lupin colocou alguém para me vigiar, ele não vai mais conseguir me acompanhar a partir de agora. *Adieu*!

Um funcionário protestou em vão. Depois que o trem partiu, o inglês foi até o escritório do chefe da estação. Quarenta minutos depois, entrou em um trem que o deixou em Paris um pouco antes da meia-noite. Ele correu pela plataforma, entrou na praça de alimentação, saiu por outra porta e pulou para dentro de outro carro de aluguel.

— Cocheiro, rue Clapeyron.

Ao concluir que não estava sendo seguido, ele parou a carruagem no final da rua e começou a fazer uma análise cuidadosa do prédio onde morava o senhor Detinan e de dois prédios vizinhos. Mediu certas distâncias e escreveu os números em seu caderno de anotações.

— Cocheiro, avenida Henri-Martin.

Nas esquinas da avenida e da rua de la Pompe, ele dispensou a carruagem, andou pela rua até o número 134 e fez o mesmo que fizera antes, dessa vez, em frente à casa do falecido barão d'Hautrec e de duas casas vizinhas, medindo a distância de suas respectivas fachadas e calculando a profundidade dos pequenos jardins que ficavam na frente delas.

A avenida agora estava deserta, e estava bastante escuro embaixo de suas quatro fileiras de árvores, entre as quais, em intervalos consideráveis, algumas lamparinas a gás tentavam, em vão, iluminar as sombras profundas. Uma delas iluminava um pouco uma parte da casa, e Sholmes percebeu a placa de "aluga-se" presa no portão, as calçadas mal cuidadas que davam a volta no pequeno gramado e as grandes janelas desprotegidas da casa vazia.

— Acho — disse ele para si mesmo — que a casa está vazia desde a morte do barão... Ah, se eu pudesse entrar e ver a cena do crime!

Assim que a ideia passou por sua cabeça, ele tentou colocá-la em prática. Mas como ele faria isso? Ele não podia escalar o portão; era alto demais. Então pegou em seu bolso uma lanterna elétrica e uma chave mestra que sempre carregava. E, para sua grande surpresa, descobriu que o portão não estava trancado; na verdade, tinha cerca de dez centímetros de abertura. Ele entrou no jardim e tomou o cuidado de deixar o portão como encontrara: parcialmente aberto. Mas ainda não havia dado muitos passos quando parou. Ele vira uma luz passando em uma das janelas do segundo andar.

Viu a luz passar por uma segunda janela e por uma terceira, mas não viu nada mais além de uma silhueta nas paredes dos quartos. A luz desceu para o primeiro andar e, durante um longo tempo, pôde ser vista de cômodo em cômodo.

— Quem diabos está andando, a uma da manhã, pela casa na qual o barão d'Hautrec foi morto? — perguntou Herlock Sholmes a si mesmo, bastante interessado.

Havia apenas uma maneira de descobrir e era entrar na casa. Ele não hesitou, mas foi na direção da porta da casa. Mas, no momento em que atravessou o feixe de luz a gás que saía do poste, o homem deve tê-lo visto, pois a luz dentro da casa de repente se apagou e Herlock

Sholmes não a viu novamente. Suavemente, tentou abrir a porta. Ela também estava aberta. Sem ouvir nenhum barulho, entrou pelo corredor, encontrou o início da escada e subiu para o primeiro andar. Ali o silêncio era o mesmo, a mesma escuridão.

Entrou em um dos cômodos e aproximou-se de uma janela através da qual entrava uma luz fraca vinda do lado de fora. Ao olhar pela janela, viu o homem, que sem dúvidas descera por uma outra escada e fugira por outra porta. O homem abria caminho entre os arbustos que delimitavam os dois muros que separavam os jardins.

— O maldito! — exclamou Sholmes. — Ele vai fugir.

Ele se apressou escada abaixo e pulou os degraus na ânsia de impedir que o homem partisse. Mas não viu ninguém e, devido à escuridão, só depois de vários segundos conseguiu distinguir uma forma volumosa se movendo entre os arbustos. Isso deu ao inglês informações sobre as quais refletir. Por que o homem não fugiu, algo que poderia ter feito com tanta facilidade? Teria ele permanecido ali para observar os movimentos do invasor que atrapalhara seu misterioso trabalho?

— De qualquer maneira — concluiu Sholmes —, não é o Lupin; ele teria sido mais hábil. Pode ser um de seus homens.

Durante vários minutos, Herlock Sholmes permaneceu imóvel, com o olhar fixo no adversário, que, por sua vez, observava o detetive. Mas, como o adversário se manteve passivo e como o inglês não perdia tempo esperando, ele examinou seu revólver para ver se estava funcionando, pegou sua faca na bainha e caminhou em direção ao inimigo com aquele ar de afronta fria e desprezo pelo qual se tornara famoso.

Ouviu o barulho de um clique; era seu adversário preparando seu revólver. Herlock Sholmes precipitou-se corajosamente no matagal e lutou com seu inimigo. Houve uma luta forte, desesperada, no curso da qual Sholmes suspeitou que o homem tentava pegar uma faca. Mas o inglês, acreditando que seu antagonista era um comparsa de Arsène Lupin e por estar ansioso para ganhar a primeira rodada do jogo contra aquele temível inimigo, lutou com sua força e determinação de costume. Jogou seu adversário no chão, segurou-o lá com o peso de seu corpo e, agarrando-o pela garganta com uma mão, usou a outra para pegar a lanterna, apertar o botão e jogar a luz na cara de seu prisioneiro.

— Wilson! — exclamou ele, surpreso.
— Herlock Sholmes! — balbuciou uma voz fraca e sufocada.

Durante um bom tempo, os dois ficaram em silêncio, aturdidos, abobados. Ouviram o barulho de um automóvel. Uma leve brisa balançou as folhas. De repente, Herlock Sholmes segurou o amigo pelos ombros e o sacudiu violentamente enquanto gritava:

— O que você está fazendo aqui? Diga-me... O quê? Eu mandei você se esconder no meio dos arbustos para me espionar?

— Espionar você? — murmurou Wilson. — Ora, eu não sabia que era você.

— Mas o que você está fazendo aqui? Você devia estar na cama.

— Eu estava na cama.

— Você devia estar dormindo.

— Eu estava dormindo.

— Ora, e por que você veio para cá? — perguntou Sholmes.

— Por causa do seu bilhete.

— Meu bilhete? Não estou entendendo.

— Sim, um mensageiro levou um bilhete seu para mim no hotel.

— Bilhete meu? Você está maluco?

— É verdade, eu juro.

— Onde está esse bilhete?

Wilson entregou para ele uma folha de papel, que ele leu com o auxílio da luz da lanterna. Nele estava escrito:

Wilson, vá rápido até a avenida Henri-Martin. A casa está vazia. Inspecione o lugar e trace uma planta exata. Então volte para o hotel.

Herlock Sholmes

— Eu estava medindo os cômodos — disse Wilson — quando vi uma sombra no jardim. Tive apenas a ideia de...

— De ir atrás da sombra... a ideia foi excelente. Mas, lembre-se, Wilson, sempre que você receber um bilhete meu, certifique-se de que nele está a minha caligrafia e não uma falsificação.

— Ah! — exclamou Wilson, como se agora tivesse entendido o que aconteceu. — Então não foi você que enviou o bilhete.

— Não.

— E quem enviou, então?

— Arsène Lupin.

— Por quê? Com que propósito? — perguntou Wilson.

— Eu não sei, e isso é o que me preocupa. Não entendo por que ele se deu ao trabalho de incomodar você. Claro, se ele tivesse me enviado uma pista falsa, eu não me surpreenderia, mas qual foi o interesse dele em incomodar você?

— Preciso voltar correndo para o hotel.

— Eu também preciso, Wilson.

Os dois chegaram até o portão. Wilson, que estava na frente, segurou-o e empurrou.

— Ah, você fechou o portão? — perguntou ele.

— Não, eu o deixei parcialmente aberto.

Sholmes tentou abrir o portão. Então, alarmado, examinou a fechadura. Ele disse:

— Meu Deus! O portão está trancado! Trancado à chave!

Ele sacudiu o portão com toda sua força. Então, percebendo a futilidade de seus esforços, soltou os braços, desanimado, e murmurou, dizendo:

— Agora estou entendendo, foi Lupin. Ele previu que eu deixaria o trem em Creil e preparou essa pequena armadilha caso eu decidisse iniciar minha investigação nesta noite. Além disso, foi gentil o suficiente ao providenciar uma companhia para mim no cativeiro. Tudo para que eu perdesse um dia e, talvez, também, para me mostrar que eu devo cuidar dos meus assuntos.

— Você está dizendo que somos prisioneiros?

— Exatamente. Herlock Sholmes e Wilson são prisioneiros de Arsène Lupin. É um mau começo, mas quem ri por último ri melhor.

Wilson segurou o braço de Sholmes e disse:

— Olhe! Olhe lá em cima! Uma luz...

Uma luz brilhou saindo de uma das janelas do primeiro andar. Os dois correram até a casa. Cada um deles subiu pelas escadas que haviam usado para descer pouco tempo antes e se encontraram novamente na entrada do cômodo iluminado. Um toco de vela queimava no centro da sala. Ao lado dela, havia um cesto com uma garrafa, uma galinha assada e um pedaço de pão.

Sholmes ficou bastante impressionado e gargalhou com vontade.

— Maravilha! Fomos convidados para jantar. É realmente um lugar encantador, uma verdadeira terra da fantasia. Venha, Wilson, anime-se! Isso aqui não é um funeral. E é tudo muito engraçado.

— Você tem certeza de que é tão engraçado assim? — perguntou Wilson com um tom de voz ludibrioso.

— Se eu tenho certeza? — perguntou Sholmes, com alegria demais para ser natural. — Ora, para falar a verdade, isso é a coisa mais engraçada que já vi. É uma comédia boa demais! Que mestre do sarcasmo é esse Arsène Lupin! Ele faz você de bobo com a maior graça e delicadeza. Eu não perderia esse banquete por todo o dinheiro do Banco da Inglaterra. Venha, Wilson, você está me deixando triste. Você deveria mostrar aquela nobreza de caráter que é maior do que o infortúnio. Não estou vendo nenhum motivo para reclamação, de verdade, não vejo.

Depois de um tempo, graças ao bom humor e sarcasmo, ele conseguiu trazer Wilson de volta a seu temperamento habitual e o fez engolir um pedaço de frango e uma taça de vinho. Mas, quando a vela se apagou e eles se prepararam para passar a noite lá, no chão sem tapetes e a parede dura servindo de travesseiro, o lado irritante e ridículo da situação caiu sobre eles. Aquele incidente particular não seria uma página agradável nas memórias do famoso detetive.

Na manhã seguinte, Wilson acordou todo dolorido e com frio. Um leve barulho atraiu sua atenção: Herlock Sholmes estava ajoelhado no chão, examinando cuidadosamente alguns grãos de areia e analisando algumas marcas de giz, agora quase apagadas, que formavam certas imagens e números, que ele escreveu em seu bloco de anotações.

Acompanhado por Wilson, que estava bastante interessado no trabalho, examinou cada cômodo da casa e encontrou marcas semelhantes de giz em dois outros aposentos. Percebeu também dois círculos nos painéis de madeira, uma seta em um revestimento de lambri e quatro números em quatro degraus da escada. Depois de uma hora, Wilson disse:

— Os números estão corretos, não estão?

— Eu não sei, mas, de qualquer maneira, eles significam alguma coisa — respondeu Sholmes, que se esquecera dos desconfortos da noite devido à alegria que suas novas descobertas lhe causaram.

— É bastante óbvio — disse Wilson — que elas representam o número de tacos no assoalho.

— Ah!

— Sim. E os dois círculos indicam que os painéis são falsos, como você pode ver com facilidade, e a seta aponta na direção em que os painéis se movem.

Herlock Sholmes olhou para Wilson, impressionado.

— Ah, meu querido amigo, como você sabe de tudo isso? Sua clarividência faz minha pobre habilidade nesse sentido parecer tão insignificante.

— Ah, é muito simples — disse Wilson, inflado de orgulho. — Examinei tais marcas na noite passada, de acordo com suas instruções, ou melhor, de acordo com as instruções de Arsène Lupin, já que foi ele quem escreveu o bilhete que você me enviou.

Naquele momento, Wilson enfrentou um perigo ainda maior do que durante sua luta no jardim com Herlock Sholmes. Sholmes agora sentia uma vontade furiosa de estrangulá-lo. Mas, dominando seus sentimentos, Sholmes fez uma careta com a intenção de sorrir e disse:

— Quase isso, Wilson, você fez bem, e seu trabalho mostra um louvável progresso. Mas, diga-me, você exercitou seus poderes de observação e análise em algum outro ponto? Posso me beneficiar de suas deduções.

— Ah, não. Não fui além disso.

— Que pena. Seu *début* era bastante promissor. Mas, já que isso é tudo, podemos ir embora.

— Ir embora? Mas como vamos sair?

— Da maneira como todas as pessoas honestas saem dos lugares: pelo portão.

— Mas ele está trancado.
— Ele será aberto.
— Por quem?
— Por favor, chame os dois policiais que estão descendo a avenida.
— Mas...
— Mas o quê?
— É muito humilhante. O que as pessoas dirão quando souberem que Herlock Sholmes e Wilson foram prisioneiros de Arsène Lupin?
— Claro, entendo que vão cair na gargalhada — respondeu Herlock Sholmes com a voz seca e a cara fechada —, mas não podemos ficar morando neste lugar.
— E você não vai tentar encontrar outra maneira de sair?
— Não.
— Mas o homem que nos trouxe a cesta de mantimentos não atravessou o jardim para entrar ou para sair. Deve haver outra saída. Vamos procurá-la e não vamos incomodar os policiais.
— Seu argumento é sólido, mas você se esquece de que todos os detetives de Paris têm tentado descobrir isso nos últimos seis meses e que eu procurei pela casa do teto ao chão enquanto você estava dormindo. Ah, meu querido Wilson, não estamos acostumados a jogar como Arsène Lupin. Ele não deixa nenhum rastro para trás.

Às onze horas, Herlock Sholmes e Wilson foram liberados e conduzidos à delegacia de polícia mais próxima, onde o delegado, depois de os submeter a um severo exame, libertou-os com uma afetação de boa vontade que era bastante irritante.

— Sinto muito, senhores, que este infeliz incidente tenha acontecido. Vocês terão uma opinião muito ruim sobre a hospitalidade francesa. *Mon Dieu!* Que noite os senhores devem ter passado! Ah! Aquele maldito Lupin não sabe respeitar as pessoas.

Eles pegaram um carro de aluguel até o hotel. No balcão, Wilson pediu a chave de seu quarto.

Depois de procurar por um tempo, o atendente disse, bastante impressionado:

— Mas, senhor, o senhor entregou a chave do quarto.
— Entreguei? Quando?
— Hoje pela manhã, com a carta que o amigo do senhor trouxe para nós.
— Que amigo?
— O cavalheiro que trouxe sua carta... Ah! Seu cartão ainda está preso à carta. Aqui está.

Wilson olhou para eles. Certamente aquele era um de seus cartões, e a carta fora escrita com sua caligrafia.

— Meu Deus! — murmurou ele. — Este é mais um de seus truques.

E acrescentou, em voz alta:

— Onde está a minha bagagem?
— O amigo do senhor a levou.
— Ah! E vocês a entregaram a ele?
— Certamente, com base em sua carta e em seu cartão.
— Claro, claro.

Eles saíram do hotel e caminharam, devagar e pensativos, pela Champs-Élysées. A avenida estava clara e alegre sob a luz do sol do outono; o clima era ameno e agradável.

No Rond-Point, Herlock Sholmes acendeu seu cachimbo. Wilson então falou:

— Não consigo entender você, Sholmes. Você está tão calmo e sereno. Brincam com você como um gato brinca com um rato e ainda assim você não diz uma só palavra.

Sholmes parou ao responder:

— Wilson, eu estava pensando no seu cartão.
— E?
— A questão é: aqui está um homem que, em face a um possível embate entre nós, procura por exemplares de nossa caligrafia e mantém, em sua posse, um ou mais de nossos cartões. Agora, você já pensou em quanta precaução e habilidade tais fatos representam?
— E?
— Ora, Wilson, derrotar um inimigo tão bem preparado e equipado exige a infinita astúcia de... Herlock Sholmes. E, ainda assim, como você viu, Wilson, perdi a primeira rodada.

Às seis horas, o Echo de France publicou o seguinte artigo em sua edição noturna:

ECHO DE FRANCE — INFORMATION

Nesta manhã, o senhor Thenard, delegado de polícia do décimo sexto distrito, libertou Herlock Sholmes e seu amigo Wilson, que estavam presos na casa do falecido barão d'Hautrec, onde passaram uma noite bastante agradável, graças ao cuidado e à atenção de Arsène Lupin.

Além de seus outros problemas, os dois cavalheiros tiveram suas valises roubadas e, em consequência disso, registraram uma queixa formal contra Arsène Lupin.

Arsène Lupin, satisfeito por tê-los repreendido, espera que os cavalheiros não o forcem a adotar medidas mais rigorosas.

— Bah! — exclamou Herlock Sholmes, amassando o jornal. — Isso não passa de brincadeira de criança! E esta é a minha única crítica com relação a Arsène Lupin: ele joga para o povo. Há muito de um faquir nele.

— Ah, Sholmes, você é um homem maravilhoso! Você consegue controlar seu temperamento. Nada o tira do sério.

— Não, nada me tira do sério — respondeu Sholmes com a voz trêmula de raiva. — Afinal, de que serve perder o controle? Tenho bastante confiança no resultado final; eu darei a última palavra.

Capítulo 4

Luz na escuridão

Por mais bem-humorado que seja o caráter de um homem — e Herlock Sholmes é um desses homens sobre quem a má sorte exerce pouco ou nenhum poder —, existem circunstâncias nas quais os combatentes mais corajosos sentem a necessidade de organizar suas forças antes de arriscar suas chances em uma batalha.

— Vou tirar o dia de folga — disse Sholmes.

— E o que eu devo fazer? — perguntou Wilson.

— Você, Wilson, deixe-me ver! Você pode comprar cuecas e roupas para refazer nosso guarda-roupas, enquanto descanso.

— Muito bem, Sholmes, vou vigiar você enquanto dorme.

Wilson disse aquelas palavras com toda a imponência de uma sentinela em seu posto e por isso exposto ao maior perigo. Seu peito estava inchado; seus músculos tensos. Com um olhar astuto, ele examinou, oficialmente, o pequeno cômodo em que fixaram sua morada.

— Muito bem, Wilson, pode me vigiar. Vou me ocupar com a preparação de uma linha de ataque mais apropriada aos métodos do inimigo que fomos chamados a conhecer. Você percebe, Wilson, que nós nos enganamos com esse camarada Lupin. Minha opinião é de que devemos começar bem do início.

— E até mesmo antes disso. Mas será que temos tempo suficiente?

— Nove dias, meu caro. Ainda temos muito tempo.

O inglês passou a tarde fumando e dormindo. Não começou a mexer em seu plano de ataque antes do dia seguinte. Então, disse:

— Wilson, estou pronto. Vamos atacar o inimigo.

— Vá em frente, Macduff! — exclamou Wilson, cheio de ardor marcial. — Quero lutar no pelotão da frente. Ah! Não tenho medo. Devo honrar meu rei e meu país, pois sou um homem inglês.

Em primeiro lugar, Sholmes realizou três longas e importantes entrevistas: com o senhor Detinan, cujos aposentos ele examinou com grande cuidado e precisão; com Suzanne Gerbois, a quem questionou sobre a dama loira; e com a irmã Auguste, que se aposentara e morava no convento das Visitandines desde o assassinato do barão d'Hautrec.

Em cada uma das entrevistas, Wilson ficara do lado de fora; e, depois de cada uma, ele perguntava:

— Satisfatória?

— Bastante.

— Eu tinha certeza de que estávamos no caminho certo.

Eles visitaram as duas casas vizinhas à do barão d'Hautrec na avenida Henri-Martin; então visitaram a rua Clapeyron e, enquanto examinava a frente do número 25, Sholmes disse:

— Todas essas casas devem estar conectadas por passagens secretas, mas não consigo encontrá-las.

Pela primeira vez na vida, Wilson duvidou da onipotência do famoso companheiro. Por que agora ele falava tanto e fazia tão pouco?

— Por quê? — exclamou Sholmes em resposta ao pensamento secreto de Wilson. — Porque com esse camarada Lupin a pessoa precisa trabalhar no escuro e, em vez de deduzir a verdade dos fatos estabelecidos, um homem precisa extraí-los de seu próprio cérebro e, depois, descobrir se ela se encaixa nos acontecimentos.

— Mas e quanto às passagens secretas?

— Elas precisam existir. Mas, mesmo que eu as descubra e então entenda como Arsène Lupin entrou na casa do advogado e como a dama loira fugiu da casa do barão d'Hautrec depois do assassinato, de que isso adiantaria? Como isso me ajudaria? Será que isso me forneceria uma arma de ataque?

— Vamos atacar da mesma maneira — exclamou Wilson, que mal tinha terminado de falar essas palavras quando pulou para trás soltando um grito de susto.

Algo caíra a seus pés; era um saco de areia que poderia tê-los ferido seriamente se os tivesse atingido.

Sholmes olhou para cima. Alguns homens trabalhavam em um andaime preso a uma varanda no quinto andar da casa. Ele disse:

— Tivemos sorte; um passo à frente e o saco pesado teria caído em nossa cabeça. Fico me perguntando se...

Movido por um impulso repentino, ele correu para dentro da casa, subiu os cinco lanços de escada e tocou a campainha, forçou sua entrada no apartamento para grande surpresa e susto do criado, que veio até a porta, e foi então até a varanda em frente à casa. Mas não havia ninguém lá.

— Onde estão os trabalhadores que estavam aqui um minuto atrás? — perguntou ele ao criado.

— Acabaram de ir embora.

— Por onde eles saíram?

— Pela escada de serviços.

Sholmes inclinou-se na janela. Ele viu os homens deixando a casa, carregando bicicletas. Subiram nelas e desapareceram na esquina.

— Há quanto tempo eles têm trabalhado nesse andaime?

— Aqueles homens? Começaram nesta manhã. Foi o primeiro dia deles.

Sholmes voltou para a rua e juntou-se a Wilson. Juntos voltaram para o hotel e, assim, o segundo dia terminou em um silêncio melancólico.

No dia seguinte, a programação deles foi bastante semelhante. Sentaram-se juntos em um banco na avenida Henri-Martin, para grande desgosto de Wilson, que não achou divertido passar longas horas observando a casa na qual a tragédia acontecera.

— O que você espera, Sholmes? Que Arsène Lupin saia andando da casa?

— Não.

— Que a dama loira apareça?

— Não.

— O que então?

— Estou esperando que alguma coisa aconteça; algum pequeno incidente que irá me fornecer uma pista na qual trabalhar.

— E se isso não acontecer?

— Então devo, eu mesmo, criar uma faísca que incendiará a pólvora.

Um incidente solitário — e de natureza desagradável — quebrou a monotonia da manhã.

Um cavalheiro estava cavalgando pela avenida quando seu cavalo de repente virou de lado de tal forma que bateu no banco onde eles estavam sentados e atingiu Sholmes com um leve golpe no ombro.

— Ei! — exclamou Sholmes. — Mais um pouco e quebraria meu ombro.

O cavalheiro teve dificuldades para controlar seu cavalo. O inglês pegou seu revólver e apontou para ele, mas Wilson segurou seu braço e disse:

— Não seja tolo! O que você vai fazer? Matar o homem?

— Me deixe em paz, Wilson! Me solte!

Durante a breve luta entre Sholmes e Wilson, o desconhecido foi embora.

— Agora você pode atirar — disse Wilson, triunfante, quando o cavalheiro já estava a alguma distância.

— Wilson, você é um idiota! Você não percebe que aquele homem é cúmplice de Arsène Lupin?

Sholmes tremia de raiva. Wilson gaguejou lamentoso:

— O quê? Aquele homem? Cúmplice?

— Sim, assim como os trabalhadores que tentaram jogar um saco de areia em nós ontem.

— Não pode ser possível!

— Possível ou não, só havia uma maneira de provar isso.

— Matando o homem?

— Não, matando o cavalo. Se você não tivesse segurado meu braço, eu teria capturado um dos cúmplices de Lupin. Agora você entende a idiotice de seu ato?

Durante a tarde, os dois homens estavam morosos. Não disseram uma palavra um para o outro. Às cinco horas, visitaram a rua Clapeyron, mas tomaram o cuidado de manter uma distância segura das casas. Porém, três homens jovens que passavam por eles na rua, de braços dados, cantando, trombaram em Sholmes e Wilson e se recusaram a deixá-los passar. Sholmes, que estava mal-humorado, reclamou com eles por seu direito de passagem. Depois de uma rápida discussão, Sholmes recorreu a seus pulsos. Atingiu um dos homens com um golpe duro no peito, outro com um golpe no rosto e assim derrotou dois de seus adversários. Depois disso, os três saíram correndo e desapareceram.

— Ah! — exclamou Sholmes. — Isso me faz bem. Eu precisava de um pouco de exercício.

Mas Wilson estava encostado na parede. Sholmes perguntou:
— Qual é o problema, meu velho? Você está bastante pálido.

Wilson apontou para o braço esquerdo, que estava pendurado inerte, e gaguejou:
— Não sei o que é. Meu braço está doendo.
— Muito? É algo sério?
— Receio que sim.

Ele tentou levantar o braço, mas foi inútil. Sholmes tocou em seu braço, de maneira delicada, primeiro, então de maneira mais forte "para ver se estava muito machucado", dissera ele. Concluiu que Wilson estava realmente machucado, por isso, levou-o até uma farmácia que havia por ali, onde um exame mais minucioso revelou que seu braço estava quebrado e que Wilson precisava ir para o hospital. Enquanto isso, eles deixaram seu braço exposto e aplicaram alguns remédios para aliviar a dor.

— Vamos, vamos, velho camarada, anime-se! — disse Sholmes, que segurava o braço de Wilson. — Daqui a cinco ou seis semanas, você estará bem de novo. Mas eu vou vingar você... aqueles malditos! Principalmente Lupin, por ter causado isso... não tenha dúvidas. Juro para você que...

Ele parou de falar de repente, soltou o braço — o que fez Wilson sentir uma dor que quase o fez desmaiar — e, esfregando a testa, Sholmes disse:

— Wilson, tenho uma ideia. Você sabe, costumo ter ideias ocasionalmente.

Ele parou por um momento, em silêncio, com os olhos fixos, e então murmurou, em frases curtas e diretas:

— Sim, é isso... isso explica tudo... bem na minha cara... e eu não vi... ah, parbleu! Eu devia ter pensado nisso antes... Wilson, tenho boas notícias para você.

Deixando o velho amigo abruptamente, Sholmes correu para a rua e foi diretamente até a casa conhecida como número 25. Em uma das pedras, à direita da porta, ele leu a inscrição:

> *Destange, arquiteto*
> *. 1875 .*

Havia uma inscrição semelhante na casa de número 23.

Claro, não havia nada incomum naquilo. Mas o que deveria estar escrito nas casas na avenida Henri-Martin?

Um carro de aluguel estava passando. Ele entrou nele e pediu para que o cocheiro o levasse até o número 134 da avenida Henri-Martin. Estava bastante animado. Ficou em pé no carro de aluguel e suplicou para que o cavalo fosse mais rápido. Ofereceu uma gorjeta ao cocheiro. Mais rápido! Mais rápido!

Quando viraram na rua de la Pompe, sua animação estava grande demais! Será que ele finalmente teve um vislumbre da verdade?

Em uma das pedras da antiga casa do barão, ele leu as seguintes palavras: "Destange, arquiteto, 1874". E uma inscrição semelhante podia ser lida nas duas casas vizinhas.

A reação foi tal que ele se ajeitou no assento do carro de aluguel, tremendo de alegria. Por fim, um pequeno raio de luz penetrou pelas sombras escuras que cercavam esses crimes misteriosos! Na vasta floresta sombria dentro da qual mil caminhos se cruzavam e se entrelaçavam, ele descobrira a primeira pista para a trilha seguida pelo inimigo!

Entrou em uma agência de correios e conseguiu uma conexão telefônica com o Castelo de Crozon. A condessa atendeu o telefone.

— Olá! É a senhora, madame?

— Senhor Sholmes, não é? Está tudo bem?

— Muito bem, mas eu gostaria de lhe fazer uma pergunta... alô?

— Sim, estou ouvindo o senhor.

— Diga-me, quando é que o Castelo de Crozon foi construído?

— Ele foi destruído pelo fogo e reconstruído cerca de trinta anos atrás.

— Quem o construiu e em que ano?

— Tem uma inscrição na parte da frente onde está escrito: "Lucien Destange, arquiteto, 1877".

— Obrigado, madame, isso é tudo. Até logo.

Ele saiu murmurando:

— Destange... Lucien Destange... esse nome me soa familiar.

Ele notou a existência de uma biblioteca pública por ali, entrou, consultou um dicionário de biografia moderna e copiou a seguinte informação: "Lucien Destange, nascido em 1840, Grand-Prix de Roma, oficial da Legião da Honra, autor de vários livros importantes de arquitetura, etc...".

Então voltou até a farmácia e soube que Wilson fora levado para o hospital. Lá Sholmes o encontrou com seu braço imobilizado com talas e tremendo de febre.

— Vitória! Vitória! — gritou Sholmes. — Encontrei um fio da meada.

— Que fio?

— Aquele que levará à vitória. Agora vou andar em terra firme, onde haverá marcas de passos, pistas...

— Cinzas de cigarros? — perguntou Wilson, cuja curiosidade superara sua dor.

— E muitas outras coisas! Apenas pense, Wilson, que descobri um elo misterioso que une as diferentes aventuras das quais a dama loira participou. Por que Lupin escolheu três casas para as cenas de suas façanhas?

— Sim, por quê?

— Porque aquelas três casas foram desenhadas pelo mesmo arquiteto. Esse foi um problema fácil de resolver, não é? Claro... mas quem pensaria nisso?

— Ninguém além de você.

— E quem, exceto eu, sabe que esse arquiteto, pelo uso de planos análogos, tornou possível para uma pessoa executar três atos distintos que, embora miraculosos em aparência, são, na realidade, bastante simples e fáceis?

— Isso foi um golpe de sorte.

— E já era tempo, querido amigo, pois eu estava ficando bastante impaciente. Sabe, este é nosso quarto dia.

— De dez.

— Ah! Depois disso...

Sholmes estava animado, encantado e mais feliz do que o normal.

— E quando penso que esses malditos poderiam ter me atacado na rua e quebrado meu braço assim como fizeram com você! Não é mesmo, Wilson?

Wilson estremeceu ao pensar naquilo. Sholmes continuou:

— Precisamos aprender a lição. Percebo, Wilson, que erramos ao tentar lutar contra Lupin às claras e ficamos expostos a seus ataques.

— Consigo entender e sinto isso também, em meu braço quebrado — disse Wilson.

— Você tem um consolo, Wilson; isto é, que escapei. Agora, preciso redobrar o cuidado. Em uma briga aberta, ele vai me vencer, mas, se eu puder trabalhar no escuro, sem ser visto por ele, tenho vantagem, não importa quão forte ele me force a ser.

— Ganimard pode ser de alguma ajuda.

— Nunca! No dia em que eu puder dizer "Arsène Lupin está lá; eu mostro a você o caminho das pedras e como pegá-las", vou até Ganimard em um dos endereços que ele me passou: sua residência na rua Pergolese ou na taverna suíça no Place du Châtelet. Mas, até que chegue esse momento, trabalharei sozinho.

Ele se aproximou da cama, colocou a mão no ombro de Wilson — no ombro machucado, claro — e disse:

— Cuide-se, meu velho. Daqui para frente, seu papel será manter dois ou três dos homens de Arsène Lupin ocupados vigiando você aqui em vão, esperando por meu retorno para perguntar sobre sua saúde. É uma missão secreta para você, certo?

— Sim, farei o meu melhor para cumprir meu papel. Então você acha que não volta mais aqui?

— Para quê? — perguntou Sholmes.

— Não sei... claro... estou me recuperando da melhor maneira possível. Mas, Herlock, me faça um último favor, me dê uma bebida?

— Uma bebida?

— Sim, estou morrendo de sede; e com a minha febre...

— Claro, é pra já.

Ele fingiu pegar um pouco de água, viu um pacote de tabaco, acendeu seu cachimbo e então, como se não tivesse ouvido o pedido do amigo, saiu, enquanto Wilson implorava com o olhar pela água inacessível.

— Senhor Destange!

O criado olhou da cabeça aos pés para a pessoa a quem ele abrira a porta da casa — a casa magnífica que ficava na esquina da Place Maleshers e da rua Montchanin — e, ao ver o homem de cabelos grisalhos, com a barba por fazer, vestindo um casaco preto já gasto, com o corpo tão feio quanto o rosto, respondeu com o desdém que acreditou que a ocasião merecia:

— O senhor Destange pode ou não estar em casa. Isso depende. O senhor tem um cartão de visitas?

Ele não tinha um cartão de visitas, mas tinha uma carta de apresentação e, depois de o criado ter levado a carta para o senhor Destange, ele foi conduzido até a presença do cavalheiro, que estava sentado em uma grande sala circular ou rotunda que ocupava uma das alas da casa. Era uma biblioteca e continha uma profusão de livros e desenhos arquitetônicos. Quando o desconhecido entrou, o arquiteto disse a ele:

— Senhor Stickmann?

— Sim, senhor.

— Meu secretário me disse que está doente e que enviou o senhor para continuar o catálogo geral dos livros que ele começou a fazer sob minha direção e, mais particularmente, o catálogo dos livros alemães. O senhor tem familiaridade com esse tipo de trabalho?

— Sim, senhor, bastante — respondeu ele, com um forte sotaque alemão.

Sob tais circunstâncias, a barganha logo foi concluída, e o senhor Destange começou a trabalhar com seu novo secretário.

Herlock Sholmes ganhara acesso à casa.

Para conseguir escapar da vigilância de Arsène Lupin e ganhar permissão para acessar a casa onde morava Lucien Destange e a filha Clotilde, o famoso detetive precisou recorrer a vários estratagemas e, com uma variedade de nomes, insinuou-se junto a grandes nomes e sob a confiança de um número de pessoas — em resumo, viveu, durante quarenta e oito horas, uma vida bastante complicada. Durante aquele período, adquirira a seguinte informação: o senhor Destange, após se aposentar dos negócios por causa da saúde debilitada, vivia agora entre os muitos livros de arquitetura que acumulara. Sentia prazer infinito em olhar e folhear tais volumes antigos e empoeirados.

Sua filha Clotilde era considerada excêntrica. Passava o tempo em uma outra parte da casa e nunca saía de lá.

— Claro — dissera Sholmes para si mesmo enquanto escrevia em um registro de títulos de livros que o senhor Destange ditava a ele —, tudo é vago e incompleto, mas é um avanço bastante grande. Eu certamente vou resolver um desses problemas interessantes: o senhor Destange tem alguma relação com Arsène Lupin? Ele ainda o encontra? Os papéis referentes à construção das três casas ainda existem? Será que tais papéis me darão informações sobre a localização de outras casas de construção similar que Arsène Lupin e seus companheiros poderão saquear no futuro?

— Senhor Destange, cúmplice de Arsène Lupin! Aquele homem venerável, um oficial da Legião da Honra, trabalhando junto com um assaltante. Tal ideia era absurda! Além disso, se admitirmos que tal cumplicidade existe, como poderia o senhor Destange, trinta anos atrás, ter previsto os roubos de Arsène Lupin, que na época era um bebê?

Não importa! O inglês era implacável. Com seu maravilhoso faro e aquele instinto que nunca lhe falta, sentiu que estava no centro de um mistério. Desde que entrou na casa pela primeira vez, tivera aquela impressão, mas ainda assim não sabia definir em que baseava suas suspeitas.

Na manhã do segundo dia, ele ainda não fizera nenhuma descoberta importante. Às duas horas daquele dia, viu Clotilde Destange pela primeira vez; ela veio até a biblioteca à procura de um livro. Tinha cerca de trinta anos de idade, era morena, com gestos lentos e silenciosos, com características imbuídas daquela expressão de indiferença que é característica das pessoas que vivem uma vida isolada. Trocou algumas palavras com o pai e então se retirou sem nem ao menos olhar para Sholmes.

A tarde arrastou-se, monótona. Às cinco horas, o senhor Destange anunciou sua intenção de sair. Sholmes ficou sozinho na galeria circular construída cerca de três metros acima do chão da rotunda. Já estava quase escuro. Ele estava prestes a partir quando ouviu um som leve e, ao mesmo tempo, teve a sensação de que havia alguém na sala. Vários minutos se passaram sem que ele ouvisse ou visse algo mais. Então ele se arrepiou; uma forma sombria emergia da penumbra, bem perto dele, na sacada. Parecia inacreditável. Há quanto tempo aquele visitante misterioso estava ali? De onde ele viera?

O forasteiro desceu os degraus e foi direto para um grande armário de carvalho. Sholmes observava os movimentos do homem com atenção. Ele o viu procurando entre os papéis que ficavam dentro do armário. O que ele estaria procurando?

Então a porta se abriu e a senhorita Destange entrou, conversando com alguém que vinha atrás dela:

— Então o senhor decidiu não sair, pai? Vou acender as luzes, espere um segundo... não se mexa.

O forasteiro fechou o armário e escondeu-se no vão de uma grande janela, fechando as cortinas sobre si. Será que a senhorita Destange não o vira? Ela não o ouvira? Com calma, ela acendeu as luzes; ela e o pai sentaram-se perto um do outro. Ela abriu um livro que trouxera consigo e começou a ler. Depois de alguns minutos em silêncio, ela disse:

— Seu secretário foi embora.

— É, não o estou vendo aqui.

— O senhor ainda gosta dele tanto quanto gostava no começo? — perguntou ela como se não soubesse da doença do verdadeiro secretário e que ele fora trocado pelo Stickmann.

— Ah, sim.

O senhor Destange balançou a cabeça de um lado para o outro. Ele estava dormindo. A garota voltou a ler. Um minuto depois, as cortinas foram abertas, e o forasteiro surgiu andando ao longo da parede em direção à porta, o que o obrigou a passar atrás do senhor Destange, mas na frente de Clotilde, e assim ficou exposto à luz, de maneira que Herlock Sholmes conseguiu ter uma boa visão do rosto do homem. Era Arsène Lupin.

O inglês estava encantado. Sua previsão se confirmara; ele penetrara no centro do mistério e descobrira que Arsène Lupin era o espírito que o movia.

Clotilde ainda não tomara conhecimento de sua presença, embora fosse bastante improvável que qualquer movimento do intruso tivesse escapado de sua percepção. Lupin já estava quase na porta e, na verdade, sua mão procurava pela maçaneta quando seu casaco raspou na pequena mesa e derrubou algo no chão. O senhor Destange acordou assustado. Arsène Lupin já estava na frente dele, com o chapéu na mão, sorrindo.

— Maxime Bermond — exclamou o senhor Destange, com alegria. — Meu querido Maxime, que bons ventos o trazem aqui?

— O desejo de ver o senhor e a senhorita Destange.

— Quando você voltou de viagem?

— Ontem.

— Você precisa ficar para o jantar.

— Não, obrigado, sinto muito, mas tenho um compromisso. Vou jantar com alguns amigos em um restaurante.

— Venha amanhã então. Clotilde, você deve insistir para que ele venha amanhã. Ah, meu querido Maxime... pensei muito em você durante a sua ausência.

— Verdade?

— Sim. Estava olhando meus papéis antigos naqueles armários e encontrei nossa última conta.

— Qual conta?

— Referente à avenida Henri-Martin.

— Ah, o senhor guarda esses papéis? Para quê?

Os três então deixaram a sala e continuaram a conversa em uma sala menor, ao lado da biblioteca.

— É o Lupin? — perguntou Sholmes para si mesmo, em um súbito acesso de dúvida.

Certamente, era ele; mas também era outra pessoa que se parecia com Arsène Lupin em certos aspectos e que ainda assim mantinha sua própria individualidade, características e cor do cabelo. Sholmes não conseguia ouvir a voz de Lupin na sala ao lado. Ele estava contando algumas histórias das quais o senhor Destange ria com vontade e que até trouxeram um sorriso aos lábios da melancólica Clotilde. E cada um desses sorrisos parecia ser a recompensa que Arsène Lupin procurava e que ele se encantava por ter obtido. Seu sucesso o fez redobrar seus esforços e, sem perceber, ao ouvir a voz franca e alegre, o rosto de Clotilde se iluminou e perdeu toda a frieza que costumava estar impregnada nele.

"Eles se amam", pensou Sholmes, "mas que diabos pode haver em comum entre Clotilde Destange e Maxime Bermond? Será que ela sabe que Maxime é ninguém mais do que Arsène Lupin?"

Até as sete horas, Sholmes escutou com ansiedade, procurando se beneficiar da conversa. Então, com bastante precaução, desceu e atravessou o lado da sala até a porta de maneira que as pessoas que estavam na sala vizinha não o vissem.

Quando chegou à rua, Sholmes se certificou de que não havia nenhum automóvel ou carro de aluguel por ali; e então coxeou pelo boulevard Malesherbes. Virou em uma rua adjacente, colocou nas costas o casaco que vinha carregando no braço, alterou o formato de seu chapéu, recompôs-se e, então, transformado, voltou para um lugar de onde ele poderia observar a porta da casa do senhor Destange.

Em poucos minutos, Arsène Lupin saiu e começou a andar em direção ao centro de Paris, passando pelas ruas de Constantinople e de Londres. Herlock Sholmes o seguiu a uma distância de cem passos.

Momentos de animação para o inglês! Ele aspirava o ar, com vontade, como um cão farejando uma pista fresca. Para ele, seguir seu adversário era algo prazeroso. Não era mais Herlock Sholmes quem era observado, mas sim Arsène Lupin, o invisível Arsène Lupin. Ele o segurava, por assim dizer, com a força de seu olhar, por meio de um elo imperceptível que nada poderia quebrar. E ele estava feliz em pensar que aquela presa pertencia a ele.

Mas logo notou uma circunstância suspeita. No espaço que o separava de Arsène Lupin, percebeu que várias pessoas andavam na mesma direção, principalmente dois camaradas fortes de chapéu redondo, do lado esquerdo da rua, e dois outros do lado direito, usando boné e com cigarro na boca. Claro, a presença deles naquele lugar podia ser apenas uma coincidência, mas Sholmes ficou ainda mais espantado quando viu que os quatro homens pararam quando Lupin entrou em uma loja de tabaco; e ficou ainda mais surpreso quando os quatro homens começaram a andar novamente depois que Lupin saiu da loja, cada qual andando do seu lado da rua.

— Maldição! — murmurou Sholmes. — Ele está sendo seguido.

Ele ficou incomodado com a ideia de que outros estavam no rastro de Arsène Lupin; que alguém o pudesse privar, não da glória — ele não se importava com isso — mas do imenso prazer de capturar, sozinho, o mais formidável inimigo que já conhecera. E sentiu que não estava enganado; os homens mostravam aos olhos experientes de Sholmes a aparência e o modo daqueles que, embora regulando seu passo com o de outra pessoa, não querem ser percebidos e assim agem de maneira natural.

— Será que isso é obra do Ganimard? — murmurou Sholmes. — Será que ele está me fazendo de bobo?

Ele se sentiu inclinado a conversar com um dos homens com a intenção de agir de acordo com eles; mas, como agora estavam se aproximando do boulevard, a multidão começou a ficar mais densa, assim, teve medo de perder Lupin de vista. Então apressou seu passo e virou no boulevard a tempo de ver Lupin subindo os degraus do restaurante húngaro na esquina da rua Helder. A porta do restaurante estava aberta e então Sholmes, que se sentou em um banco do outro lado do boulevard, conseguiu ver Lupin sentar-se à mesa, luxuosamente arrumada e enfeitada com flores, na qual três cavalheiros e duas damas de aparência elegante já estavam sentados, e os viu receberem Lupin cumprimentando-o calorosamente.

Sholmes procurou então pelos quatro homens e os viu entre uma multidão de pessoas que ouvia uma orquestra de ciganos que tocava em um café próximo dali. Era curioso o fato de eles não estarem prestando nenhuma atenção a Arsène Lupin, mas pareciam conhecer as pessoas que estavam em volta deles. Um deles pegou um cigarro em seu bolso e aproximou-se do cavalheiro que usava uma sobrecasaca e um chapéu. O cavalheiro ofereceu a brasa de seu charuto para acender o cigarro, e Sholmes teve a impressão de que os dois conversaram muito mais do que a ocasião exigia. Finalmente o cavalheiro aproximou-se do restaurante húngaro, entrou nele e olhou em volta. Quando viu Lupin, caminhou na direção dele e conversou brevemente com o homem, sentando-se em uma mesa próxima. Sholmes agora reconheceu o cavalheiro como o homem que tentou atingi-lo com o cavalo na avenida Henri-Martin.

Sholmes então entendeu que esses homens não estavam seguindo Arsène Lupin; eram parte de seu grupo. Eles faziam a sua segurança. Eram seus guarda-costas, seus satélites, sua escolta atenta. Qualquer que fosse o perigo que ameaçasse Lupin, seus cúmplices estavam à mão para alertá-lo, prontos para defendê-lo. Os quatro homens eram cúmplices. O cavalheiro de casaca era um cúmplice. Aquilo forneceu informações nas quais o inglês precisava pensar. Será que ele conseguiria capturar um indivíduo tão inacessível? Que poder ilimitado tal organização possuía, dirigida por um chefe como aquele?

Ele tirou uma página de seu bloco de anotações, escreveu algumas linhas a lápis, colocou-a em um envelope e falou com um garoto de cerca de quinze anos que estava sentado em um banco ao lado dele:

— Aqui, meu garoto, pegue um carro de aluguel e leve esta carta à taverna suíça, na Place du Châtelet. Rápido!

Ele deu cinco francos para o garoto e o menino desapareceu.

Meia hora se passou. A multidão aumentara, e Sholmes olhava, só de tempos em tempos, os cúmplices de Arsène Lupin. Alguém então encostou em seu braço e sussurrou em seu ouvido:

— Muito bem, o que aconteceu, senhor Sholmes?
— Ah! É você, Ganimard?
— Sim, recebi seu bilhete na taverna. O que aconteceu?
— Ele está aqui.
— Como assim?
— Ali... no restaurante. Incline-se para a direita... você o vê?
— Não.
— Ele está servindo champanhe para a dama.
— Aquele não é Lupin.
— É sim.
— Mas eu lhe digo... Ah! Talvez seja. Se parece bastante com ele — disse Ganimard, ingênuo. — E os outros, cúmplices?

— Não. A dama sentada ao lado dele é Lady Cliveden, a outra é a duquesa de Cletah. O cavalheiro sentado à frente de Lupin é o embaixador da Espanha em Londres.

Ganimard deu um passo à frente. Sholmes o deteve.

— Seja prudente. O senhor está sozinho.

— E ele também.

— Não, ele tem vários homens montando guarda no boulevard. E, dentro do restaurante, aquele cavalheiro...

— E eu, quando pegar Arsène Lupin pelo colarinho e disser seu nome, terei o restaurante todo do meu lado e todos os garçons também.

— Eu preferiria ter alguns policiais ao meu lado.

— Mas, senhor Sholmes, não temos escolha. Precisamos prendê-lo quando ele está a nosso alcance.

Ele estava certo; Sholmes sabia disso. Era melhor aproveitar a oportunidade e fazer a tentativa. Sholmes simplesmente deu o seguinte conselho a Ganimard:

— Esconda sua identidade o maior tempo possível.

Sholmes escondeu-se atrás de uma banca de jornais, de onde ainda conseguia observar Lupin, que estava inclinado na direção de Lady Cliveden, conversando e sorrindo para ela.

Ganimard atravessou a rua, com as mãos no bolso, como se estivesse caminhando pelo boulevard, mas, ao chegar ao lado oposto da calçada, virou-se rapidamente e subiu os degraus do restaurante. Houve um barulho estridente. Ganimard trombou no garçom, que de repente aparecera na porta da frente e agora empurrava Ganimard para fora mostrando-se indignado, como se ele fosse um intruso cuja presença desonrasse o restaurante. Ganimard estava surpreso. No mesmo instante, o cavalheiro de casaca saiu. Ele ficou do lado do detetive e embrenhou-se em uma discussão acalorada com o garçom; os dois segurando em Ganimard, um empurrando-o e o outro puxando-o de tal maneira que, apesar de seus esforços e protesto furiosos, o infeliz detetive logo se viu na calçada.

A briga dos homens foi acompanhada por uma multidão. Dois policiais foram atraídos pelo barulho e tentaram penetrar entre as pessoas, mas encontraram uma resistência misteriosa e não conseguiram avançar por entre as costas e os ombros que os impediam de seguir em frente.

Mas, de repente, como se por mágica, a multidão se dispersou, e o caminho até o restaurante ficou livre. O garçom, reconhecendo seu erro, pediu suas profundas desculpas; o cavalheiro de casaca parou de defender o detetive, e a multidão desapareceu, os policiais avançaram e Ganimard apressou-se até a mesa onde os seis clientes estavam sentados. Mas agora havia apenas cinco pessoas! Ele olhou em volta... a única saída era a porta.

— A pessoa que estava sentada aqui! — gritou ele atônito para os cinco clientes. — Onde ele está?

— O senhor Destro?

— Não, Arsène Lupin!

Um garçom aproximou-se e disse:

— O cavalheiro subiu as escadas.

Ganimard subiu correndo as escadas na esperança de encontrá-lo. O piso de cima do restaurante continha salas de jantar privativas, e uma escada particular levava até o boulevard.

— Não adianta procurar por ele agora — murmurou Ganimard. — Ele já deve estar longe a uma hora dessas.

Ele não estava muito longe — uns 180 metros, no máximo — no ônibus Madeleine-Bastille, que avançava tranquilamente no ritmo de seus três cavalos pela Place de l'Opéra em direção ao Boulevard des Capucines. Dois brutamontes conversavam na plataforma. Na parte de cima do ônibus, perto das escadas, um velho camarada dormia; era Herlock Sholmes.

Com a cabeça balançando, por causa do movimento do veículo, o inglês disse a si mesmo:

— Se Wilson me visse agora, estaria muito orgulhoso de seu chefe! Bah! Era fácil prever que o jogo estava perdido, assim que o homem trombou com o garçom, nada mais podia ser feito além de observar a saída e ver se nosso homem saía. Realmente, Lupin torna a vida animada e interessante.

No ponto final, Herlock Sholmes, ao se debruçar, viu Arsène Lupin saindo do ônibus e, enquanto ele passava na frente dos homens que trabalhavam como seus guarda-costas, Sholmes o ouviu dizer: "Na l'Etoile".

— Na l'Etoile, exatamente, um encontro marcado. Estarei lá — pensou Sholmes. — Vou seguir os dois homens.

Lupin pegou um automóvel, mas os homens caminharam toda a distância, seguidos por Sholmes. Pararam em uma casa estreita, número 40 da rua Chalgrin, e tocaram a campainha. Sholmes assumiu sua posição na sombra do vão de uma porta, de onde podia observar a casa em questão. Um homem abriu uma das janelas no piso térreo e fechou as persianas. Mas as persianas não cobriram totalmente a janela. O lugar estava iluminado.

Depois de dez minutos, um cavalheiro bateu à mesma porta e, alguns minutos depois, um outro homem entrou. Passou-se um curto espaço de tempo e um automóvel parou na frente da casa, trazendo dois passageiros: Arsène Lupin e uma dama escondida embaixo de um grande manto e de um véu grosso.

— A dama loira, sem dúvida — disse Sholmes para si mesmo, quando o automóvel se afastou.

Herlock Sholmes aproximou-se da casa, escalou a beirada da janela e, ao ficar na ponta dos pés, conseguiu enxergar pela janela acima das persianas. O que foi que ele viu?

Arsène Lupin, encostado na lareira, falando bastante animado. Os outros estavam reunidos em volta dele, ouvindo com atenção. Entre eles, Sholmes reconheceu com facilidade o cavalheiro com casaca e pensou que um dos outros homens lembrava um dos chefes dos garçons do restaurante. Quanto à dama loira, ela estava sentada em uma poltrona, de costas para a janela.

— Eles estão reunidos — pensou Sholmes. — Estão preocupados com o incidente no restaurante e estão reunidos discutindo a situação. Ah! Que golpe de mestre seria capturar todos eles de uma só vez!

Como um deles se movimentou em direção à porta, Sholmes pulou no chão e escondeu-se na sombra. O cavalheiro de casaca e o chefe dos garçons deixaram a casa. Um minuto depois, uma luz se acendeu nas janelas do primeiro andar, mas as cortinas foram fechadas imediatamente, e a parte de cima ficou tão escura quanto a parte de baixo da casa.

— Lupin e a mulher estão no piso térreo; os dois cúmplices moram no primeiro andar — pensou Sholmes.

Sholmes continuou lá durante a maior parte da noite, com receio de que, se fosse embora, Arsène Lupin saísse da casa. Às quatro horas, ao ver dois policiais no final da rua, ele se aproximou deles, explicou a situação e os deixou vigiando a casa. Foi até a casa de Ganimard, na rua Pergolese, e o acordou.

— Já sei onde ele está — disse Sholmes.

— Arsène Lupin?

— Sim.

— Se o senhor ainda não conseguiu segurá-lo de uma maneira melhor do que fez pouco tempo atrás, vou voltar a dormir. Mas também podemos ir até a delegacia.

Eles foram até a delegacia na rua Mesnil e de lá para a residência do delegado, o senhor Decointre. Então, acompanhados por meia dúzia de policiais, foram até a rua Chalgrin.

— Alguma novidade? — perguntou Sholmes aos dois policiais.

— Nenhuma.

O dia estava amanhecendo quando, depois de tomarem as devidas precauções para evitar que fugissem, o delegado tocou a campainha e começou a conversar com a zeladora. A mulher estava bastante assustada com a abordagem naquela hora da manhã e tremia enquanto respondia que não havia inquilinos no andar térreo.

— Como assim, nenhum inquilino? — exclamou Ganimard.

— Não tem, mas no primeiro andar tem dois homens chamados Leroux. Eles mobiliaram o apartamento no térreo para alguns parentes.

— Um cavalheiro e uma dama.

— Sim.

— Que chegaram na noite passada?

— Talvez... mas eu não sei... eu estava dormindo. Mas acho que não, porque a chave está aqui. Eles não pediram a chave.

Com a chave, o delegado abriu a porta do apartamento do piso térreo. Ele só tinha dois cômodos, que estavam vazios.

— Impossível! — exclamou Sholmes. — Eu vi os dois nesse apartamento.

— Não duvido de você — disse o delegado. — Mas eles não estão aqui agora.

— Vamos até o primeiro andar. Eles devem estar lá.

— O primeiro andar é ocupado por dois homens chamados Leroux.

— Vamos interrogar os senhores Leroux.

Todos subiram as escadas, e o delegado tocou a campainha. No segundo toque, um homem abriu a porta; ele usava camisa de manga curta. Sholmes o reconheceu como sendo um dos guarda-costas de Lupin. O homem tinha um ar furioso:

— O que significa essa bagunça a esta hora da manhã... acordando as pessoas dessa maneira?

Mas ele parou de repente, confuso.

— Meu Deus, me perdoem! Verdade, senhores, não percebi quem eram. Ora, é o senhor Decointre! E o senhor, senhor Ganimard. Como posso ajudá-los?

Ganimard caiu em uma gargalhada incontrolável que o fez inclinar-se para a frente e ficar com o rosto roxo.

— Ah, é você, Leroux — exclamou ele. — Ah, isso é engraçado demais! Leroux, cúmplice de Arsène Lupin! Ah, vou morrer de rir! E seu irmão, Leroux, onde ele está?

— Edmond! — gritou o homem. — É o Ganimard, ele veio nos visitar.

Outro homem apareceu e, ao ver Ganimard, a alegria ficou ainda maior.

— Ora, não podíamos imaginar isso! Ah, meus amigos, vocês estão em maus lençóis. Quem teria imaginado?

Virando-se para Sholmes, Ganimard apresentou os homens:

— Victor Leroux, um detetive de nosso escritório, um dos melhores homens da brigada de ferro... e Edmon Leroux, diretor do serviço antropométrico.

Capítulo 5

Um rapto

Herlock Sholmes não disse nada. Protestar? Acusar os dois homens? Aquilo seria inútil. Na falta de provas, provas essas que ele não tinha tempo para procurar, ninguém acreditaria nele. Além disso, estava sufocado de raiva, mas não demonstraria seus sentimentos perante o triunfante Ganimard. Então, se inclinou respeitosamente perante os irmãos Leroux, guardiões da sociedade, e retirou-se.

No vestíbulo, ele se virou na direção de uma porta baixa, que parecia ser a entrada de uma adega, e pegou uma pequena pedra vermelha; uma granada. Ao chegar na rua, ele se virou e leu, na frente da casa, a inscrição:

> *Lucien Destange,*
> *arquiteto . 1877 .*

A casa vizinha, de número 42, tinha a mesma inscrição.

— Sempre a passagem dupla, os números 40 e 42 têm um meio secreto de comunicação. Por que não pensei nisso? Eu devia ter ficado aqui junto com os dois policiais.

Ele encontrou os policiais perto da esquina e perguntou a eles:

— Duas pessoas saíram da casa de número 42 quando eu não estava aqui, não é?

— Sim, um cavalheiro e uma dama.

Ganimard aproximou-se. Sholmes segurou seu braço enquanto andavam na rua e disse:

— Senhor Ganimard, o senhor se divertiu e, sem dúvidas, vai me desculpar pelo incômodo que causei ao senhor.

— Ah! Não tem problema, mas eu me diverti.

— Admito isso, mas as melhores piadas têm vida curta, e essa certamente não durará muito.

— Espero que não.

— Hoje já é o sétimo dia, e eu posso ficar aqui só mais três dias. Depois disso, preciso voltar para Londres.

— Ah!

— Eu gostaria de pedir que o senhor esteja preparado, pois posso chamar o senhor a qualquer hora na terça ou na quarta-feira à noite.

— Para uma diligência como a que fizemos hoje?

— Sim, senhor, para a mesma coisa.

— E qual será o resultado?

— A prisão de Arsène Lupin — respondeu Sholmes.

— O senhor acha mesmo?

— Eu juro pela minha honra, senhor.

Sholmes despediu-se de Ganimard e foi até o hotel mais próximo para dormir por algumas horas. Depois disso, revigorado e com a confiança renovada, voltou para a rua Chalgrin, entregou dois luíses na mão da zeladora, certificou-se de que os irmãos Leroux tinham saído, descobriu que a casa pertencia ao senhor Harmingeat e, com uma vela em mãos, desceu até a adega, passando pela porta baixa perto da qual encontrara a granada. No pé da escada, encontrou outra granada exatamente igual à primeira.

"Não estou enganado", pensou ele, "isso é um meio de comunicação. Deixe-me ver se minha chave mestra abrirá o compartimento reservado para o locatário do térreo. Sim, abre. Agora vou examinar aquelas caixas de vinho... Ah! Ah! Aaqui estão alguns lugares onde a poeira foi limpa... e existem algumas pegadas no chão..."

Um pequeno barulho o fez ficar atento. Rapidamente ele fechou a porta, apagou a vela e escondeu-se atrás de uma pilha de caixas de vinho vazias. Depois de alguns segundos, percebeu que um pedaço da parede girava lentamente; a luz de uma lanterna surgiu na adega, um braço apareceu e então um homem entrou.

Ele estava inclinado, como se estivesse procurando alguma coisa. Sentiu a poeira com seus dedos e, por várias vezes, jogou algo dentro de uma caixa de papelão que ele carregava na mão esquerda. Em seguida, apagou os vestígios de suas pegadas, assim como as pegadas deixadas por Lupin e pela dama loira. Ele estava prestes a sair da adega pelo mesmo lugar por onde entrara quando soltou um grito rouco e caiu no chão. Sholmes pulara em cima dele. Foi coisa de um minuto e, da maneira mais simples do mundo, o homem estava esticado no chão, com os tornozelos e punhos amarrados. O inglês inclinou-se sobre ele e disse:

— Tem alguma coisa para dizer? Vai contar o que sabe?

O homem respondeu com um sorriso tão irônico que Sholmes percebeu a futilidade de seu questionamento. Então ele se satisfez explorando os bolsos de seu prisioneiro, mas encontrou apenas um molho de chaves, um lenço e uma pequena caixa de papelão que continha uma dezena de granadas iguais àquelas que Sholmes encontrara antes.

Então, o que ele faria com o homem? Esperaria até que seus amigos viessem ajudá-lo e então entregaria todos à polícia? Para quê? Como aquilo o ajudaria a capturar Lupin?

Hesitou, mas um exame da caixa decidiu a questão. A caixa tinha um nome e endereço:

"Leonard, joalheiro, rua de la Paix".

Ele decidiu abandonar o homem a seu destino. Trancou o cômodo e deixou a casa. Em uma agência de correio, enviou um telegrama para o senhor Destange, dizendo que não voltaria naquele dia. Foi então atrás do joalheiro e, ao entregar as granadas para ele, disse:

— A madame me enviou com essas pedras. Ela quer que o senhor as recoloque.

Sholmes usara o truque certo. O joalheiro respondeu:

— Certamente; a senhora me telefonou. Ela me disse que ela mesma viria aqui hoje.

Sholmes acomodou-se na calçada para esperar pela dama, mas só às cinco da tarde viu uma senhora bastante coberta por véus aproximar-se e entrar na loja. Pela janela, ele a viu colocar no balcão uma joia antiga, ornamentada com granadas.

Ela saiu quase imediatamente, andando rápido e passando por ruas desconhecidas pelo inglês. Como agora já estava quase escuro, ele caminhou perto dela e a seguiu para dentro de um prédio de cinco andares, com dois blocos de apartamento e, por isso, ocupado por várias pessoas. No segundo andar, ela parou e entrou. Dois minutos depois, o inglês começou a experimentar as chaves do molho que havia tirado do homem na rua Chalgrin. A quarta chave abriu a fechadura.

Apesar da escuridão dos aposentos, percebeu que os cômodos estavam absolutamente vazios, como se não estivessem ocupados, e as várias portas estavam abertas de maneira que ele pudesse ver todo o apartamento. No final do corredor, ele percebeu um raio de luz e, ao aproximar-se na ponta dos pés e olhando através da porta de vidro, viu a dama de véu, que tirou seu chapéu e sua roupa e agora usava um penhoar de veludo. As roupas que ela usara estavam em cima da única poltrona que havia no cômodo, e um candelabro aceso repousava na cornija da lareira.

Ele então a viu aproximar-se da lareira e tocar o que parecia ser o botão de uma campainha. Imediatamente o painel à direita da lareira se moveu e deslizou atrás do painel, revelando uma abertura grande o suficiente para uma pessoa passar por ela. A dama desapareceu na abertura, levando o candelabro consigo.

A operação era muito simples. Sholmes executou-a e seguiu a dama. Ele se viu em total escuridão e imediatamente sentiu seu rosto tocar em alguns artigos suaves. Acendeu um fósforo e viu que estava em um cômodo bastante pequeno e completamente coberto por vestidos e roupas em cabides. Continuou andando em frente até chegar a uma porta que estava fechada por um reposteiro. Espiou através dele e viu que a mulher estava lá, sob seus olhos, e quase ao alcance de suas mãos.

Ela apagou o candelabro e acendeu a luz. Então, pela primeira vez, Herlock Sholmes conseguiu enxergar claramente seu rosto. Ele ficou impressionado. A mulher, a quem ele surpreendera depois de tanto trabalho, tantos truques e manobras, era ninguém menos do que Clotilde Destange.

⸻ ◦ ⸻

Clotilde Destange, a assassina do barão d'Hautrec e a ladra que roubou o diamante azul! Clotilde Destange, a amiga misteriosa de Arsène Lupin! E a dama loira!

"Sim, sou realmente um imbecil", pensou Herlock Sholmes naquele momento, "Porque a amiga de Lupin era loira e Clotilde era morena, nunca imaginei que pudessem ser a mesma pessoa. Mas como a dama loira podia continuar loira depois do assassinato do barão e do roubo do diamante?"

Sholmes conseguia enxergar uma parte da sala; era um *boudoir*, mobiliado de maneira luxuosa e de gosto único, decorado com linda tapeçaria e enfeites caros. Um sofá de mogno, forrado de seda, ficava na lateral do aposento, em frente à porta onde Sholmes estava. Clotilde estava sentada nesse sofá, imóvel, com o rosto coberto pelas mãos. Então ele percebeu que ela chorava. Muitas lágrimas rolavam por suas bochechas pálidas e caíam, gota por gota, no penhoar de veludo. As lágrimas caíam grossas e rápidas, como se sua fonte fosse inesgotável.

Uma porta abriu-se silenciosamente atrás dela, e Arsène Lupin entrou. Olhou para ela por um longo tempo sem que ela notasse sua presença; então aproximou-se, ajoelhou-se a seus pés, pressionou sua cabeça contra seu peito, envolveu-a em seus braços e seus atos indicavam um amor e ternura profunda. Durante algum tempo, nenhuma palavra foi dita, mas suas lágrimas se tornaram menos abundantes.

— Eu queria tanto fazê-la feliz — murmurou ele.

— Eu sou feliz.

— Não é; você está chorando. Suas lágrimas partem meu coração, Clotilde.

Seu tom de voz terno e complacente a acalmava, e ela o escutava com ávida esperança e felicidade. Sua fisionomia ficou mais tranquila, e ela esboçou um sorriso, mas, ainda assim, um sorriso triste! Ele continuou a falar em um tom de ternura e súplica:

— Você não deveria se sentir triste, Clotilde, não há motivos para isso.

Ela lhe mostrou suas mãos brancas e delicadas e disse, de maneira solene:

— Sim, Maxime, enquanto eu vir minhas mãos, estarei triste.

— Por quê?

— Elas estão manchadas de sangue.

— Shh...! Não pense nisso! — exclamou Lupin. — O passado está morto, não o traga de volta.

E ele a beijou, um beijo longo e delicado, enquanto ela olhava para ele com um sorriso largo como se cada beijo apagasse um pouco aquela terrível lembrança.

— Você deve me amar, Maxime; você deve, pois nenhuma mulher jamais amará você como eu amo. Por você, fiz muitas coisas, não que você tenha me ordenado ou pedido, mas em obediência a seus desejos secretos. Fiz coisas contra as quais minha honra e consciência se revoltam, mas existia alguma força desconhecida à qual eu não conseguia resistir. O que fiz, fiz involuntária e mecanicamente para ajudá-lo, porque você queria que isso acontecesse... e estou pronta para fazer tudo de novo amanhã... e sempre.

— Ah, Clotilde — disse ele, com amargura. — Por que fui envolvê-la em minha vida de aventuras? Eu devia ter continuado a ser o Maxime Bermond de cinco anos atrás e não devia ter deixado você saber sobre... o outro homem que sou.

Ela respondeu em voz baixa.

— Eu amo o outro homem, também, e não me arrependo de nada.

— Sim, você sente falta de sua vida passada, da vida livre e feliz da qual você gostava.

— Não me arrependo quando você está aqui comigo — disse ela, apaixonada. — Todos os erros e crimes desaparecem quando vejo você. Quando você não está aqui, eu posso sofrer, chorar e me sentir horrorizada com o que fiz; mas quando você volta me esqueço de tudo. Seu amor apaga tudo. E fico feliz de novo... mas você precisa me amar!

— Eu não amo você por obrigação, Clotilde. Eu simplesmente amo você porque... eu amo você.

— Você tem certeza disso?

— Tenho tanta certeza do meu amor como tenho do amor que você sente por mim. Só que minha vida é muito violenta e frenética, e não posso ficar com você todo o tempo que você gostaria, por enquanto.

— Qual é o problema? Algum perigo? Me conte!

— Ah, nada sério. Só...

— Só o quê? — perguntou ela.

— Bom, ele está no nosso encalço.

— Ele quem? Herlock Sholmes?

— Sim, foi ele quem levou Ganimard até o restaurante húngaro. Foi ele quem instruiu os dois policiais a vigiar a casa na rua Chalgrin. Tenho provas disso. Ganimard inspecionou a casa hoje de manhã e Sholmes estava com ele. Além disso...

— Além disso? O quê?

— Bom, tem mais uma coisa. Um de nossos homens desapareceu.

— Quem?

— Jeanniot.

— O porteiro?

— Sim.

— Ora, eu o mandei até a rua Chalgrin hoje pela manhã para pegar as granadas que caíram do meu broche.

— Então não há dúvida, Sholmes o pegou.

— Não, as granadas foram entregues ao joalheiro na rua de la Paix.

— Então, onde é que ele está?

— Ah, Maxime, estou com medo.

— Não precisa ter medo, mas confesso que a situação está bastante séria. O que ele sabe? Onde ele está se escondendo? Seu isolamento é a carta que ele tem em sua manga. Não consigo alcançá-lo.

— O que você vai fazer?

— Agirei com extrema prudência, Clotilde. Algum tempo atrás, pensei em mudar minha residência para um lugar mais seguro, e a vinda de Sholmes me fez tomar logo a decisão. Quando um homem como esse está em seu encalço, é necessário estar preparado para o pior. Ora, estou fazendo meus preparativos. Depois de amanhã, quarta-feira, devo me mudar. Ao meio-dia, tudo estará pronto. Às duas horas, deixo o lugar, depois de apagar todas as pistas de que um dia moramos lá, e isso não será uma tarefa simples. Até lá...

— Sim?

— Até lá não devemos nos ver e ninguém deve ver você, Clotilde. Não saia de casa. Não temo por mim, mas temo por você.

— O inglês não tem como chegar a mim.

— Não tenho tanta certeza disso. Ele é um homem perigoso. Ontem vim até aqui para procurar no armário onde estão guardados todos os papéis e registros do senhor Destange. Há perigo lá. Há perigo em todo lugar. Sinto que ele está nos observando, que ele está tecendo sua teia em volta de nós, cada vez mais perto. É uma daquelas intuições que nunca me abandonam.

— Nesse caso, Maxime, vá e não pense mais nas minhas lágrimas. Serei corajosa e esperarei pacientemente até que o perigo se torne passado. Adieu, Maxime.

Eles ficaram abraçados por algum tempo. E foi ela quem, delicadamente, o empurrou. Sholmes conseguia ouvir o som de suas vozes ao longe.

Animado com as necessidades da situação e a urgência de chegar ao fim de sua investigação, Sholmes começou a examinar a casa na qual se encontrava. Passou pelo aposento de Clotilde e saiu em um corredor, no final do qual havia uma escada que levava para o piso de baixo; estava prestes a descer a escada quando ouviu vozes no andar de baixo, o que o fez mudar de rota. Ele continuou pelo corredor, que era circular, e encontrou outra escada, que desceu e o levou a um ambiente que lhe era familiar. Passou por uma porta que estava parcialmente aberta e entrou em uma sala grande e circular. Era a biblioteca do senhor Destange.

— Ah! Maravilha! — exclamou ele. — Agora entendo tudo. O quarto da senhorita Clotilde — a dama loira — se comunica com um quarto na casa vizinha, e esta casa não tem a frente voltada para a Place Malesherbes, mas para a rua adjacente, a rua Montchanin, se é que estou me lembrando do nome corretamente... e agora entendo como Clotilde Destange consegue encontrar seu amante e, ao mesmo tempo, dar a impressão de que nunca sai de casa. E entendo também como Arsène Lupin conseguiu fazer sua entrada misteriosa na galeria na noite passada. Ah! Deve existir alguma outra conexão entre a biblioteca e a sala vizinha. Mais uma casa cheia de caminhos pela escuridão! E, sem dúvidas, Lucien Destange era o arquiteto, como sempre! Eu devia aproveitar essa oportunidade para examinar o conteúdo do armário e talvez descobrir a localização de outras casas com passagens secretas construídas pelo senhor Destange.

Sholmes subiu até a galeria e escondeu-se atrás das cortinas, onde ficou até tarde da noite. Por fim, o criado veio e apagou a luz. Uma hora depois, o inglês, com a ajuda da luz de sua lanterna, foi até o armário. Como ele suspeitara, lá dentro, estavam os papéis antigos do arquiteto, planejamentos, especificações e livros de contabilidades. O armário continha também uma série de registros, organizados por data, e Sholmes selecionou os mais recentes e procurou no índice pelo nome "Harmingeat". Encontrou em um dos registros uma referência à página 63. Foi até aquela página e leu:

"Harmingeat, 40, rua Chalgrin."

E seguia-se um registro detalhado do trabalho feito lá e também sobre a instalação de uma calefação no local. E, na margem do livro, alguém escrevera as seguintes palavras: "Ver o dossiê M.B.".

— Ah, como eu imaginei! — disse Sholmes. — O dossiê M.B. é o que eu quero. Devo encontrar lá informações sobre a residência atual do senhor Lupin.

Quando ele encontrou uma informação importante, já amanhecia. Tinha quinze páginas, uma das quais era uma cópia na qual estava descrito o trabalho feito para o senhor Harmingeat na rua Chalgrin. Outra página descrevia o trabalho feito pelo senhor Vatinel, dono da casa de número 25 na rua Clapeyron. Outra página foi reservada para a residência do barão d'Hautrec, no número 134 da avenida Henri-Martin; outra foi destinada ao Castelo de Crozon, e as outras onze páginas foram destinadas a vários donos de residências de Paris.

Sholmes fez uma lista com aqueles onze nomes e endereços; depois devolveu os livros para seu lugar, abriu a janela, pulou na rua deserta e fechou as persianas antes de partir.

Quando chegou ao quarto no hotel, acendeu seu cachimbo com toda a solenidade que atribuía a esse gesto e, entre nuvens de fumaça, analisou as deduções que podiam ser feitas a partir do dossiê M. B., ou melhor, do dossiê Maxime Bermond, conhecido como Arsène Lupin.

Às oito horas, ele enviou a seguinte mensagem para Ganimard:

> Pretendo passar esta manhã na rua Pergolese e informarei você sobre uma pessoa cuja prisão é de grande importância. Em todo caso, esteja em casa esta noite e amanhã até meio-dia e deixe pelo menos trinta homens à sua disposição.

Ele então entrou em um automóvel no boulevard, escolhendo aquele cujo chofer parecia bom, mas não muito inteligente, e pediu para que ele o levasse até a Place Malesherbes, onde o fez parar a cerca de trinta metros da casa do senhor Destange.

— Meu caro, feche a janela — disse ele ao chofer —, suba a gola de seu casaco, pois o vento está frio, e espere pacientemente. Daqui a uma hora e meia, ligue o motor de seu carro. Quando eu voltar, vamos até a rua Pergolese.

Enquanto subia os degraus que levavam até a porta, uma dúvida percorreu sua mente. Não seria um erro da parte dele desperdiçar seu tempo se preocupando com a dama loira enquanto Arsène Lupin se preparava para se mudar? Não seria melhor ele tentar descobrir a residência de seu adversário entre as onze casas da lista?

— Ah! — exclamou ele. — Quando a dama loira se tornar minha prisioneira, serei o dono da situação.

E tocou a campainha.

O senhor Destange já estava na biblioteca. Eles haviam começado a trabalhar a apenas alguns minutos quando Clotilde entrou, cumprimentou o pai, entrou na sala adjacente e sentou-se para escrever. Do lugar onde estava sentado, Sholmes conseguia vê-la inclinada sobre a mesa e, de tempos em tempos, absorta em pensamentos profundos. Depois de um curto tempo, ele pegou um livro e disse para o senhor Destange:

— Este é um livro que a senhorita Destange me pediu para trazer para ela quando encontrasse.

Ele foi até a salinha, parou em frente a Clotilde, em uma posição em que seu pai não conseguia vê-la, e disse:

— Sou o senhor Stickmann, o novo secretário de seu pai.

— Ah! — disse Clotilde, sem se mover. — Meu pai dispensou o secretário? Não sabia disso.

— Sim, senhorita, e gostaria de conversar com a senhorita.

— Faça o favor de se sentar, senhor; já terminei.

Ela acrescentou algumas poucas palavras à carta, assinou-a, guardou-a no envelope, fechou-a, empurrou o material que usava para escrever para o lado, pegou o telefone, ligou para sua costureira e pediu que apressasse a confecção de seu vestido de viagem, pois precisava dele imediatamente e, então, virando-se para Sholmes, disse:

— Estou à disposição, senhor. Mas o senhor quer falar comigo na presença de meu pai? Não seria melhor?

— Não, senhorita, e imploro à senhorita que não aumente seu tom de voz. É melhor que o senhor Destange não nos ouça.

— É melhor para quem?

— Para a senhorita.

— Não posso concordar em ter uma conversa com o senhor sem que meu pai possa ouvi-la.

— Mas a senhorita precisa concordar com isso. É muito importante.

Os dois se levantaram, olho no olho. Ela disse:

— Fale, senhor.

Ainda em pé, ele começou:

— A senhorita vai me perdoar se me engano em alguns pontos de importância secundária. Garanto, porém, a exatidão geral das minhas declarações.

— Podemos ir direto ao assunto, senhor? Ou essas preliminares são importantes?

Sholmes sentiu a jovem em alerta, por isso, respondeu:

— Muito bem, vou direto ao ponto. Cinco anos atrás, seu pai conheceu um certo jovem chamado Maxime Bermond, que lhe foi apresentado como empreiteiro, ou arquiteto, não tenho certeza; mas como um ou outro. O senhor Destange gostou do jovem e, como seu estado de saúde o obrigava a se aposentar do trabalho ativo, ele confiou ao senhor Bermond a execução de certas encomendas que recebera de alguns de seus antigos clientes e que pareciam estar dentro das capacidades do senhor Bermond.

Herlock Sholmes parou de falar. Parecia a ele que a palidez da garota aumentara. Ainda assim, não havia o menor tremor em sua voz quando ela disse:

— Não sei nada sobre as circunstâncias às quais o senhor se refere, senhor, e não vejo como isso pode me interessar.

— Assim, senhorita, a senhorita sabe, assim como eu, que Maxime Bermond também é conhecido pelo nome de Arsène Lupin.

Ela riu e disse:

— Que bobagem! Arsène Lupin? Maxime Bermond é Arsène Lupin? Ah, não! Isso não é possível!

— Tenho a honra de informá-la sobre esse fato e, como a senhora se recusa a entender o que quero dizer, acrescento que Arsène Lupin encontrou nesta casa uma amiga, mais do que uma amiga, uma cúmplice, cegamente apaixonada e dedicada a ele.

Sem emoção, ou pelo menos com tão pouca emoção que Sholmes ficou impressionado ao ver seu autocontrole, ela declarou:

— Não entendo o seu objetivo, senhor, e não me importo com ele, mas ordeno que o senhor não diga mais nada e saia desta casa.

— Não tenho a intenção de impor minha presença aqui — respondeu Sholmes, com igual serenidade —, mas não vou sair desta casa sozinho.

— E quem vai acompanhar o senhor?

— A senhorita.

— Eu?

— Sim, senhorita, deixaremos esta casa juntos, e a senhorita vai me seguir sem emitir nenhuma palavra de protesto.

A característica estranha da conversa era a absoluta frieza dos dois adversários. Não havia nenhum sinal de um duelo implacável entre duas forças poderosas, mas, a julgar somente por suas atitudes e pelo tom de suas vozes, alguém que os observasse teria suposto que sua conversa era apenas mais séria e cortês do que um argumento sobre algum assunto impessoal.

Clotilde voltou a sentar-se sem responder ao último comentário de Herlock Sholmes, a não ser com um encolher de seus ombros. Sholmes olhou para o relógio e disse:

— São dez e meia. Partiremos em cinco minutos.

— Talvez.

— Se a senhorita não vier comigo, irei até o senhor Destange e contarei a ele...

— O quê?

— A verdade. Contarei a ele sobre a vida de pecados de Maxime Bermond e a vida dupla de sua cúmplice.

— Cúmplice?

— Sim, sobre a mulher conhecida como dama loira, a mulher que um dia foi loira.

— E que provas o senhor dará a ele?

— Eu o levarei até a rua Chalgrin e mostrarei a ele a passagem secreta que os homens de Arsène Lupin fizeram, enquanto executavam o trabalho que ele controlava, entre as casas de número 40 e 42; a passagem que a senhorita e ele usaram duas noites atrás.

— E?

— Então levarei o senhor Destange até a casa do senhor Detinan; desceremos a escada de serviços que foi usada pela senhorita e por Arsène Lupin quando fugiu de Ganimard e procuraremos juntos o meio de comunicação com a casa vizinha, que fica de frente para o Boulevard des Batignolles, e não para a rua Clapeyron.

— E?

— Levarei o senhor Destange até o Castelo de Crozon e será fácil para ele, que conhece a natureza do trabalho desempenhado por Arsène Lupin na restauração do castelo, descobrir as passagens secretas construídas lá por seus homens. Será então concluído que tais passagens permitiram que a dama loira fizesse uma visita noturna ao quarto da condessa e pegasse o diamante azul sobre a lareira; e, duas semanas depois, de maneira semelhante, entrasse no quarto do senhor Bleichen e escondesse o diamante azul em seu dentifrício. Um ato estranho, confesso; talvez uma vingança feminina; mas não sei e não me importo com isso.

— E?

— Depois disso — disse Herlock Sholmes, em tom mais sério —, levarei o senhor Destange até o número 134 da avenida Henri-Martin, e descobriremos como o barão d'Hautrec...

— Não, não, fique em silêncio — gaguejou a garota, de repente aterrorizada —, proíbo o senhor de fazer isso! O senhor se atreve a dizer que fui eu... o senhor está me acusando?

— Eu acuso a senhorita de ter assassinado o barão d'Hautrec.

— Não, não, isso é mentira.

— A senhorita matou o barão d'Hautrec. A senhorita começou a trabalhar para ele com o nome de Antoinette Bréhat, com o propósito de roubar o diamante azul, e a senhorita o matou.

— Fique quieto, senhor — implorou ela. — Já que o senhor sabe tanta coisa, o senhor deve saber que eu não matei o barão.

— Eu não disse que a senhorita o assassinou. O barão d'Hautrec tinha ataques de insanidade que apenas a irmã Auguste sabia controlar. Ela mesma me contou isso. Em sua ausência, ele deve tê-la atacado e, com o curso da luta, a senhorita o atingiu para salvar a própria vida. Assustada com sua terrível situação, a senhorita tocou a campainha e fugiu sem nem ao menos pegar o diamante azul no dedo de sua vítima. Alguns minutos depois, a senhorita voltou com um dos cúmplices de Arsène Lupin, que trabalhava como criado na casa vizinha, colocou o barão na cama e deixou o quarto em ordem, mas a senhorita ficou com medo de pegar o diamante azul. Pronto, agora já lhe contei tudo o que aconteceu naquela noite. Repito, a senhorita não assassinou o barão, mas ainda assim foi a mão da senhorita que aplicou o golpe.

Ela as cruzou sobre a testa — aquelas longas e delicadas mãos brancas — e as deixou lá por um longo tempo. Por fim, soltando os dedos, ela disse com a voz cheia de angústia:

— E o senhor pretende contar tudo isso para o meu pai?

— Sim, e contarei a ele que tenho uma testemunha de confiança: a senhorita Gerbois, que reconhecerá a dama loira; a irmã Auguste, que reconhecerá Antoinette Bréhat; e a condessa de Crozon, que reconhecerá a senhora De Réal. É isso que contarei a ele.

— O senhor não se atreveria — disse ela, recuperando seu autocontrole diante da ameaça de um perigo imediato.

Ele se levantou e deu um passo na direção da biblioteca. Clotilde o interrompeu:

— Um momento, senhor.

Ela parou, pensou por um momento e então, perfeitamente calma, disse:

— O senhor é Herlock Sholmes?

— Sim.

— O que o senhor quer de mim?

— O que eu quero? Estou lutando um duelo com Arsène Lupin e quero vencer. O confronto não está atingindo o clímax e tenho a impressão de que uma refém tão preciosa quanto a senhorita vai me dar uma vantagem importante sobre meu adversário. Assim, a senhorita irá me acompanhar, madame; vou deixá-la aos cuidados de um de meus amigos. Assim que o duelo terminar, a senhorita será colocada em liberdade.

— Só isso?

— Só isso. Eu não pertenço ao departamento de polícia deste país e, consequentemente, não me considero obrigado a... colocar a senhorita na prisão.

Ela pareceu ter tomado uma decisão. Ainda assim, pediu um momento de trégua. Fechou os olhos para se concentrar melhor. Sholmes olhou para ela surpreso; ela estava tranquila agora e, aparentemente, indiferente aos perigos que a ameaçavam. Sholmes pensou: "Será que ela acredita que está em perigo? Provavelmente não, pois tem a proteção de Lupin. Ela confia nele. Ela acredita que Lupin é onipotente e infalível".

— Senhorita — disse ele —, eu lhe disse que partiríamos em cinco minutos. O tempo está quase acabando.

— O senhor vai permitir que eu vá até meu quarto, senhor, para pegar alguns artigos de necessidade?

— Certamente, senhorita; e eu esperarei pela senhorita na rua Montchanin. Jeanniot, o porteiro, é um amigo meu.

— Ah! O senhor sabe... — disse ela, visivelmente alarmada.

— Eu sei de muitas coisas.

— Muito bem, vou telefonar para a criada.

A criada trouxe seu chapéu e um casaco. Então, Sholmes disse:

— A senhorita deve dar ao senhor Destange algum motivo para partir e, se possível, dê uma desculpa para que a senhorita esteja ausente por vários dias.

— Isso não será necessário. Voltarei bem rápido.

Eles trocaram olhares desafiadores e um sorriso irônico.

— A senhorita confia bastante nele! — disse Sholmes.

— Totalmente.

— Ele faz tudo direito, não é mesmo? Consegue tudo o que se propõe a fazer. E o que quer que ele faça, recebe sua aprovação e cooperação.

— Eu o amo — disse ela com um tom de paixão na voz.

— E a senhorita acha que ele vai salvá-la?

Ela deu de ombros e, aproximando-se do pai, disse:

— Vou precisar tirar o senhor Stickmann do senhor. Vamos até a Biblioteca Nacional.

— Vocês voltam para almoçar?

— Talvez... não, acho que não... mas não fique preocupado.

Então ela disse para Sholmes, com a voz firme:

— Estou sob seu comando, senhor.

— Totalmente?

— Praticamente.

— Aviso que, se a senhorita tentar fugir, chamarei a polícia e a senhorita será presa. Não se esqueça de que a dama loira tem mandado de prisão.

— Eu lhe dou minha palavra de honra que não tentarei fugir.

— Acredito na senhorita. Então, vamos.

Os dois deixaram a casa juntos, como ele ordenara.

O automóvel estava parado onde Sholmes o deixara. Enquanto se aproximavam, Sholmes conseguiu ouvir o ronco do motor. Ele abriu a porta, pediu para que Clotilde entrasse e sentou-se ao lado dela. A máquina partiu e entrou nos boulevards marginais, na avenida Hoche e na avenida de la Grande-Armée. Sholmes refletia sobre seus planos. Ele pensou:

"Ganimard está em casa. Vou deixar a garota aos cuidados dele. Devo dizer a ele quem ela é? Não, ele a prenderia na hora, e isso estragaria tudo. Quando eu estiver sozinho, poderei consultar a lista de endereços que peguei no 'dossiê M.B.' e sair atrás deles. Hoje à noite, ou no máximo amanhã pela manhã, irei atrás de Ganimard, como acordado, e entregarei em suas mãos Arsène Lupin e todo o seu bando."

Ele esfregou as mãos, com alegria, ao pensar que seu duelo com Lupin estava se aproximando do fim, e não conseguia enxergar nenhum obstáculo sério no caminho de seu sucesso. Cedendo a uma necessidade de dar voz a seus sentimentos — um desejo incomum de sua parte —, exclamou:

— Desculpe, senhorita, se eu não consigo esconder minha satisfação e alegria. A batalha tem sido difícil, e meu sucesso é, então, ainda mais prazeroso.

— Um sucesso legítimo, senhor, do qual o senhor tem o direito de se orgulhar.

— Obrigado. Mas para onde estamos indo? O chofer deve ter entendido errado as minhas instruções.

Naquele momento, eles estavam deixando Paris pelo portão de Neuilly. Aquilo era estranho, pois a rua Pergolese não ficava fora da cidade. Sholmes abaixou o vidro e disse:

— Chofer, o senhor cometeu um erro... rua Pergolese!

O homem não respondeu. Sholmes repetiu falando mais alto:

— Eu disse a você para ir para a rua Pergolese.

Ainda assim, o homem não respondeu.

— Ah, mas o senhor é surdo, meu amigo. Ou está fazendo isso de propósito? Estamos bem fora do nosso caminho... rua Pergolese! Vire logo! Rua Pergolese!

O chofer não fez nenhum sinal de ter ouvido a ordem. O inglês começou a ficar impaciente. Olhou para Clotilde; ela tinha um sorriso misterioso nos lábios.

— Por que você está rindo? — perguntou ele. — É um erro estranho, mas isso não muda a situação para você.

— Claro que não — respondeu ela.

Então uma ideia lhe ocorreu. Ele se levantou e examinou o chofer com cuidado. Seus ombros não eram tão largos; sua atitude não era tão rígida e mecânica. Um suor frio cobriu sua testa, e suas mãos se fecharam com uma convicção repentina enquanto sua mente entendia que o chofer era Arsène Lupin.

— Ora, senhor Sholmes, o que o senhor está achando do nosso passeio?

— Muito agradável, senhor, realmente agradável — respondeu Sholmes.

Nunca em sua vida ele experimentara tanta dificuldade para proferir algumas simples palavras sem tremer ou sem trair seus sentimentos com a voz. Mas rapidamente, como um tipo de reação, uma onda de raiva tomou conta dele, superou seu autocontrole e bruscamente o fez pegar seu revólver, que ele apontou para a senhorita Destange.

— Lupin, pare, neste minuto, neste segundo, ou vou atirar na senhorita.

— Aconselho o senhor a mirar na face se quiser atingir a testa — respondeu Lupin, sem virar a cabeça.

— Maxime, não vá tão depressa — disse Clotilde —, a estrada está escorregadia e eu tenho muito medo.

Ela estava sorrindo; seus olhos estavam fixos na estrada, sobre a qual o automóvel viajava em velocidade bastante alta.

— Faça-o parar! Faça-o parar! — disse Sholmes a ela, com muita raiva. — Estou avisando vocês, estou muito bravo.

O cano do revólver encostou em um dos cachos de seu cabelo. Ela respondeu, com calma:

— Maxime é tão imprudente. Está indo tão rápido, tenho realmente medo de que ele cause algum acidente.

Sholmes guardou a arma em seu bolso novamente e procurou pela maçaneta da porta para abri-la, apesar de tal ato ser um absurdo. Clotilde disse a ele:

— Cuidado, senhor, tem um automóvel atrás de nós.

Ele olhou para trás. Havia um automóvel bem atrás dele; um carro grande de aspecto formidável com sua frente pontiaguda e seu corpo vermelho, trazendo quatro homens vestindo casaco de pele.

"Ah! Estou sendo vigiado", pensou Sholmes, "Vou ter um pouco de paciência."

Ele cruzou os braços sobre o peito com aquele ar orgulhoso de submissão assumido tão frequentemente pelos heróis quando o destino se virava contra eles. E, enquanto atravessavam o rio Sena e passavam correndo por Suresnes, Rueil e Chatou, sem se mover e resignado, controlando suas ações e paixões, ele tentou entender, para sua própria satisfação, por que milagre Arsène Lupin assumira o lugar do chofer. Era bastante improvável que o camarada de expressão honesta que ele escolhera no boulevard naquela manhã fosse um cúmplice colocado lá. E, ainda assim, Arsène Lupin recebera algum tipo de aviso e deve ter sido depois que ele, Sholmes, se aproximara de Clotilde na casa, pois ninguém teria suspeitado de seu plano antes daquele momento. Desde então, Sholmes não perdera Clotilde de vista.

Uma ideia então lhe ocorreu: a conversa telefônica de Clotilde e sua ligação para a costureira. Agora estava quase claro para ele. Mesmo antes de ele ter falado com ela, simplesmente por ele ter pedido para falar com ela como novo secretário do senhor Destange, ela percebera o perigo, adivinhara o nome e o propósito do visitante e, calma e naturalmente, como se estivesse realizando um ato corriqueiro, ligou para Arsène Lupin e pediu sua ajuda por meio de um sinal combinado entre eles.

Como Arsène Lupin viera e substituíra o chofer não importava. O que importava para Sholmes, até o ponto de acalmar sua fúria, era a lembrança daquele incidente no qual uma mulher comum, uma adorável mulher, é verdade, dominando seu nervosismo, controlando suas expressões faciais e subjugando a expressão de seus olhos, enganara totalmente o astuto detetive Herlock Sholmes. Como é difícil superar um adversário que tem a ajuda de pessoas assim e que, por mera força de sua autoridade, inspira em uma mulher tanta coragem e força.

Atravessaram o Sena e subiram a colina até Saint-Germain; mas, cerca de quinhentos metros depois da cidade, o automóvel começou a perder velocidade. O outro automóvel passou por eles e os dois pararam lado a lado. Não havia mais ninguém por ali.

— Senhor Sholmes — disse Lupin —, por favor, vá para o outro carro. O nosso está realmente bastante devagar.

— Está mesmo! — disse Sholmes calmamente, convencido de que não tinha escolha.

— Além disso, permita-me emprestar ao senhor um casaco de pele, pois o senhor vai viajar em uma velocidade alta e o clima está bem frio. E aceite esses dois sanduíches, pois não sabemos quando o senhor conseguirá jantar.

Os quatro homens saltaram do outro automóvel. Um deles aproximou-se e, quando tirou os óculos, Sholmes o reconheceu como sendo o cavalheiro de casaca que ele vira no restaurante húngaro. Lupin disse a ele:

— Devolva essa máquina ao chofer de quem a aluguei. Ele está esperando na primeira loja de vinho à direita quando você começa a subir a rua Legendre. Você dará a ele a outra metade dos mil francos que lhe prometi. Ah! Sim, por favor, dê seus óculos para o senhor Sholmes.

Ele conversou com a senhorita Destange por um momento, então assumiu seu lugar ao volante e partiu, com Sholmes sentado ao seu lado e um de seus homens atrás. Lupin não exagerara quando disse "vamos viajar em alta velocidade". Desde o começo, ele já saiu voando. O horizonte parecia correr ao encontro deles, como se fosse atraído por alguma força misteriosa, e desapareceu instantaneamente como se fosse engolido por um abismo, no qual muitas outras coisas, como árvores, casas, campos e florestas, fossem engolidas por uma fúria tumultuosa e pela urgência de uma corrente que se aproxima de uma catarata.

Sholmes e Lupin não trocaram uma só palavra. Sobre suas cabeças, as folhas faziam um barulho alto como se fossem ondas, ritmicamente produzido pelo espaçamento regular das árvores. E as cidades pareciam fantasmas passando por eles: Manteo, Vernon, Gaillon. De uma colina para a outra, de Bon-Secours para Canteleu, Rouen, com seus subúrbios, seu porto, seus quilômetros de cais, pareceu uma rua de um vilarejo do interior. E então vieram Duclair, Caudebec, a região do Caux, pela qual passaram rapidamente em seu voo veloz, e Lillebonne, e Quillebeuf. Então, de repente, eles se viram às margens do Sena, na extremidade de um pequeno cais, ao lado do qual estava um robusto iate de alto-mar que soltava grandes volumes de fumaça preta de sua chaminé.

O automóvel parou. Em duas horas, eles viajaram mais de duzentos quilômetros.

Um homem, usando um uniforme azul e um quepe dourado, veio até eles e cumprimentou-os. Lupin perguntou a ele:

— Tudo certo, capitão? O senhor recebeu meu telegrama?

— Sim, recebi.

— A *Andorinha* está pronta?

— Sim, senhor.

— Então venha, senhor Sholmes.

O inglês olhou em volta, viu um grupo de pessoas em um terraço em frente a um café, hesitou por um momento e então, percebendo que antes que pudesse pedir por qualquer ajuda seria agarrado, embarcado e colocado no porão do navio, atravessou a prancha e seguiu Lupin até a cabine do capitão. Era uma sala grande, meticulosamente limpa e tinha aparência acolhedora com o verniz de sua madeira e seu cobre polido. Lupin fechou a porta e dirigiu-se a Sholmes, abruptamente e quase de maneira rude, dizendo:

— Bom, o que você sabe?

— Tudo.

— Tudo? Vamos lá, seja preciso.

Sua voz não era mais educada, nem tinha o tom irônico que a afetava quando ele falava com o inglês. Agora tinha o tom imperioso de um mestre acostumado a dar ordens e a ser obedecido, mesmo que por Herlock Sholmes. Os dois analisaram-se com o olhar, inimigos agora, inimigos declarados e implacáveis. Lupin falou novamente, mas em um tom mais ameno:

— Estou ficando cansado da sua perseguição e não pretendo perder mais tempo evitando as armadilhas que você apronta para mim. Aviso a você que a maneira como o tratarei vai depender da sua resposta. Agora, me diga, o que o senhor sabe?

— Tudo, senhor.

Arsène Lupin controlou-se e disse, de maneira jocosa:

— Eu vou contar ao senhor o que o senhor sabe. O senhor sabe que, com o nome de Maxime Bermond, eu... reformei quinze casas que foram construídas originalmente pelo senhor Destange.

— Sim.

— Dessas quinze casas, o senhor conheceu quatro.

— Sim.

— E o senhor tem uma lista de outras onze.

— Sim.

— O senhor fez essa lista na casa do senhor Destange naquela noite, não há dúvidas.

— Sim.

— E o senhor acha que, entre essas onze casas, uma delas é minha e que eu a uso para me encontrar com meus amigos, e o senhor incumbiu Ganimard da tarefa de encontrar meu esconderijo.

— Não.

— O que isso significa?

— Significa que decidi agir sozinho e não quero a ajuda dele.

— Então não tenho nada a temer, pois o senhor está em minhas mãos.

— O senhor não tem nada a temer enquanto eu estiver em suas mãos.

— O senhor quer dizer que não vai continuar em minhas mãos?

— Sim.

Arsène Lupin aproximou-se do inglês e, colocando sua mão no ombro do homem, disse:

— Ouça, senhor, não estou com paciência para argumentar com o senhor e, infelizmente, o senhor não está em posição de escolher. Por isso, deixe-nos terminar nosso negócio.

— Muito bem.

— O senhor vai me dar sua palavra de honra que não vai tentar fugir deste navio até chegar em terras inglesas.

— Eu lhe dou minha palavra de honra que fugirei se tiver a oportunidade — respondeu o indomável Sholmes.

— Ah, por favor! O senhor sabe muito bem que basta uma palavra minha para o senhor ser liquidado. Todos esses homens me obedecem cegamente. Basta um sinal para eles colocarem uma corrente em seu pescoço e...

— Correntes podem ser quebradas.

— E jogarem o senhor a dezesseis quilômetros da costa.

— Eu sei nadar.

— Não tinha pensado nisso — disse Lupin com uma gargalhada. — Com licença, mestre... deixe-me concluir. O senhor precisa concordar que essas medidas são necessárias para me proteger e para proteger meus amigos.

— Certamente, mas elas serão em vão.

— E, ainda assim, o senhor não quer que eu as tome?

— É sua função.

— Muito bem, então.

Lupin abriu a porta e chamou o capitão e dois marinheiros. Os marujos pegaram o inglês, prenderam suas mãos e pés e o amarraram.

— Assim está ótimo — disse Lupin. — É apenas por causa de sua obstinação e pela gravidade incomum da situação que me aventuro a oferecer-lhe tal indignidade.

Os marinheiros se retiraram. Lupin disse para o capitão.

— Deixe um dos marinheiros aqui para vigiar o senhor Sholmes e fique com ele o máximo que puder. Trate-o com o respeito e a consideração merecidos. Ele não é um prisioneiro, mas sim um convidado. Que horas são, capitão?

— Duas e cinco.

Lupin consultou seu relógio, então olhou para o relógio que estava na parede da cabine.

— Duas e cinco, muito bem. Quanto tempo vai levar até chegarmos a Southampton?

— Nove horas, viajando com tranquilidade.

— Faça com que leve onze. Vocês não devem chegar lá antes da partida do barco da meia-noite, que chega a Havre às oito horas da manhã. Você me entendeu, capitão? Deixe-me repetir: como seria perigoso para todos nós deixar que este senhor volte para a França a navio, o senhor não deve chegar a Southampton antes de uma hora da manhã.

— Entendo.

— *Au revoir*, mestre; até o ano que vem, neste mundo ou no outro.

— Até amanhã — respondeu Sholmes.

Alguns minutos depois, Sholmes ouviu o automóvel partindo, e, ao mesmo tempo, a fumaça foi soprada violentamente das profundezas da *Andorinha*. O barco começou sua viagem para a Inglaterra. Por volta de três horas da tarde, a embarcação deixara o rio e entrara mar adentro. Naquele momento, Sholmes estava deitado no beliche do capitão, dormindo profundamente.

Na manhã seguinte — como aquele era o décimo e último dia do duelo entre Sholmes e Lupin —, o *Echo de France* publicou uma nota interessante:

Ontem uma ordem de expulsão foi decretada por parte de Arsène Lupin contra Herlock Sholmes, o detetive inglês. Embora tenha sido assinada ao meio-dia, o julgamento foi realizado no mesmo dia. A uma hora desta manhã, Sholmes desembarcou em Southampton.

Capítulo 6

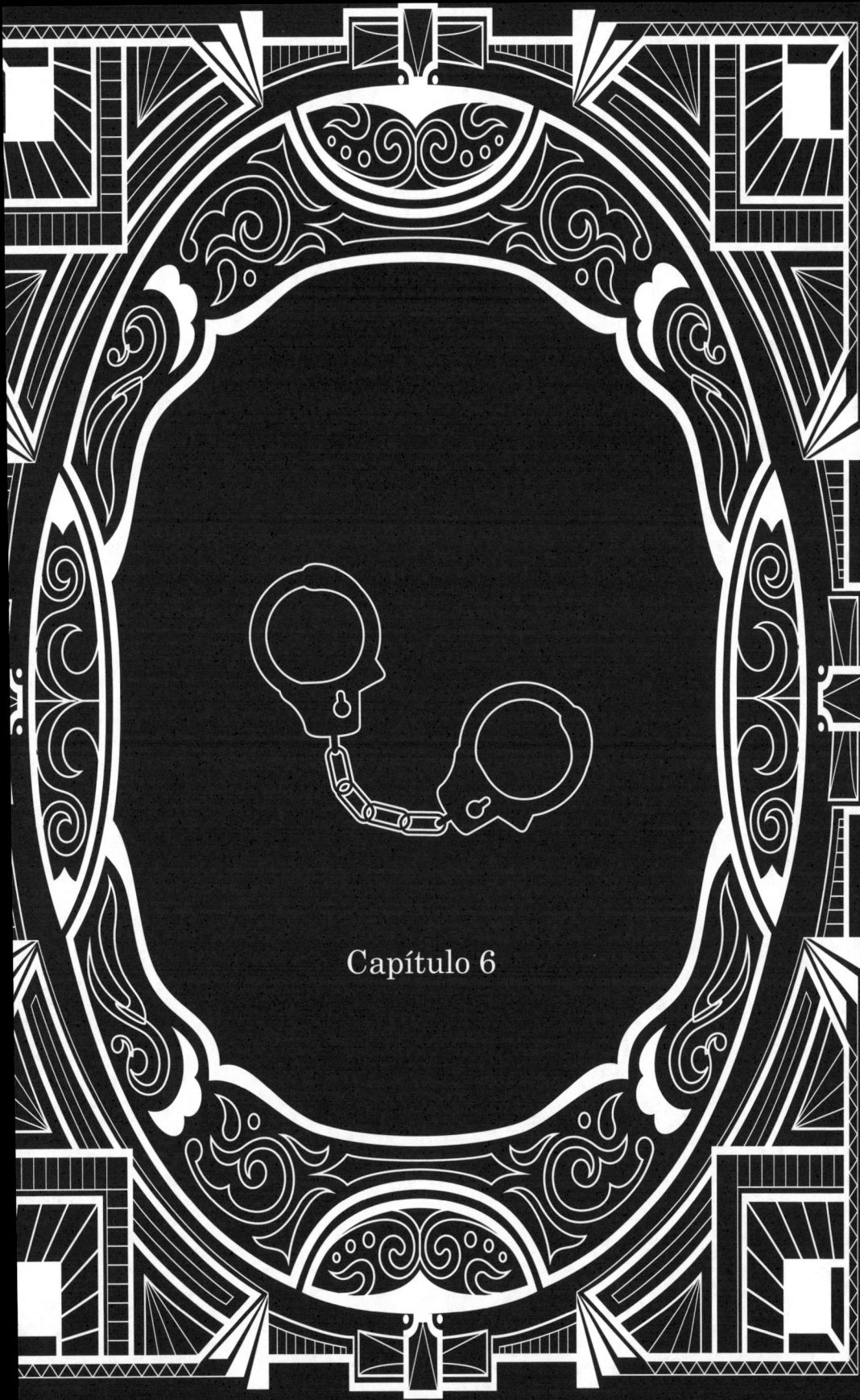

A segunda prisão de Arsène Lupin

Desde as oito horas, uma dúzia de coches obstruiu a rua Crevaux entre a avenida du Bois-de-Boulogne e a avenida Bugeaud. O senhor Felix Davey estava deixando o apartamento no qual morava no quarto andar, o apartamento de número 8; e o senhor Dubreuil, que unira em um único apartamento o quinto andar do mesmo prédio e o quinto andar de dois prédios vizinhos, também estava mudando no mesmo dia — uma mera coincidência, pois os dois cavalheiros não se conheciam — a vasta coleção de mobílias sobre as quais tantos agentes estrangeiros o visitavam todos os dias.

Uma circunstância observada por alguns de seus vizinhos, mas que não foi mencionada até mais tarde, era que nenhum dos doze choches tinha o nome e endereço de seu proprietário e nenhum dos homens que os acompanhava visitou as casas de vinho da redondeza. Trabalharam de maneira tão diligente que a mobília já fora totalmente carregada às onze horas. Não sobrou nada além de pedaços de papel e farrapos, que ficaram para trás nos cantos das salas vazias.

O senhor Felix Davey, um jovem elegante, trajado na última moda, trazia em sua mão uma bengala cujo peso indicava que seu dono possuía um bíceps extraordinário — o senhor Felix Davey andava calmamente e sentou-se em um banco na avenida du Bois-de-Boulogne virado para a rua Pergolese. Perto dele, uma mulher, usando uma roupa bonita, mas barata, lia o jornal, enquanto uma criança brincava com uma pá em um montinho de areia.

Depois de alguns minutos, Felix Davey falou com a mulher, sem virar a cabeça:

— Ganimard!

— Saiu às nove da manhã.

— Para?

— A delegacia.

— Sozinho?

— Sim.

— Recebeu algum telegrama durante a noite?

— Não.

— Suspeitam de você?

— Não, faço algumas coisinhas para a senhora Ganimard, e ela me conta tudo o que o marido faz. Passei a manhã toda com ela.

— Muito bem. Até segunda ordem, venha aqui todos os dias às onze horas.

Ele se levantou e andou na direção da Porta Dauphine, parando no pavilhão chinês, onde fez uma refeição frugal, que incluía dois ovos, algumas frutas e legumes. Voltou então para a rua Crevaux e disse ao porteiro:

— Vou só dar uma olhada nos cômodos e então lhe devolvo as chaves.

Ele terminou sua inspeção no cômodo que usara como biblioteca; então ele agarrou a ponta de um cano de gás, que pendia na lateral da chaminé. O tubo foi dobrado, e um buraco foi feito no cotovelo. Nesse buraco, ele encostou um pequeno instrumento com o formato de uma corneta e assoprou-o. Um leve assobio voltou como resposta. Ao colocar a ponta da corneta na boca, ele disse:

— Alguém por aí, Dubreuil?

— Não.

— Posso subir?

— Sim.

Ele colocou o cano de volta no lugar e disse para si mesmo:

— Quanto progresso! Nosso século está repleto de pequenas invenções que tornam a vida realmente charmosa e pitoresca. E tão interessante!... especialmente quando a pessoa sabe como aproveitar a vida, assim como eu.

Ele girou um dos frisos de mármore da lareira, e uma metade inteira da lareira se abriu, e o espelho sobre ela correu sobre trilhos invisíveis, revelando uma abertura e os primeiros degraus de uma escada construída no corpo da chaminé; todos os degraus estavam bastante limpos e completos, a escada era de metal polido e as suas paredes estavam cobertas por azulejo branco. Ele subiu os degraus e, ao chegar no quinto andar, encontrou a mesma abertura da chaminé. O senhor Dubreuil esperava por ele.

— Já terminou os seus cômodos?
— Sim.
— Tudo limpo?
— Sim.
— E as pessoas?
— Apenas três homens vigiando.
— Muito bem. Vamos então.

Eles subiram até o piso superior da mesma maneira, um atrás do outro, e lá encontraram três homens, um deles olhava pela janela.

— Alguma novidade?
— Nada, chefe.
— Tudo quieto na rua?
— Sim.
— Em dez minutos, estarei pronto para partir. Você também vai. Mas, enquanto isso, se você vir o menor movimento suspeito na rua, me avise.
— Estou com o meu dedo na campainha de alarme o tempo todo.
— Dubreuil, você falou para os homens da mudança não tocarem nos fios daquela campainha?
— Certamente, ela está funcionando bem.
— Isso é tudo o que preciso saber.

Os dois cavalheiros então subiram para o apartamento de Feliz Davey, e o último deles, depois de arrumar a beirada de mármore da lareira, exclamou, com alegria:

— Dubreuil, eu gostaria de conhecer o homem capaz de descobrir todos esses truques admiráveis, campainhas de alarme, rede de fios elétricos e tubos acústicos, passagens secretas, pisos que se movem e escadas escondidas. Uma verdadeira terra da fantasia!

— Arsène Lupin ficaria famoso por isso!

— Fama que eu poderia muito bem dispensar. Uma pena ser obrigado a deixar um lugar tão bem equipado e começar tudo de novo, Dubreuil... e agora em um novo modelo, claro, pois nunca conseguirei repetir o que foi feito aqui. Maldito Herlock Sholmes!

— Ele voltou para Paris?

— Como poderia ter voltado? Existe apenas um barco que vem de Southampton e ele partiu à meia-noite; apenas um trem que sai de Havre, que partiu às oito horas da manhã de hoje e que chegará a Paris às onze e quinze. Como ele não poderia pegar o barco da meia-noite em Southampton — e as instruções sobre isso para o capitão foram bem claras —, ele não conseguiria chegar à França antes desta noite indo por Newhavem e Dieppe.

— O senhor acha que ele vai voltar?

— Sim, ele nunca desiste. Ele vai voltar para Paris, mas será tarde demais. Já estaremos longe.

— E a senhorita Destange?

— Vou me encontrar com ela em uma hora.

— Na casa dela?

— Ah, não! Ela vai ficar vários dias sem voltar para lá. Mas você, Dubreuil, deve se apressar. O carregamento dos nossos bens vai levar bastante tempo, e você deve estar lá para cuidar disso.

— O senhor tem certeza de que não está sendo observado?

— Por quem? Não tenho medo de mais ninguém além do Sholmes.

Dubreuil se retirou. Felix Davey fez uma última inspeção no apartamento, pegou duas ou três cartas rasgadas e então, ao perceber um pedaço de giz, ele o pegou e, no papel de parede escuro da sala de visitas, desenhou uma grande moldura e escreveu dentro dela:

> Arsène Lupin, ladrão de casaca! viveu aqui durante cinco anos, no início do século XX.

Essa pequena brincadeira pareceu agradá-lo muito. Ele olhou para aquilo por um tempo, assobiando alegremente, e então disse para si mesmo:

— Agora que fiz contato com os historiadores da geração futura, posso ir. Apresse-se, Herlock Sholmes, pois deixarei minha toca em três minutos e sua derrota será constatada... mais dois minutos! Você está me fazendo esperar, senhor Sholmes... um minuto mais! Ah, o senhor não vem? Bem, então, proclamo sua derrocada e minha apoteose. E, agora, minha fuga. Adeus, reinado de Arsène Lupin! Nunca mais voltarei aqui. Adeus cinquenta e cinco cômodos dos seis apartamentos nos quais reinei! Adeus, meu aposento real!

Sua explosão de alegria foi interrompida pelo barulho agudo de uma campainha, que parou de tocar por duas vezes, então tocou de novo e depois parou. Era a campainha do alarme.

Qual era o problema? Qual era o perigo imprevisto? Ganimard? Não, não era possível!

Ele estava a ponto de voltar para a biblioteca e fugir. Mas, primeiro, foi até a janela. Não havia ninguém na rua. Será que o inimigo já estava na casa? Ele ouviu com atenção e pensou se conseguia discernir alguns barulhos confusos. Não hesitou mais. Correu até a biblioteca e, enquanto atravessava a soleira, ouviu o barulho de uma chave sendo inserida na fechadura da porta do vestíbulo.

— Diabo! — murmurou ele. — Não tenho tempo a perder. A casa pode estar cercada. É impossível descer pela escada de serviços! Felizmente tenho a chaminé.

Ele empurrou a moldura; ela não se moveu. Fez um esforço maior e ela ainda se recusou a se mover. No mesmo instante, ele teve a impressão de que a porta de baixo se abria e conseguiu ouvir o barulho de passos.

— Meu Deus! — exclamou ele. — Estou perdido se esse maldito mecanismo...

Ele empurrou com toda sua força. Nada se moveu, nada! Por algum incrível acidente, por algum golpe de azar, o mecanismo, que funcionara tão bem apenas alguns minutos atrás, não estava funcionando agora.

Ele estava furioso. O bloco de mármore permanecia imóvel. Ele soltou palavras terríveis e sem sentido. Será que sua fuga seria impedida por esse estúpido obstáculo? Ele golpeou o mármore de maneira selvagem, com raiva; ele o golpeou e amaldiçoou.

— Ah! Qual é o problema, senhor Lupin? O senhor parece estar chateado com alguma coisa.

Lupin olhou em volta. Herlock Sholmes estava bem à sua frente!

Herlock Sholmes!... Lupin olhou para ele apertando os olhos, como se não estivesse enxergando direito. Herlock Sholmes em Paris! Herlock Sholmes, aquele que ele embarcara em um navio para a Inglaterra no dia anterior como sendo uma pessoa perigosa, agora estava bem na frente dele, livre e vitorioso! Ah! Isso não passava de um milagre; era contrário a todas as leis da natureza; a culminação de tudo o que é ilógico e anormal... Herlock Sholmes ali, bem à sua frente!

E, quando o inglês falou, suas palavras tinham aquele tom zombeteiro e sarcástico, com a educação desdenhosa que seu adversário tanto usou com ele. Ele disse:

— Senhor Lupin, em primeiro lugar, tenho a honra de informar-lhe que neste lugar e momento já tirei de minha lembrança para sempre todos os pensamentos miseráveis que tive na noite em que o senhor me forçou a passar na casa do barão d'Hautrec, a infelicidade que o senhor cometeu com meu amigo Wilson, o meu rapto no automóvel e a viagem que fiz ontem sob suas ordens, amarrado em uma cama bastante desconfortável. A alegria deste momento apaga todas essas memórias amargas. Eu perdoo tudo. Eu já me esqueci de tudo, o senhor não me deve nada. Já me sinto recompensado, magnificamente recompensado.

Lupin não deu nenhuma resposta. Por isso, o inglês continuou:

— O senhor não acha a mesma coisa?

Ele parecia insistir como se exigisse uma aquiescência, uma espécie de recibo de sua parte.

Depois de pensar por um tempo, durante o qual o inglês se sentiu analisado até as profundezas de sua alma, Lupin declarou:

— Presumo, senhor, que sua conduta esteja baseada em motivos sérios.

— Muito sérios.

— O fato de o senhor ter fugido de meu capitão e de sua tripulação é apenas um incidente secundário de nossa luta. Mas o fato de o senhor estar aqui à minha frente sozinho — entenda bem, sozinho — face a face com Arsène Lupin me faz pensar que sua vingança é a mais completa possível.

— A mais completa possível.

— Esta casa?

— Está cercada.

— As duas casas vizinhas?

— Cercadas.

— O apartamento acima deste?

— Os três apartamentos do quinto andar que foram anteriormente ocupados pelo senhor Dubreuil estão cercados.

— Então...

— Então o senhor está preso, senhor Lupin, absolutamente preso.

Os sentimentos que Sholmes experimentara durante sua viagem no automóvel eram agora sentidos por Lupin, a mesma fúria concentrada, a mesma revolta e também, vamos admitir, a mesma lealdade à submissão causada pela força das circunstâncias. Igualmente corajosos na vitória ou na derrota.

— Estamos quites, senhor — disse Lupin, francamente.

O inglês gostou de ouvir aquilo. Depois de um curto silêncio, Lupin, agora recuperado, disse, sorrindo:

— E eu não sinto muito! É monótono ganhar sempre. Ontem eu só precisava esticar minha mão para dar fim em você para sempre. Hoje eu sou seu. O jogo é seu.

Lupin gargalhou com vontade e continuou:

— Finalmente o povo vai se divertir! Lupin na prisão! Como ele vai escapar? Na prisão! Que aventura! Ah, Sholmes, a vida é feita de momentos, um atrás do outro!

Ele colocou as mãos fechadas no rosto como que para esconder a alegria que surgira dentro dele, e suas ações indicavam que ele se divertia de maneira incontrolada. Por fim, depois de recompor-se, ele se aproximou do detetive e disse:

— E agora, o que o senhor está esperando?

— O que estou esperando?

— Sim, Ganimard está aqui com seus homens, por que eles não entram?

— Pedi para que eles não entrassem.

— E ele concordou?

— Aceitei a ajuda dele com a condição de que ele aceitaria as minhas ordens. Além disso, ele acha que Felix Davey é apenas um cúmplice de Arsène Lupin.

— Então, vou repetir a minha pergunta de outra maneira. Por que o senhor veio sozinho?

— Porque eu queria conversar com o senhor sozinho.

— Ah, entendi! O senhor tem algo a me dizer.

A ideia pareceu agradar imensamente Lupin. Em algumas circunstâncias, as palavras parecem melhores do que os atos.

— Senhor Sholmes, lamento não poder oferecer uma poltrona para o senhor se sentar. Mas o senhor gostaria de se sentar nesta caixa? Ou talvez no parapeito da janela? Tenho certeza de que um copo de cerveja cairia bem... clara ou escura? Mas sente-se, por favor.

— Obrigado, podemos conversar em pé mesmo.

— Muito bem, continue.

— Serei breve. O objetivo da minha vinda para a França não era a sua prisão. Se fui obrigado a perseguir o senhor, foi porque não havia outra maneira de chegar ao meu objetivo.

— Que era?

— Recuperar o diamante azul.

— O diamante azul!

— Certamente, já que aquele encontrado no dentifrício do senhor Bleichen era apenas uma imitação.

— Muito bem. O diamante verdadeiro foi levado pela dama loira. Fiz uma réplica perfeita dele e então, como eu tinha planos para outras joias que pertenciam à condessa e como o cônsul Bleichen já estava sob suspeita, a mencionada dama loira, para não levantar suspeita, colocou o diamante falso na bagagem do cônsul.

— Enquanto o senhor ficou com o diamante verdadeiro?

— Claro.

— O diamante verdadeiro, é ele que eu quero.

— Sinto muito, isso é impossível.

— Prometi entregá-lo à condessa de Crozon. Preciso do diamante.

— Como o senhor vai consegui-lo, se ele está em minha posse?

— Essa é a razão, vou consegui-lo porque ele está em sua posse.

— Ah! O senhor acha que vou entregá-lo a você?

— Sim.

— Voluntariamente?

— Vou comprá-lo de você.

— Ah! — exclamou Lupin, em um acesso de riso. — O senhor é realmente um inglês. O senhor considera isso uma negociação.

— É uma negociação.

— Bom, e qual é a sua oferta?

— A liberdade da senhorita Destange.

— Sua liberdade? Eu não sabia que ela estava presa.

— Darei ao senhor Ganimard a informação necessária. Quando ela não tiver mais a sua proteção, ela será presa com facilidade.

Lupin riu novamente e disse:

— Meu caro, o senhor está me oferecendo algo que não possui. A senhorita Destange está em um lugar seguro e não tem nada a temer. O senhor precisa me fazer uma nova oferta.

O inglês hesitou, visivelmente envergonhado. Então, colocando a mão no ombro do adversário, ele disse:

— E se eu lhe propuser...

— A minha liberdade?

— Não... mas posso sair e consultar Ganimard.

— E me deixar sozinho?

— Sim.

— Ah, meu Deus! De que isso adiantaria? Esse mecanismo maldito não funciona — disse Lupin, empurrando severamente a beirada da lareira.

Ele soltou um grito de surpresa; neste momento, a sorte voltara a lhe favorecer: o bloco de mármore moveu-se. Era sua salvação, sua esperança de escapar. Nesse caso, por que se submeter às condições impostas por Sholmes? Ele andou de um lado para o outro na sala, como se estivesse pensando no que responder. Então, por sua vez, colocou a mão no ombro do adversário e disse:

— Pensando bem, senhor Sholmes, prefiro fazer meu negócio da minha maneira.

— Mas...

— Não, não preciso da ajuda de ninguém.

— Quando Ganimard puser as mãos no senhor, estará acabado. O senhor não poderá escapar deles.

— Quem sabe?

— Vamos lá, isso é bobagem. Todas as portas e janelas estão cercadas.

— Menos uma.

— Qual?

— A que vou escolher.

— Apenas palavras! Sua prisão está decretada.

— Ah, não, de maneira alguma.

— Então?

— Ficarei com o diamante azul.

Sholmes olhou para o relógio e disse:

— Faltam dez minutos para as três. Às três horas, chamarei Ganimard.

— Bom, então temos dez minutos para bater papo. E, para satisfazer minha curiosidade, senhor Sholmes, eu gostaria de saber como o senhor encontrou meu endereço e meu nome, Felix Davey.

Embora o jeito tranquilo de seu adversário causasse alguma ansiedade em Sholmes, ele queria dar a Lupin a informação desejada, pois ela dava crédito à sua astúcia profissional; por isso, ele respondeu:

— Seu endereço? Peguei com a dama loira.

— Clotilde?

— Ela mesma. O senhor se lembra, ontem pela manhã, quando quis levá-la de automóvel, ela telefonou para a costureira.

— E?

— Bem, entendi, mais tarde, que o senhor era a costureira. E, na noite passada, no barco, ao recorrer à minha memória — e minha memória é algo do qual tenho bons motivos para me orgulhar —, eu consegui me lembrar dos dois últimos números do seu telefone: 73. Então, como eu tinha uma lista de casas que o senhor reformou, foi fácil, ao chegar a Paris às onze horas desta manhã, procurar na lista telefônica e descobrir o nome e endereço de Felix Davey. Depois de obter tal informação, pedi ajuda ao senhor Ganimard.

— Admirável! Parabenizo o senhor por isso. Mas como o senhor conseguiu pegar o trem das oito da manhã em Havre? Como o senhor fugiu da Andorinha?

— Não fugi.

— Mas...

— O senhor ordenou que o capitão não chegasse a Southampton antes da uma hora. Ele aportou lá à meia-noite. Consegui pegar o barco da meia-noite para Havre.

— O capitão me traiu? Não posso acreditar nisso.

— Não, ele não traiu o senhor.

— Ora, então o que aconteceu?

— Foi o relógio dele.

— O relógio?

— Sim, eu adiantei o relógio em uma hora.

— Como?

— Da maneira comum, girando o ponteiro. Estávamos sentados lado a lado, conversando, e eu estava contando algumas histórias engraçadas para ele... ora, ele nem percebeu que eu fiz isso.

— Bravo! Um golpe muito esperto. Não me esquecerei dele. Mas e o relógio que estava pendurado na parede da cabine?

— Ah! Aquele relógio foi mais difícil, porque meus pés estavam amarrados. Mas o marujo que me vigiou durante a ausência do capitão foi gentil o bastante ao adiantar o ponteiro para mim.

— Ele? Isso não faz sentido! Ele não faria isso.

— Ah! Mas ele não sabia da importância de seu ato. Eu lhe disse que precisava pegar o primeiro trem para Londres, de qualquer maneira, e... ele se permitiu ser persuadido...

— Mediante...

— Mediante um pequeno presente, que o excelente camarada, fiel a seu mestre, tem a intenção de enviar para o senhor.

— O que era o presente?

— Nada importante.

— Mas o que era?

— O diamante azul.

— O diamante azul!

— Sim, a pedra falsa que o senhor usou para substituir o diamante da condessa. Ela me deu.

Houve uma repentina explosão de gargalhada. Lupin riu até chorar.

— *Mon Dieu*, que engraçado! O diamante falso nas mãos de um marujo inocente! E o relógio do capitão! E os ponteiros do relógio!

Sholmes sentiu que o duelo entre Lupin e ele estava mais sério do que nunca. Seu instinto maravilhoso o alertara sobre isso, por trás da explosão de alegria do adversário, havia um pensamento formidável, analisando as maneiras por meio das quais ele conseguiria fugir. Aos poucos, Lupin aproximou-se do inglês, que recuou e, inconscientemente, pegou seu relógio de bolso.

— São três horas, senhor Lupin.

— Três horas já! Que pena! Estava gostando tanto da nossa conversa.

— Estou esperando por sua resposta.

— Minha resposta? *Mon Dieu!* Como o senhor é exigente! Então, essa é a última jogada de nosso joguinho, e a recompensa é a minha liberdade!

— Ou o diamante azul.

— Muito bem. É a sua jogada. O que o senhor vai fazer?

— Eu jogo o rei — disse Sholmes, disparando seu revólver.

— E eu o ás — respondeu Lupin, ao dar um soco em Sholmes.

Sholmes atirara para o ar, um sinal para Ganimard, cuja ajuda era solicitada. Mas o golpe de Lupin acertara Sholmes no estômago e o obrigara a se dobrar de dor. Lupin correu até a lareira e colocou o mármore em movimento. Tarde demais! A porta se abriu.

— Renda-se, Lupin, ou eu atiro!

Ganimard, sem dúvida posicionado mais perto do que Lupin imaginara, estava lá, com o revólver apontado para Lupin. E atrás de Ganimard havia vinte homens, fortes e impiedosos, que o atacariam ao menor sinal de resistência.

— Mãos para baixo! Eu me rendo! — disse Lupin, calmamente, e então cruzou os braços sobre o peito.

Todos ficaram impressionados. Na sala, sem móveis e cortinas, as palavras de Arsène Lupin ecoaram: "Eu me rendo!". Era incrível. Ninguém teria se surpreendido se ele tivesse, de repente, desaparecido em um alçapão ou se uma parte da parede se abrisse e permitisse que ele fugisse. Mas ele se rendeu!

Ganimard avançou, nervoso, e, com toda a gravidade que a ocasião exigia, colocou a mão no ombro do adversário e teve um infinito prazer em dizer:

— Você está preso, Arsène Lupin.

— Brrr! — disse Lupin. — Você me faz tremer de medo, meu caro Ganimard. Que rosto lúgubre! Parece que você está falando perante o túmulo de um amigo. Pelo amor de Deus, não assuma um ar tão fúnebre.

— Você está preso.

— Não deixe que isso chateie você! Em nome da lei, da qual você é fiel executor, Ganimard, o famoso detetive parisiense, prende o malvado Lupin. Um feito histórico, cuja importância todos compreendem... E é a segunda vez que isso acontece. Bravo, Ganimard, você certamente irá longe na profissão que escolheu!

E ele esticou os braços para que as algemas fossem colocadas. Ganimard as ajeitou da maneira mais solene possível. Os vários policiais, apesar da presunção e amargura costumeiras que sentiam por Lupin, agiram com sobriedade, surpresos por terem a chance de olhar para aquela criatura misteriosa e intangível.

— Meu pobre Lupin — suspirou nosso herói —, o que seus amigos aristocráticos diriam se o vissem em situação tão humilhante?

Ele afastou os punhos com toda a força. As veias de sua testa saltaram. Os elos da corrente penetraram em sua pele. A corrente caiu, quebrada.

— Outra, camaradas, essa não serviu para nada.

Colocaram duas correntes nele desta vez.

— Muito bem — disse ele. — Precaução nunca é demais.

Então, contando os detetives e policiais, ele disse:

— Quantos de vocês estão aqui, meus amigos? Vinte e cinco? Trinta? São muitos. Não posso fazer nada. Ah, se houvesse apenas quinze!

Havia algo fascinante em Lupin; era a fascinação de um grande ator que desempenha seu papel com espiritualidade e entendimento, combinados com segurança e tranquilidade. Sholmes o considerava como alguém considera uma pintura bonita com a devida apreciação de toda a sua perfeição em cores e técnica. E ele realmente achava que havia uma luta justa entre aqueles trinta homens de um lado, armados como estavam com toda a força e majestade da lei e, do outro lado, aquele indivíduo solitário, desarmado e algemado. Sim, os dois lados estavam equivalentes.

— Ora, mestre — disse Lupin para o inglês —, este é o seu trabalho. Graças ao senhor, Lupin vai apodrecer nas masmorras. Confesse que sua consciência está um pouquinho pesada e que sua alma está cheia de remorso.

Involuntariamente, Sholmes deu de ombros como se quisesse dizer "a culpa é toda sua".

— Nunca! Nunca! — exclamou Lupin. — Entregar o diamante azul para você? Ah, não! Ele me deu trabalho demais. Pretendo ficar com ele. Quando eu o visitar em Londres pela primeira vez, o que provavelmente farei no mês que vem, eu lhe darei minhas razões. Mas o senhor estará em Londres no mês que vem? Ou prefere me encontrar em Viena? Ou em São Petersburgo?

E então Lupin recebeu uma surpresa. Uma campainha começou a tocar. Não era a campainha do alarme, mas a campainha do telefone que ficava entre as duas janelas do cômodo e ainda não fora removido.

O telefone! Ah! Quem poderia ser? Quem estava prestes a cair naquela armadilha infeliz? Arsène Lupin exibiu um acesso de raiva contra o instrumento azarado como se quisesse quebrá-lo em milhares de pedaços e então abafar a voz misteriosa que ligava para ele. Mas foi Ganimard quem atendeu ao telefone e disse:

— Alô! Alô! Número 648.73... Sim, é este mesmo.

Sholmes deu um passo à frente e, com ar de autoridade, empurrou Ganimard para o lado, pegou o fone e cobriu o bocal com seu lenço para esconder o tom de sua voz. Nesse momento, ele olhou para Lupin, e o olhar que trocaram indicava que a mesma ideia ocorrera aos dois e que eles previram o resultado final daquela história: era a dama loira quem telefonava. Ela queria falar com Felix Davey, ou melhor, com Maxime Bermond, e era com Sholmes que ela estava prestes a falar. O inglês disse:

— Alô... Alô!

Então, depois de um silêncio, ele disse:

— Sim, sou eu, Maxime.

O drama começara e progredia com precisão trágica. Lupin, o indomável e descontraído Lupin, não tentou esconder sua ansiedade e esticou-se de todas as formas para tentar escutar ou, pelo menos, adivinhar o motivo da conversa. E Sholmes continuou, em resposta à voz misteriosa:

— Alô... Alô! Sim, tudo já foi retirado e estou pronto para partir e encontrar você onde combinamos... Onde? Onde você está agora... Não acredito que ele ainda esteja aqui!

Sholmes parou de falar, procurando por palavras. Era claro que ele estava tentando interrogar a garota sem se trair e que ele não sabia onde ela estava. Além disso, a presença de Ganimard parecia incomodá-lo... Ah! Se algum milagre pudesse interromper aquela maldita conversa! Lupin rezou por isso com toda sua força, com toda a intensidade de seus nervos! Depois de uma pausa momentânea, Sholmes continuou:

— Alô... Alô! Você está me ouvindo? Não estou ouvindo muito bem... Mal consigo entender o que você está dizendo... Você me ouve? Bom, acho melhor você voltar para casa... Não há perigo agora... Mas ele está na Inglaterra! Recebi um telegrama de Southampton informando sobre sua chegada.

O sarcasmo daquelas palavras! Sholmes as pronunciou com um conforto inexpressivo. E acrescentou:

— Muito bem, não perca tempo. Encontrarei você lá.

Ele desligou o telefone.

— Senhor Ganimard, o senhor pode me emprestar três de seus homens?

— Para a dama loira, certo?

— Sim.

— O senhor sabe quem ela é e onde ela está?

— Sim.

— Ótimo! E isso encerra o caso do senhor Lupin... Folenfant, pegue dois homens e acompanhe o senhor Sholmes.

O inglês partiu, acompanhado pelos três homens.

O jogo chegara ao fim. A dama loira também estava prestes a cair nas mãos do inglês. Graças à sua persistência admirável e à combinação de circunstâncias fortuitas, a batalha resultara em uma vitória para o detetive e em um desastre irreparável para Lupin.

— Senhor Sholmes!

O inglês parou.

— Senhor Lupin?

Lupin estava claramente abalado com aquele último golpe. Sua testa estava marcada por rugas profundas. Estava cansado e triste. Mas ele se recompôs e, apesar de sua derrota, exclamou, em tom alegre:

— O senhor precisa concordar que o destino está contra mim. Alguns minutos atrás, ele me impediu de fugir pela chaminé e me entregou em suas mãos. Agora, por meio do telefone, ele traz ao senhor a dama loira. Eu me entrego às suas ordens.

— O que o senhor quer dizer?

— Eu quero dizer que estou aberto a renegociar.

Sholmes puxou Ganimard para o lado e pediu, de maneira que não dava abertura para que ele respondesse, autorização para trocar algumas palavras com o prisioneiro. Então, aproximou-se de Lupin e disse, com tom seco e nervoso:

— O que o senhor deseja?

— A liberdade da senhorita Destange.

— O senhor sabe o preço.

— Sim.

— E aceita?

— Sim, aceito suas condições.

— Ah — disse o inglês, surpreso. — Mas o senhor recusou... para o senhor...

— Sim, eu posso cuidar de mim, senhor Sholmes, mas agora a questão é sobre uma jovem... e a mulher que eu amo. Entenda, na França, temos ideias muito singulares sobre coisas assim. E Lupin tem sentimentos como todas as outras pessoas.

Ele falou com simplicidade e ternura. Sholmes respondeu com uma inclinação quase imperceptível da cabeça e murmurou:

— Muito bem, o diamante azul.

— Pegue minha bengala ali, no canto da lareira. Pressione a ponta da bengala com a mão e, com a outra, vire a argola de ferro da ponta.

Sholmes pegou a bengala e seguiu as instruções. Ao fazer isso, a ponta da bengala dividiu-se e revelou uma cavidade que continha uma pequena bola de cera, que, por sua vez, guardava um diamante. Ele examinou. Era o diamante azul.

— Senhor Lupin, a senhorita Destange está livre.

— E o futuro dela está garantido? Ela não precisa temer?

— Não precisa temer a mim nem a ninguém mais.

— Como o senhor pode me garantir isso?

— É fácil. Já não me lembro mais de seu nome nem de seu endereço.

— Obrigado. E *au revoir*. Verei o senhor novamente algum dia, senhor Sholmes?

— Não tenho dúvida que sim.

Então, em seguida, Ganimard e Sholmes engataram em uma conversa agitada, que terminou abruptamente com o inglês dizendo:

— Sinto muito, senhor Ganimard, por não concordarmos nesse ponto, mas não tenho tempo a perder tentando convencer o senhor. Parto para a Inglaterra em uma hora.

— Mas... e a dama loira?

— Não conheço tal pessoa.

— Mas um minuto atrás...

— O senhor precisa aceitar os fatos como eles são. Entreguei Arsène Lupin em suas mãos. Aqui está o diamante, que o senhor terá o prazer de devolver à condessa de Crozon. O que mais o senhor quer?

— A dama loira.
— Encontre-a.

Sholmes colocou o chapéu na cabeça e saiu andando rapidamente, como um homem que está acostumado a partir logo quando termina seu trabalho.

— *Bon voyage, monsieur* — gritou Lupin —, e acredite em mim: nunca vou me esquecer da maneira amigável como fizemos negócios. Mande minhas lembranças para o senhor Wilson.

Sem receber resposta, Lupin acrescentou, de maneira zombeteira:

— É isso que chamo de sair à inglesa. Ah, a dignidade insular deles não tem a cortesia florida pela qual somos famosos. Pense um pouco, Ganimard, que saída charmosa um francês teria desempenhado em circunstâncias similares! Com que requintes de cortesia ele teria mascarado seu triunfo! Mas, Deus me perdoe, Ganimard, o que você está fazendo? Uma revista? Vamos lá, para que fazer isso? Não sobrou nada, nem mesmo um pedaço de papel. Garanto a você que meus arquivos estão em um lugar seguro.

— Não tenho certeza disso — respondeu Ganimard. — Preciso procurar em todos os lugares.

Lupin deixou que a operação acontecesse. Contido por dois detetives e cercado pelos outros, esperou pacientemente pelo procedimento durante vinte minutos, quando então disse:

— Rápido, Ganimard, termine logo com isso.
— Está com pressa?
— É claro que estou. Tenho um compromisso importante.
— Na delegacia?
— Não, na cidade.
— Ah! A que horas?
— Às duas.
— Já são três horas.
— Exato, estou atrasado. E a pontualidade é uma de minhas virtudes.
— Bom, me dê mais cinco minutos.
— Não dou nem um segundo a mais — disse Lupin.
— Estou fazendo de tudo para ver...

— Ah, não fale tanto... Ainda está procurando no armário? Ele está vazio.

— Tem umas cartas aqui.

— Cobranças antigas, presumo!

— Não, estão amarradas com uma fita.

— Uma fita vermelha? Ah, Ganimard, pelo amor de Deus, não desamarre a fita!

— São de uma mulher?

— Sim.

— Uma mulher da sociedade?

— Da melhor sociedade.

— E o nome dela?

— Senhora Ganimard.

— Muito engraçado! Muito engraçado! — exclamou o detetive.

Naquele momento, os homens que haviam sido enviados para procurar nos outros cômodos voltaram e anunciaram que não encontraram nada. Lupin riu e disse:

— É claro que não. Vocês esperavam encontrar minha lista de visitantes ou provas do meu relacionamento de negócios com o imperador da Alemanha? Mas digo que você deve mesmo investigar, Ganimard. Investigue todos os pequenos mistérios deste apartamento. Por exemplo, o cano de gás é um tubo de comunicação. A chaminé tem uma escada. A parede é oca. E o maravilhoso sistema das campainhas. Ah, Ganimard, basta apertar aquele botão.

E assim Ganimard o fez.

— Você ouviu alguma coisa? — perguntou Lupin.

— Não.

— Nem eu. Mas você avisou meu comandante para preparar meu balão dirigível, que em breve nos carregará pelos ares.

— Venha! — disse Ganimard, que terminara sua busca. — Chega de tanta bobagem, vamos embora daqui.

Ele começou a se retirar, seguido por seus homens. Lupin não se moveu. Seus guardiões o puxaram em vão.

— Ora — disse Ganimard —, você está se recusando a me acompanhar?

— De maneira alguma. Mas depende.

— Do quê?

— Para onde você pretende me levar?

— Para a delegacia, claro.

— Então eu me recuso a ir. Não tenho o que fazer lá.

— Você está maluco?

— Eu não disse a você que tinha um compromisso importante?

— Lupin!

— Ora, Ganimard, eu tenho um compromisso com a dama loira, e você acha que eu seria grosseiro a ponto de deixá-la ansiosa? Isso seria muito rude da minha parte.

— Ouça, Lupin — disse o detetive que estava ficando irritado —, tenho sido bastante paciente com você, mas não vou aguentar mais. Siga-me.

— Impossível, tenho um compromisso e vou comparecer.

— Pela última vez, siga-me.

— Im-pos-sí-vel!

Ao sinal de Ganimard, dois homens seguraram os braços de Lupin, mas o soltaram de repente, gritando de dor. Lupin enfiara duas agulhas longas neles. Os outros homens correram na direção de Lupin gritando de raiva, prontos para defender seus companheiros e para se defender de qualquer afronta que ele provocasse; e agora estavam batendo nele, batendo com vontade. Um golpe violento atingiu sua têmpora, e Lupin caiu no chão.

— Se vocês o machucarem, vão se ver comigo — gritou Ganimard, furioso.

Ele inclinou-se sobre Lupin para ver como estava. Então, ao ver que ele respirava, Ganimard ordenou que seus homens carregassem o prisioneiro, segurando-o na cabeça e nos pés enquanto ele mesmo apoiava o corpo.

— Com cuidado, agora!... Sem solavancos. Ah, seus brutos, vocês poderiam tê-lo matado... Bom, Lupin, como você está?

— Não muito bem, Ganimard... Você deixou que eles me atingissem.

— Foi culpa sua; você estava obstinado demais — respondeu Ganimard. — Mas espero que não o tenham machucado.

Eles haviam saído do apartamento e estavam no corredor. Lupin gemeu e balbuciou:

— Ganimard... pelo elevador... seus homens estão quase quebrando meus ossos.

— Boa ideia, excelente ideia — respondeu Ganimard. — Além disso, a escada é estreita demais.

Ele chamou o elevador. Colocaram Lupin no assento com todo o cuidado. Ganimard sentou-se ao lado dele e disse a seus homens:

— Desçam pelas escadas e esperem por mim lá embaixo. Entenderam?

Ganimard fechou a porta do elevador. De repente, o elevador começou a subir como se fosse um balão que se soltara de seu cabo. Lupin caiu em uma risada sardônica.

— Meu Deus! — gritou Ganimard enquanto procurava freneticamente no escuro pelo botão para descer.

Ao encontrar, gritou:

— Quinto andar! Prestem atenção na porta do quinto andar.

Seus ajudantes subiram correndo as escadas, pulando os degraus. Mas uma estranha circunstância aconteceu. O elevador pareceu passar pelo telhado do último andar, desapareceu da vista dos assistentes de Ganimard e, de repente, apareceu no andar de cima — no piso de serviços — e parou. Três homens estavam lá esperando por ele. Abriram a porta. Dois deles seguraram Ganimard, que, assustado com o ataque repentino, mal reagiu. O outro homem pegou Lupin.

— Eu avisei, Ganimard... sobre o dirigível. Em uma próxima vez, não seja tão bondoso. E, além disso, lembre-se de que Arsène Lupin não se permite ser golpeado e nocauteado se não tiver um bom motivo para isso. *Adieu*.

A porta do elevador já estava fechada com Ganimard dentro dele, e a máquina começou a descer; e tudo aconteceu tão rapidamente que o velho detetive chegou ao chão junto com seus assistentes. Sem dizer uma palavra, atravessaram o pátio correndo e subiram pela escada de serviço, que era a única maneira de se chegar ao piso de serviço por onde a fuga acontecera.

Um longo corredor com várias curvas, ladeado por pequenas portas numeradas, levava a uma porta que não estava trancada. Do outro lado da porta e, então, a uma outra casa, havia um outro corredor com curvas e quartos semelhantes e, no final dele, uma escada de serviço. Ganimard desceu a escada, atravessou um pátio e um vestíbulo e se viu na rua Picot. Então entendeu a situação: as duas casas, construídas em profundidade, tocavam-se, e as suas fachadas davam para duas ruas, paralelas e distantes sessenta metros uma da outra.

Ele encontrou o porteiro e, mostrando suas credenciais, perguntou:

— Por acaso, quatro homens acabaram de passar por aqui?

— Sim, os dois criados do quarto e do quinto andar, com dois amigos.

— Quem mora no quarto e no quinto andar?

— Dois homens chamados Fauvel e seus primos, Provost. Eles se mudaram hoje, deixando os dois criados, que acabaram de partir.

— Ah! — pensou Ganimard. — Que grande oportunidade perdemos! O bando inteiro morava nesses prédios.

E afundou em uma cadeira, desesperado.

Quarenta minutos depois, dois cavalheiros foram levados até a estação Northern Railway e se apressaram para pegar o *Calais Express*, seguidos por um carregador que levava suas malas. Um deles estava com o braço na tipoia, e o seu rosto pálido dava sinais de algum tipo de enfermidade. O outro estava alegre.

— Precisamos nos apressar, Wilson, ou vamos perder o trem... Ah, Wilson, nunca vou me esquecer desses dez dias.

— Nem eu.

— Ah, foi uma luta e tanto!

— Soberba!

— Alguns probleminhas aqui e ali...

— Sem nenhuma consequência.

— E, finalmente, a vitória. Lupin preso! O diamante azul recuperado!

— Meu braço quebrado!

— O que é um braço quebrado em uma vitória como essa?

— Ainda mais quando o braço é meu.

— Ah! Sim, você não se lembra, Wilson, que foi no momento em que você estava na farmácia, sofrendo como um condenado, que descobri a chave para todo o mistério?

— Que sorte!

As portas dos vagões estavam sendo fechadas.

— Todos a bordo. Rápido, cavalheiros!

O carregador subiu em um compartimento vazio e colocou as malas no aparador enquanto Sholmes ajudava o infeliz Wilson.

— Qual é o problema, Wilson? Você não está se entregando, certo? Vamos lá, recomponha-se, camarada.

— Está tudo bem.

— Então, qual é o problema?

— Tenho apenas uma mão?

— E daí? — exclamou Sholmes, com alegria. — Você não é a única pessoa do mundo com braço quebrado. Anime-se!

Sholmes entregou ao carregador uma moeda de cinquenta centavos.

— Obrigado, senhor Sholmes — disse o carregador.

O inglês olhou para ele; era Arsène Lupin.

— Você! Você! — gaguejou ele, absolutamente estupefato.

E Wilson balbuciou, agitando sua única mão como um homem que quer demonstrar um fato, e disse:

— Você! Você! Mas você foi preso! Sholmes me contou tudo. Ele deixou você com Ganimard e outros trinta homens.

Lupin cruzou os braços e disse, com ar de indignação:

— Os senhores acharam que eu ia deixá-los ir embora sem me despedir? Depois da relação amigável que sempre existiu entre nós! Isso seria muito indelicado e ingrato da minha parte.

O trem apitou. Lupin continuou:

— Por favor, os senhores têm tudo o que precisam? Tabaco, fósforos... sim... e a edição noturna do jornal? Os senhores encontrarão lá informações sobre a minha prisão, sua última façanha, senhor Sholmes. E agora, *au revoir*. Estou encantado por ter conhecido os senhores. E, se algum dia eu puder fazer alguma coisa pelos senhores, ficarei muito honrado com isso.

    Ele pulou na plataforma e fechou a porta.

    — *Adieu* — repetiu ele, acenando seu lenço. — *Adieu*... Vou escrever para os senhores. Os senhores me escreverão também, não é? E seu braço, Wilson, sinto muito por ele... espero notícias dos senhores. Um cartão-postal uma hora ou outra, meu endereço é fácil: Lupin, Paris. Só isso já basta. *Adieu*. Até logo.

Capítulo 7

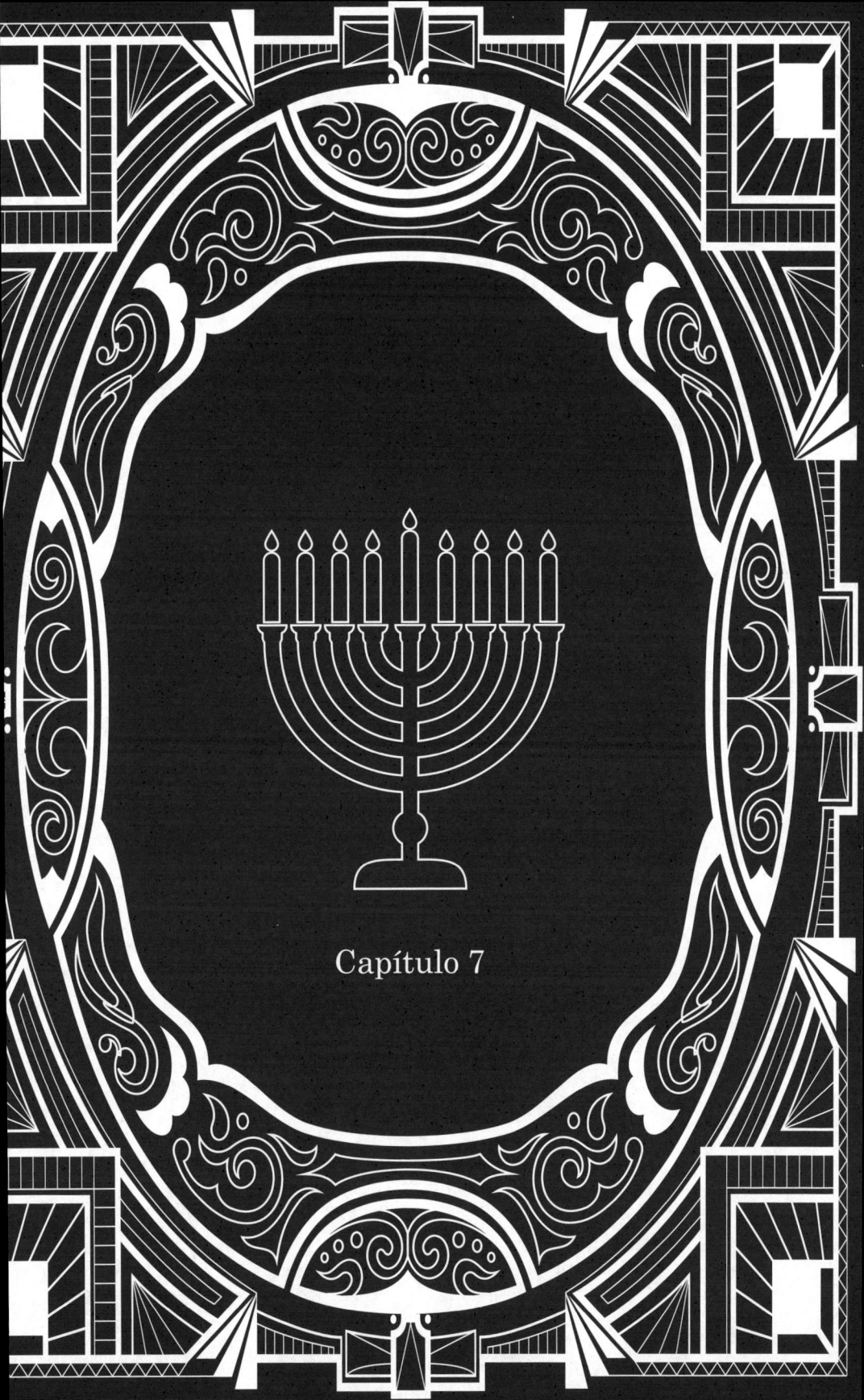

O candelabro judaico

Herlock Sholmes e Wilson estavam sentados em frente à lareira, em poltronas confortáveis, com os pés esticados na direção do agradável calor do fogo de hulha.

O cachimbo de Sholmes, com corpo curto e uma faixa preta, apagara-se. Ele bateu as cinzas, encheu-o novamente, puxou a ponta de seu robe até o joelho e deu longas baforadas, que subiram até o teto em formato de pequenos anéis de fumaça.

Wilson olhava para ele, como um cachorro aconchegado em um tapete em frente ao fogo faria com seu dono, com seus grandes olhos redondos que não têm nenhum outro desejo além de obedecer à menor ordem de seu dono. Iria o mestre quebrar o silêncio? Revelaria ele para Wilson o motivo de sua divagação e o admitiria no reino encantado de seus pensamentos? Como Sholmes manteve o silêncio por algum tempo, Wilson se aventurou a falar:

— Tudo parece calmo agora. Nem um sinal de algum caso para ocupar nossos momentos de lazer.

Sholmes não respondeu, mas os anéis de fumaça que ele soltava estavam mais bem formados, e Wilson observou que seu companheiro sentia um prazer considerável com aquilo, o que era indicação de que o grande homem não estava absorto em nenhum pensamento sério. Wilson, desencorajado, levantou-se e foi até a janela.

A rua vazia se estendia entre as fachadas melancólicas dos prédios, cujo ar de tristeza incomum nesta manhã se devia ao fato de uma chuva torrencial cair naquele momento. Um carro de aluguel passou, depois outro. Wilson anotou seus números em um caderno de anotações. Nunca se sabe!

— Ah! — exclamou ele. — O carteiro.

O homem entrou, conduzido por um criado.

— Duas cartas registradas, senhor... o senhor pode assinar, por favor?

Sholmes assinou os recibos, acompanhou o homem até a porta e voltou abrindo uma das cartas.

— Parece que você ficou feliz — observou Wilson depois de um momento de silêncio.

— Esta carta contém uma proposta bastante interessante. Você está ansioso por um caso, pois bem, aí está. Leia.

Wilson leu:

Senhor,
Preciso da ajuda de seus serviços e de sua experiência. Fui vítima de um roubo e até agora a investigação não foi bem-sucedida. Estou enviando ao senhor uma série de jornais que o informarão sobre o assunto e, se o senhor aceitar o caso, colocarei minha casa à sua disposição e pedirei para que o senhor preencha o cheque em anexo, assinado por mim, no valor que o senhor desejar cobrar por seus serviços.

Faça a gentileza de responder por telegrama e muito obrigado,

Seu fiel criado,
Barão Victor d'Imblevalle, rua Murillo, 18, Paris.

— Ah! — exclamou Sholmes. — Isso soa bem... uma pequena viagem a Paris e, por que não, Wilson? Desde meu famoso duelo com Arsène Lupin, nunca mais tive uma desculpa para ir até lá. Eu deveria ficar feliz por ter a chance de visitar a capital do mundo em condições um pouco mais tranquilas.

Ele rasgou o cheque em quatro pedaços e, enquanto Wilson, cujo braço ainda não recuperara sua força habitual, dizia algumas palavras amargas sobre Paris e os parisienses, Sholmes abriu o segundo envelope. Imediatamente fez um gesto de irritação, e uma ruga apareceu em sua testa enquanto lia a carta; então, amassando o papel para transformá-lo em uma bola, ele o jogou, bravo, no chão.

— Ora? Qual é o problema? — perguntou Wilson, ansioso.

Ele pegou a bola de papel, desdobrou-a e leu, com crescente estupor:

Meu caro senhor,

O senhor sabe muito bem a admiração que tenho pelo senhor e o interesse por sua reputação. Ora, acredite em mim quando eu o aconselho a não se meter no caso para o qual o senhor acabou de ser chamado a cuidar, em Paris. A intervenção do senhor causará muito mal; seus esforços acabariam em um resultado lamentável; e o senhor seria obrigado a fazer uma confissão pública no momento de sua derrota.

Como tenho desejo sincero de protegê-lo de tamanha humilhação, imploro ao senhor, em nome da amizade que nos une, que fique repousando tranquilamente à frente de sua lareira.

Minhas lembranças ao senhor Wilson e, para o senhor, meus sinceros cumprimentos, de seu devotado Arsène Lupin.

— Arsène Lupin! — repetiu Wilson, aturdido.

Sholmes bateu a mão em uma mesa e exclamou:

— Ah! Ele já está me importunando, o idiota! Ele ri de mim como se eu fosse uma criança! A confissão pública da minha derrota! Eu não o forcei a devolver o diamante azul?

— Ele está com medo — sugeriu Wilson.

— Que bobagem! Arsène Lupin não está com medo, e a sua carta provocadora é a prova disso.

— Mas como ele sabia que o barão d'Imblevalle lhe escreveu?

— Como é que eu vou saber isso? Você faz umas perguntas estúpidas, meu caro.

— Achei... pensei...

— O quê? Que sou um vidente? Um feiticeiro?

— Não, mas já vi você fazer coisas maravilhosas.

— Ninguém faz coisas maravilhosas. Não faço nada disso melhor do que você. Eu penso, deduzo, concluo, só isso; mas não sou adivinho. Só os tolos adivinham.

Wilson adotou a postura humilde de um cão chicoteado e decidiu não bancar um tolo tentando adivinhar por que Sholmes andava de um lado para o outro rapidamente, com passadas nervosas. Mas, quando Sholmes chamou o criado e ordenou que ele trouxesse sua valise, Wilson pensou estar em posse de um fato material que lhe dava o direito de refletir, deduzir e concluir que seu companheiro estava prestes a se aventurar em uma viagem. A mesma operação mental permitiu que ele afirmasse, quase com exatidão matemática:

— Sholmes, você vai para Paris.

— Provavelmente.

— E a afronta de Lupin é o que lhe faz querer ir, mais do que seu desejo de ajudar o barão d'Imblevalle.

— Provavelmente.

— Sholmes, eu vou com você.

— Ah! Ah, meu velho amigo — exclamou Sholmes, parando de andar de um lado para o outro —, você não tem medo de que seu braço direito encontre o mesmo destino do seu braço esquerdo?

— O que pode me acontecer? Você estará lá.

— É assim que se fala, Wilson. Vamos mostrar para aquele francês esperto que ele cometeu um erro ao jogar sua luva em nossas caras. Apresse-se, Wilson, precisamos pegar o primeiro trem.

— Sem esperar pelos jornais que o barão enviou?

— Para que eles vão servir?

— Vou enviar um telegrama.

— Não, se você fizer isso, Arsène Lupin saberá sobre a minha chegada. Quero evitar isso. Desta vez, Wilson, vamos lutar disfarçados.

Naquela tarde, os dois amigos embarcaram em Dover. A viagem foi bastante agradável. No trem, de Calais para Paris, Sholmes conseguiu dormir por três horas enquanto Wilson vigiava a porta do vagão.

Sholmes acordou bem-humorado. Estava animado com a ideia de um novo duelo com Arsène Lupin e esfregou as mãos com o ar de satisfação de um homem que aguarda ansioso por férias agradáveis.

— Finalmente! — exclamou Wilson. — Vamos voltar ao trabalho.

E esfregou as mãos com o mesmo ar de satisfação.

Na estação, Sholmes pegou os casacos e, seguido por Wilson, que carregava as valises, entregou as passagens e começou a andar alegremente.

— Clima ótimo, Wilson... sol e céu azul! Paris está nos recebendo com a dignidade de um rei.

— Sim, mas que multidão!

— Quanto mais gente, melhor, Wilson, assim não perceberão nossa presença. Ninguém vai nos reconhecer nessa multidão.

— O senhor é o senhor Sholmes?

Ele parou, um tanto intrigado. Quem diabos podia estar se dirigindo a ele, chamando-o pelo nome? Havia uma mulher ao lado dele; uma jovem cujo vestido simples realçava sua forma distinta e cujo lindo rosto tinha expressão triste e ansiosa. Ela repetiu a pergunta:

— O senhor é o senhor Sholmes?

Como ele ainda continuou em silêncio, muito mais por estar confuso do que por prudência, a garota perguntou pela terceira vez:

— Tenho eu a honra de falar com o senhor Sholmes?

— O que você quer? — respondeu ele, bastante rude, considerando aquele incidente um tanto suspeito.

— O senhor precisa me ouvir, senhor Sholmes, pois o assunto é sério. Eu sei que o senhor vai para a rua Murillo.

— O que você está dizendo?

— Eu sei, eu sei. Rua Murillo, número 18. Bem, o senhor não pode ir para lá. Não, o senhor não pode. Eu garanto que o senhor vai se arrepender. Não pense que eu tenho algum interesse nesse assunto. Estou fazendo isso porque é o certo a fazer... porque minha consciência me diz para fazer isso.

Sholmes tentou sair, mas ela insistiu:

— Ah, imploro ao senhor, não ignore meu conselho... Ah! Se eu soubesse de uma maneira de convencer o senhor! Olhe para mim! Olhe dentro de meus olhos! Eles são sinceros, eles falam a verdade.

Ela olhou para Sholmes, sem medo, mas de maneira inocente, com aqueles olhos lindos, sérios e claros, nos quais sua alma parecia refletir.

Wilson balançou a cabeça enquanto dizia:

— A senhorita parece sincera.

— Sim — implorou ela —, e os senhores precisam confiar em mim.

— Eu confio na senhorita — respondeu Wilson.

— Ah, isso me deixa tão feliz. E seu amigo confia também? Eu sinto que sim... Tenho certeza de que confia! Que felicidade! Tudo ficará bem agora! Que ideia maravilhosa a minha! Ah! Sim, tem um trem saindo para Calais em vinte minutos. Os senhores precisam pegá-lo. Rápido, sigam-me. Os senhores precisam vir por esse caminho. Temos tempo.

Ela tentou arrastá-los. Sholmes segurou seu braço e, com a voz mais gentil que conseguiu soltar, disse a ela:

— Me desculpe, senhorita, se não posso realizar seu desejo, mas nunca abandono uma missão.

— Eu imploro, suplico. Ah, se o senhor pudesse me entender!

Sholmes passou por ela e saiu andando em passos rápidos. Wilson disse para a garota:

— Não tema... ele chegará ao fim do caso. Até hoje, ele nunca fracassou.

E correu para alcançar Sholmes.

HERLOCK SHOLMES — ARSÈNE LUPIN.

Tais palavras escritas em grandes letras pretas chamaram a atenção dos dois assim que deixaram a estação de trem. Vários homens-sanduíche andavam pela rua, um atrás do outro, carregando bengalas pesadas com as quais batiam na calçada no mesmo ritmo e, em suas costas, carregavam grandes cartazes nos quais lia-se a seguinte informação:

DUELO ENTRE HERLOCK SHOLMES E ARSÈNE LUPIN. CHEGADA DO CAMPEÃO INGLÊS. O GRANDE DETETIVE ATACA O MISTÉRIO DA RUA MURILLO. LEIA EM DETALHES NA *ECHO DE FRANCE*.

Wilson balançou a cabeça e disse:

— Olhe isso, Sholmes, e nós achamos que estávamos viajando incógnitos! Eu não me surpreenderia em encontrar a guarda republicana esperando por nós na rua Murillo para uma recepção oficial com torradas e champanhe.

— Wilson, quando você quer ser engraçado, você consegue ser muito engraçado — resmungou Sholmes.

Ele então se aproximou de um dos homens-sanduíche com a intenção óbvia de pegar um deles com a mão e esmagá-lo, junto com sua placa de avisos. Havia uma multidão bastante grande reunida em volta dos homens, lendo o aviso, fazendo brincadeiras e rindo.

Sholmes conteve um ataque de raiva e disse ao homem:

— Quando é que você foi contratado?

— Hoje pela manhã.

— Há quanto tempo você está andando por aí?

— Há aproximadamente uma hora.

— Mas as placas já estavam prontas antes disso?

— Ah, sim, elas estavam prontas quando fomos à agência hoje pela manhã.

Então parecia que Arsène Lupin previra que ele, Sholmes, aceitaria o desafio. Mais do que isso, a carta escrita por Lupin mostrava que ele estava ansioso pela luta e que estava preparado para medir forças mais uma vez com seu formidável rival. Por quê? Que motivo teria Arsène Lupin para querer retomar a luta?

Sholmes hesitou por um momento. Lupin deveria estar muito confiante em seu sucesso para mostrar tamanha insolência; e não estaria ele, Sholmes, caindo em uma armadilha ao apressar-se para a batalha no primeiro pedido de ajuda?

Mesmo assim, ele chamou um carro de aluguel.

— Vamos, Wilson! Cocheiro, rua Murillo, 18! — exclamou ele, com uma explosão de sua costumeira disposição.

Com as veias saltadas e os punhos cerrados, como se estivesse prestes a entrar em um ringue de luta, ele pulou para dentro do carro de aluguel.

A rua Murillo é repleta de magníficas propriedades particulares, e a parte de trás delas tem vista para o parque Monceau. Uma das mais pretensiosas dessas casas é a de número 18 e é propriedade do barão d'Imblevalle, que mora ali e é mobiliada de maneira luxuosa, condizente com o gosto e as posses de seu dono. Havia um pátio na parte da frente da casa e, nos fundos, um jardim repleto de árvores cujos galhos se entrelaçavam com os galhos das árvores do parque.

Depois de tocar a campainha, os dois ingleses entraram na mansão, atravessaram um pátio e foram recebidos à porta por um criado, que os levou até um pequeno salão voltado para o jardim na parte de trás da casa. Eles se sentaram e, olhando ao redor, fizeram uma rápida inspeção nos vários objetos valiosos que enfeitavam o cômodo.

— Tudo muito bonito — murmurou Wilson. — E o melhor dos gostos. É possível deduzir que aqueles que tiveram o prazer de escolher tais artigos devem agora ter pelo menos cinquenta anos de idade.

A porta se abriu, e o barão d'Imblevalle entrou, seguido por sua esposa. Ao contrário da dedução feita por Wilson, os dois eram bastante jovens, de aparência elegante e animados no jeito de falar e agir. Estavam extremamente agradecidos.

— É uma gentileza tão grande os senhores terem vindo! Sinto muito por causar tanto incômodo. O roubo agora parece ser algo pequeno, já que nos proporcionou tamanho prazer.

"Como são adoráveis esses franceses!", pensou Wilson, mais uma vez envolvido em uma de suas deduções.

— Mas tempo é dinheiro — exclamou o barão. — Principalmente o tempo do senhor, senhor Sholmes. Então vou direto ao ponto. O que o senhor acha do assunto? O senhor acha que consegue resolver o caso?

— Antes de responder, preciso conhecer o caso.

— Achei que o senhor já conhecesse.

— Não, por isso preciso que o senhor me conte tudo, até mesmo os mínimos detalhes. Primeiro, qual é a natureza do caso?

— Um roubo.

— Quando aconteceu?

— No último domingo — respondeu o barão — ou, pelo menos, em algum momento entre a noite de sábado e a manhã de domingo.

— Faz seis dias. Agora, conte-me o que aconteceu.

— Em primeiro lugar, senhor, preciso lhe dizer que minha esposa e eu, devido às exigências da posição que ocupamos, saímos muito pouco. A educação de nossas crianças, as pequenas recepções, o cuidado e a decoração de nossa casa — nossa vida é isso; e passamos praticamente todas as nossas noites neste pequeno cômodo, que é o boudoir de minha esposa, e onde reunimos alguns de nossos objetos de arte. No último sábado à noite, por volta de onze horas, apaguei as luzes, e minha esposa e eu nos retiramos, como de costume, para nossos aposentos.

— Onde ficam seus aposentos?

— Aqui ao lado. Aquela é a porta dele. Na manhã seguinte, ou seja, no domingo pela manhã, eu me levantei bem cedo. Como Suzanne, minha esposa, ainda dormia, entrei no boudoir o mais silenciosamente possível para não a acordar. E qual não foi minha surpresa ao encontrar a janela aberta, pois havíamos a deixado fechada na noite anterior.

— Um criado...

— Ninguém entra aqui pela manhã antes que toquemos a campainha. Além disso, sempre tomo o cuidado de trancar a segunda porta que leva à antessala. Por isso, a janela deve ter sido aberta pelo lado de fora. Além do mais, tenho uma prova disso: o segundo vitral da direita, perto do puxador, foi cortado.

— E para onde dá essa janela?

— Como o senhor mesmo pode ver, ela dá para uma pequena varanda, cercada por um parapeito de pedras. Estamos no primeiro andar, e é possível enxergar o jardim atrás da casa e a cerca de ferro que a separa do parque Monceau. É quase certo que o ladrão veio do parque, escalou a cerca com a ajuda de uma escada e então alcançou a varanda embaixo da janela.

— Isso é quase certo, você diz!

— Bem, na terra fofa dos dois lados da cerca, encontramos dois buracos feitos pelos pés da escada, e dois buracos semelhantes podem ser vistos abaixo da janela. E o parapeito de pedra da varanda tem duas marcas que, sem dúvida, foram feitas pelo contato com a escada.

— O parque Monceau fica fechado durante a noite?

— Não, mas, mesmo que ficasse, tem uma casa sendo construída no número 14, e qualquer pessoa poderia entrar por meio dela.

Herlock Sholmes pensou por alguns minutos e então disse:

— Vamos falar sobre o roubo. Ele foi cometido neste cômodo?

— Sim, havia aqui, entre essa Virgem do século XII e esse tabernáculo em prata cinza, um pequeno candelabro judaico. Ele desapareceu.

— Só ele desapareceu?

— Só ele.

— Certo... e o que é um candelabro judaico?

— Uma daquelas lamparinas de cobre usadas pelos judeus antigamente, tem um pé que segura um recipiente que contém óleo, e nesse recipiente são projetados vários bicos onde são colocados os pavios.

— Com tudo o que há aqui, foi roubado um objeto de pouco valor.

— Não tem grande valor, claro. Mas esse continha um lugar secreto onde costumávamos guardar uma joia magnífica, uma quimera de ouro, incrustada com rubis e esmeraldas, que era de grande valor.

— Por que vocês a escondiam lá?

— Ah! Não tinha um motivo específico, senhor, apenas porque era divertido ter um esconderijo secreto como aquele.

— Alguém sabia disso?

— Não.

— Ninguém — exceto o ladrão — disse Sholmes. — Se não, ele não teria roubado o candelabro.

— Claro. Mas como ele poderia saber se só descobrimos por acidente o compartimento secreto do candelabro?

— Um acidente semelhante deve ter revelado o mesmo a alguém... um criado... ou um conhecido. Mas vamos continuar. Suponho que a polícia tenha sido avisada?

— Sim. O juiz de instrução terminou sua investigação. Os repórteres policiais vinculados aos principais jornais também fizeram suas investigações. Mas, como escrevi ao senhor, parece-me que o mistério jamais será resolvido.

Sholmes levantou-se, foi até a janela, examinou o caixilho da janela, a varanda, o terraço, analisou os arranhões no beiral de pedra com sua lupa e então pediu que o senhor d'Imblevalle lhe mostrasse seu jardim.

Do lado de fora, Sholmes sentou-se em uma poltrona de vime e olhou para o telhado da casa com o olhar pensativo. Caminhou então até as duas pequenas caixas de madeira com as quais haviam coberto os buracos feitos no chão pelo pé da escada com o objetivo de mantê-los intactos. Levantou as caixas, ajoelhou-se no chão, examinou os buracos e anotou algumas medidas. Depois de examinar de maneira semelhante os buracos perto da cerca, o barão e ele voltaram ao *boudoir* onde a senhora d'Imblevalle esperava por eles. Depois de um breve momento de silêncio, Sholmes disse:

— Desde o início da sua história, barão, fiquei surpreso pelo método simples usado pelo ladrão. Colocar uma escada, cortar um painel de vidro, escolher um artigo valioso e ir embora novamente. Não, não é assim que as coisas são feitas. Está tudo claro demais ou simples demais.

— Bom, e o que o senhor pensa disso?

— Penso que o candelabro judaico foi roubado sob a supervisão de Arsène Lupin.

— Arsène Lupin! — exclamou o barão.

— Sim, mas não foi ele quem cometeu o ato, pois ninguém entrou na casa. Talvez um criado tenha descido do terraço por uma calha cuja existência notei enquanto estava no jardim.

— O que faz o senhor pensar isso?

— Arsène Lupin não deixaria esse cômodo de mãos vazias.

— Mãos vazias! Mas ele levou o candelabro.

— Mas isso não o teria impedido de pegar essa caixa de rapé, encrustada de diamantes, ou aquele colar de opalas. Quando ele deixa qualquer coisa para trás, é porque não conseguiu carregá-las.

— Mas e as marcas da escada do lado de fora?

— Uma pista falsa. Colocada ali apenas para confundir.

— E os arranhões na balaustrada?

— Uma farsa. Foram feitos com um pedaço de lixa. Veja bem, aqui estão alguns pedaços de lixa que encontrei no jardim.

— E quanto às marcas feitas pelos pés da escada?

— São falsos! Examine os dois buracos retangulares embaixo da janela e os dois buracos perto da cerca. Eles têm formato semelhante, mas percebi que os dois buracos perto da casa estão mais perto um do outro do que os dois buracos perto da cerca. O que isso sugere? Para mim, sugere que os quatro buracos foram feitos por um pedaço de madeira modelado para isso.

— A melhor prova seria o pedaço de madeira em si.

— Aqui está ele — disse Sholmes. — Encontrei no jardim, embaixo de um vaso de loureiro.

O barão inclinou-se demonstrando reconhecer a habilidade de Sholmes. Apenas quarenta minutos haviam se passado desde que o inglês entrara na casa, e ele já explorara todas as teorias até então formadas e que foram baseadas no que parecia ser fatos óbvios e incontestáveis. Mas agora o que parecia ser fatos reais do caso repousava sobre uma base mais sólida, isto é, o raciocínio astuto de um Herlock Sholmes.

— A acusação que o senhor faz contra um de nossos criados é um assunto bastante sério — disse a baronesa. — Nossos criados estão conosco há bastante tempo, e nenhum deles trairia nossa confiança.

— Se nenhum deles traiu os senhores, como explicar o fato de que recebi esta carta no mesmo dia e na mesma remessa de correspondência da carta que os senhores me enviaram?

Ele entregou à baronesa a carta que recebera de Arsène Lupin. Ela exclamou, surpresa:

— Arsène Lupin! Como ele poderia saber disso?

— O senhor contou a alguém sobre sua carta?

— Ninguém — respondeu o barão. — A ideia só nos ocorreu outra noite, durante o jantar.

— Os senhores falaram sobre isso na frente dos criados?

— Não, apenas na frente de nossas crianças. Ah, não... Sophie e Henriette já haviam se levantado da mesa, não foi, Suzanne?

Depois de pensar por um momento, a senhora d'Imblevalle respondeu:

— Sim, elas já tinham saído com a senhorita.

— Senhorita? — perguntou Sholmes.

— A governanta, senhorita Alice Demun.

— Ela faz as refeições com vocês?

— Não. Ela faz as refeições em seus aposentos.

Wilson teve uma ideia. Ele disse:

— A carta enviada a meu amigo Herlock Sholmes foi postada?

— Claro que sim.

— E quem a postou?

— Dominique, meu criado há vinte anos — respondeu o barão. — Qualquer desconfiança nessa direção seria tempo perdido.

— Ninguém nunca perde tempo quando está envolvido em uma pesquisa — respondeu Wilson, solenemente.

Ali se encerrava a investigação inicial, e Sholmes pediu permissão para se retirar.

Durante o jantar, uma hora mais tarde, ele viu Sophie e Henriette, as duas crianças da família, uma de seis e outra de oito anos de idade. Houve um bate papo à mesa. Sholmes respondeu às aproximações gentis de seus anfitriões de maneira tão curta que logo eles pararam de falar. Quando o café foi servido, Sholmes engoliu o que tinha em sua xícara e levantou-se para sair.

Naquele momento, um criado entrou com uma mensagem enviada por telefone para Sholmes. Ele abriu a mensagem e leu:

"O senhor tem toda a minha admiração. As conclusões a que o senhor chegou em tão curto período de tempo são simplesmente maravilhosas. Estou impressionado. ARSÈNE LUPIN."

Sholmes fez um gesto de indignação e entregou a mensagem ao barão, dizendo:

— E agora, o que o senhor acha? Será que as paredes de sua casa têm olhos e ouvidos?

— Não estou entendendo — disse o barão, admirado.

— Nem eu, mas entendo que Lupin sabe tudo o que acontece dentro desta casa. Ele tem acesso a cada movimento, a cada palavra dita. Não há dúvidas com relação a isso. Mas como é que ele consegue essas informações? Este é o primeiro mistério que preciso resolver e, quando eu descobrir isso, descobrirei tudo.

Naquela noite, Wilson recolheu-se com a consciência de um homem que cumpriu seu dever e, por isso, tinha o total direito de dormir e descansar. Assim, caiu no sono rapidamente e teve um sonho muito agradável no qual perseguia Lupin e o capturava com as próprias mãos; e a sensação era tão real e emocionante que ele acordou. Alguém estava ao lado de sua cama. Ele procurou por seu revólver e gritou:

— Não se mova, Lupin, ou atiro em você.

— Diabos! O que é isso, Wilson?

— Ah, é você, Sholmes. O que você quer?

— Quero te mostrar uma coisa. Levante-se.

Sholmes o levou até a janela e disse:

— Olhe! Do outro lado da cerca!

— No parque?

— Sim. O que você vê?

— Nada.

— Não, você vê alguma coisa.

— Ah, claro. Uma sombra, na verdade, duas sombras.

— Isso, perto da janela. Está vendo, elas estão se movendo. Venha, rápido.

Os dois desceram as escadas rapidamente e chegaram à sala que se abria para o jardim. Através da porta de vidro, conseguiram enxergar dois vultos no mesmo lugar.

— É muito estranho — disse Sholmes —, mas parece que consigo ouvir um barulho dentro da casa.

— Dentro da casa? Impossível! Todos estão dormindo.

— Ora, escute.

Naquele momento, um assobio baixo foi ouvido vindo do outro lado da cerca, e eles perceberam uma luz fraca que parecia vir da casa.

— O barão deve ter acendido a luz de seu quarto. Ele fica bem acima de nós.

— Deve ter sido esse o barulho que você ouviu — disse Wilson.

— Talvez eles também estejam vigiando a cerca.

Ouviram então um segundo assobio, mais baixo do que o outro.

— Não estou entendendo, não estou entendendo — disse Sholmes, irritado.

— Eu menos ainda — confessou Wilson.

Sholmes virou a chave, tirou o ferrolho e, em silêncio, abriu a porta. Ouviram um terceiro assobio, mais alto do que o anterior e modulado de outra forma. E o barulho sobre a cabeça deles ficou mais forte. Sholmes disse:

— Parece que está vindo do terraço, do *boudoir*.

Ele colocou a cabeça para fora da porta meio aberta, mas imediatamente recuou, segurando um palavrão. Wilson então olhou. Bem perto deles havia uma escada, sua ponta superior estava apoiada na varanda.

— Diabo! — disse Sholmes. — Tem alguém no *boudoir*. Foi esse o barulho que ouvimos. Rápido, vamos retirar a escada.

Mas naquele instante um homem desceu a escada e correu até onde seus dois cúmplices esperavam por ele, do outro lado da cerca. Ele levou a escada também. Sholmes e Wilson perseguiram o homem e o alcançaram quando ele apoiou a escada na cerca. Do outro lado da cerca, dois tiros foram disparados.

— Ferido? — gritou Sholmes.

— Não — respondeu Wilson.

Wilson agarrou o homem e tentou segurá-lo, mas o outro virou-se e enfiou uma faca no peito de Wilson. Este soltou um gemido, vacilou e caiu.

— Maldição! — murmurou Sholmes. — Se eles o mataram, eu os matarei.

Ele deitou Wilson na grama e correu até a escada. Tarde demais, o homem já subira na escada e, acompanhado de seus cúmplices, entrou no meio dos arbustos.

— Wilson, Wilson, não foi nada sério, não é? Apenas um arranhão.

As portas da mansão se abriram, e o senhor d'Imblevalle apareceu, seguido por seus criados, segurando velas.

— O que aconteceu? — perguntou o barão. — O senhor Wilson está ferido?

— Ah, não foi nada, só um arranhão — repetiu Sholmes, tentando se iludir.

O sangue escorria em abundância, e o rosto de Wilson estava lívido. Vinte minutos depois, o médico dizia que a ponta da faca penetrara a aproximadamente três centímetros do coração.

— Três centímetros do coração! Wilson sempre tem sorte! — disse Sholmes, em tom de inveja.

— Sorte... sorte... — murmurou o médico.

— Claro! Ora, com sua constituição robusta, ele logo vai ficar bem.

— Seis semanas de cama e dois meses de convalescença.

— Só isso?

— Só, a menos que surja alguma complicação.

— Ah! Maldição! Por que o senhor está falando em complicação?

Depois de se tranquilizar, Sholmes juntou-se ao barão no *boudoir*. Desta vez, o visitante misterioso não fora tão discreto. Sem pudor, levara a caixa de rapé coberta por diamantes, o colar de opalas e, no geral, tudo o que encontrou que coubesse nos bolsos de um assaltante.

A porta continuava aberta; um dos vidros fora cortado e, pela manhã, uma nova investigação concluiu que a escada pertencia à casa que estava em construção.

— Agora, o senhor entende — disse o senhor d'Imblevalle com um toque de ironia — que isso é uma repetição do que aconteceu durante o roubo do candelabro judaico.

— Sim, se decidirmos aceitar a primeira versão da polícia.

— O senhor ainda não aceitou? Esse segundo roubo não muda a versão do senhor em relação ao primeiro?

— Apenas confirma a minha versão, senhor.

— Isso é inacreditável! O senhor tem uma prova clara de que na noite passada o roubo foi cometido por alguém que estava do lado de fora e, ainda assim, mantém sua teoria de que o candelabro judaico foi roubado por alguém de dentro da casa.

— Sim, tenho certeza disso.

— E como o senhor explica isso?

— Eu não explico nada, senhor. Apenas constato dois fatos que não parecem ter relação e, ainda assim, procuro o elo que os conecta.

Sua convicção parecia tão séria e positiva que o barão se rendeu e disse:

— Muito bem, vamos avisar a polícia.

— De maneira alguma! — exclamou o inglês, rapidamente. — De maneira alguma! Pretendo pedir ajuda quando eu precisar, mas não antes disso.

— Mas e o ataque ao seu amigo?

— Isso não teve nenhuma consequência. Ele só está ferido. Cuide do silêncio do médico. Eu me responsabilizarei pelo lado da justiça.

Nos dois dias seguintes, nada aconteceu. Ainda assim, Sholmes investigava o caso com cuidado minucioso e o sentimento de orgulho ferido por causa do roubo audacioso cometido embaixo de seu nariz, apesar de sua presença e sem que ele pudesse fazer nada para evitá-lo. Fez uma investigação completa na mansão e no jardim, interrogou os criados e fez longas visitas à cozinha e ao estábulo. E, embora seus esforços não tenham gerado frutos, ele não perdeu as esperanças.

"Eu vou conseguir", pensava ele, "e a solução é procurar dentro das paredes dessa casa. Essa questão é bem diferente daquela da dama loira, quando precisei trabalhar no escuro, em solo desconhecido. Dessa vez, estou no próprio campo de batalha. O inimigo não é o elusivo e invisível Lupin, mas seu cúmplice, em carne e osso, que vive e se movimenta nos confins desta casa. Espere até eu conseguir encontrar uma única pista que seja e o jogo estará em minhas mãos!"

Aquela pista lhe foi fornecida por acidente.

Na tarde do terceiro dia, quando entrou em um cômodo localizado acima do *boudoir*, que era usado como sala de estudos pelas crianças, ele encontrou Henriette, a mais jovem das duas irmãs. Ela olhava para seu par de tesouras.

— Sabe — disse ela para Sholmes —, faço papéis parecidos com aquele que o senhor recebeu na outra noite.

— Na outra noite?

— Sim, assim que o jantar terminou, o senhor recebeu um papel com algumas marcas nele... o senhor sabe, um telegrama... Bom, eu faço isso também.

Ela saiu do cômodo. Para qualquer outra pessoa, aquelas palavras pareceriam nada mais do que um comentário insignificante de uma criança, e o próprio Sholmes ouviu o que ela dizia com ar distraído e continuou sua investigação. Mas, de repente, ele foi atrás da criança e a abordou na ponta da escada. Ele disse a ela:

— Então você coloca selos e marcas em papéis?

Henriette, bastante orgulhosa, respondeu:

— Sim, eu os recorto e colo.

— Quem ensinou essa brincadeira para você?

— A senhorita... nossa governanta... eu sempre a vejo fazendo isso. Ela pega palavras no jornal, recorta e cola.

— E o que ela faz com isso?

— Envia telegramas e cartas.

Herlock Sholmes voltou à sala de estudos, bastante intrigado pela informação e tentando encontrar alguma lógica naquilo. Havia uma pilha de jornais sobre a lareira. Ele os abriu e descobriu que muitas palavras e, em alguns lugares, linhas inteiras haviam sido recortadas. Mas, depois de ler algumas das palavras que as precediam ou que vinham em seguida, concluiu que aquelas que faltavam haviam sido recortadas de maneira aleatória, provavelmente pela criança. Era possível que um dos jornais tivesse sido recortado pela senhorita, mas como ele poderia ter certeza do que ela recortara?

De maneira mecânica, Sholmes olhou para os livros didáticos em cima da mesa e então para outros que estavam na prateleira de uma estante. De repente, ele soltou um grito de alegria. Em um canto da estante, embaixo de uma pilha de livros de exercícios antigos, ele encontrou um livro do alfabeto para crianças, no qual as letras eram enfeitadas com gravura e, em uma das páginas daquele livro, ele descobriu um lugar onde uma palavra fora removida. Ele examinou aquilo. Era uma lista com o nome dos dias da semana. Segunda-feira, terça-feira, quarta-feira... A palavra "sábado" estava faltando. E o roubo do candelabro judaico ocorreu em uma noite de sábado.

Sholmes experimentou aquela leve vibração do coração que sempre o avisava, da maneira mais clara possível, que ele descobrira o caminho da vitória. Aquele raio de luz, aquele sentimento de certeza, nunca o enganava.

Com os dedos nervosos, ele se apressou a examinar o livro. Rapidamente fez uma nova descoberta. Era uma página com letras maiúsculas, seguidas por uma fileira de números. Nove dessas letras e três desses números haviam sido recortados cuidadosamente. Sholmes fez uma lista das letras e dos números que faltavam no livro, em ordem alfabética e numérica, e chegou ao seguinte resultado:

CDEHNOPEZ — 237

— Ora, à primeira vista, isso me parece um quebra-cabeça formidável — murmurou ele. — Mas será que, ao transpor essas letras e usar todas elas, é possível formar uma, duas ou três palavras?

Sholmes tentou, em vão.

Apenas uma solução parecia possível; ela aparecia constantemente à frente dele, não importava a maneira como ele tentasse misturar as letras até que, por fim, ficou satisfeito com a solução, pois ela se harmonizava com a lógica dos fatos e com as circunstâncias gerais do caso.

Como aquela página do livro não continha letras duplicadas, era provável, na verdade, era quase certo, que as palavras que ele conseguiria formar com aquelas letras estariam incompletas e que as palavras originais teriam sido completadas com letras tiradas de outras páginas. Naquelas condições, ele conseguiu chegar à seguinte solução, salvo erros e omissões:

REPOND Z — CH — 237

A primeira palavra era bastante clara: *répondez* (responda), uma letra E faltando porque aparecia duas vezes na palavra, e o livro só tinha uma letra de cada.

Quanto à segunda palavra incompleta, sem dúvidas, ela formava, com a ajuda do número 237, um endereço para onde a resposta deveria ser enviada. Informava o sábado como sendo o dia e solicitava que a resposta fosse enviada para o endereço CH. 237.

Ou, talvez, CH. 237 fosse um endereço para onde a carta seria enviada, uma caixa postal de alguma agência de correio ou, de novo, podia fazer parte de alguma palavra incompleta. Sholmes examinou o livro mais um pouco, mas não descobriu nenhuma outra letra recortada. Assim, até segunda ordem, decidiu aceitar a interpretação à qual chegara.

Henriette voltou e reparou no que ele fazia.

— Interessante, não é?

— Sim, muito interessante — respondeu ele. — Mas a senhorita tem outros papéis? Ou melhor, palavras já recortadas para que eu possa colá-las?

— Papéis? Não... e a senhorita não ia gostar.

— A senhorita?

— Sim, ela já me repreendeu.

— Por quê?

— Porque eu contei algumas coisas para o senhor... e ela diz que nunca devemos falar sobre as pessoas que amamos.

— Você tem toda razão.

Henriette ficou encantada em receber a aprovação dele, na verdade, ficou tão satisfeita que pegou, dentro de uma bolsinha de seda que estava presa em seu vestido, alguns retalhos de tecido, três botões, dois torrões de açúcar e, por fim, um pedaço de papel que entregou a Sholmes.

— Bom, eu dou para o senhor assim mesmo.

Era o número de um carro de aluguel — 8.279.

— De onde é esse número?

— Ele caiu do bolso dela.

— Quando?

— No domingo, na missa, quando ela pegava moedas para a oferenda.

— Excelente! E agora eu devo alertá-la para evitar de levar bronca novamente. Não conte à senhorita que conversou comigo.

Sholmes foi até o senhor d'Imblevalle e o questionou sobre a senhorita. O barão respondeu, indignado:

— Alice Demun! Como o senhor pode pensar em uma coisa dessas? É totalmente impossível!

— Há quanto tempo ela trabalha para o senhor?

— Há um ano apenas, mas ela é a pessoa em quem mais confio na casa.

— Por que eu ainda não a vi?

— Ela se ausentou por alguns dias.

— Mas está aqui agora.

— Sim, desde que voltou, ela tem ficado na cabeceira de seu amigo. Ela tem todas as qualidades de uma enfermeira... é gentil, cuidadosa... o senhor Wilson parece bastante satisfeito.

— Ah! — disse Sholmes, que se esquecera totalmente de pedir notícias sobre o amigo.

Depois de pensar por um momento, ele perguntou:

— Ela saiu no domingo pela manhã?

— No dia depois do roubo?

— Sim.

O barão chamou sua esposa e perguntou a ela. A senhora respondeu:

— A senhorita foi à missa das onze horas com as crianças, como costuma fazer.

— Mas e antes disso?

— Antes disso? Não. Deixe-me pensar... eu estava tão chateada com o roubo. Mas eu me lembro agora de que, na noite anterior, ela pediu permissão para sair no domingo pela manhã... para visitar uma prima que estava em Paris, eu acho. Mas, certamente, o senhor não suspeita dela, não é?

— Claro que não... mas eu gostaria de conhecê-la.

Ele foi até o aposento de Wilson. Uma mulher usando um vestido cinza, como as enfermeiras usam no hospital, estava inclinada sobre o inválido, dando uma bebida a ele. Quando ela virou o rosto, Sholmes a reconheceu como sendo a jovem que conversara com ele na estação de trem.

Alice Demun sorriu de maneira doce. Seus grandes olhos sérios e inocentes não demonstravam nenhum sinal de desconforto. O inglês tentou falar, murmurou algumas poucas palavras e parou. Então, ela voltou ao que estava fazendo, agindo de maneira bastante natural sob o olhar assustado de Sholmes, mexeu nos frascos de remédios, desenrolou e enrolou faixas de gaze e, de novo, olhou para ele com um sorriso charmoso de pura inocência.

Ele se virou, desceu as escadas, notou o automóvel do senhor d'Imblevalle no pátio, entrou nele e foi até Levallois, no escritório da empresa de carros de aluguel cujo endereço estava escrito no papel que recebera de Henriette. O homem que dirigira o carro número 8,279 no domingo pela manhã não estava lá. Sholmes então dispensou o automóvel e esperou que o homem voltasse. Ele contou a Sholmes que pegara uma mulher nas redondezas do parque Monceau, uma jovem vestida de preto, com um véu pesado sobre o rosto e, aparentemente, bastante nervosa.

— Ela carregava um pacote?
— Sim, um pacote bastante comprido.
— Para onde o senhor a levou?
— Para a avenida des Ternes, esquina com a Place Saint-Ferdinand. Ela ficou lá por uns dez minutos e então voltou para o parque Monceau.
— O senhor reconheceria a casa aonde ela foi na avenida des Ternes?
— Certamente! O senhor quer que eu o leve até lá?
— Neste exato momento. Mas, primeiro, leve-me até o número 36 da Quai des Orfèvres.

Na delegacia, ele encontrou o detetive Ganimard.
— Senhor Ganimard, o senhor está livre?
— Se tiver alguma coisa a ver com Lupin, não.
— Tem a ver com Lupin.
— Então não vou acompanhar o senhor.
— Como assim? O senhor desistiu?
— Eu me rendo ao inevitável. Estou cansado dessa luta desigual que sabemos que vamos perder. Lupin é mais forte do que eu, mais forte do que nós dois, por isso, devemos desistir.
— Eu não vou desistir.
— Ele vencerá o senhor, como faz com todos os outros.
— E o senhor ficará feliz em vê-lo fazer isso, certo, Ganimard?
— Ah, isso é verdade — disse Ganimard, com franqueza. — E já que o senhor está determinado a continuar no jogo, eu vou com o senhor.

Juntos, os dois entraram no carro de aluguel e foram levados até a avenida des Ternes. Sob suas ordens, o carro de aluguel parou do outro lado da rua, a alguma distância da casa, em frente a um pequeno café, e os dois homens se sentaram na varanda entre as árvores. Começava a escurecer.

— Garçom — chamou Sholmes —, traga-me alguma coisa para escrever.

Ele escreveu um bilhete, chamou o garçom novamente e entregou o papel a ele com instruções para que o entregasse ao porteiro do prédio para o qual ele apontava.

Em poucos minutos, o porteiro estava na frente deles. Sholmes perguntou a ele se, no domingo pela manhã, ele vira uma jovem vestida de preto.

— De preto? Sim, por volta de nove horas. Ela foi até o segundo andar.

— O senhor a vê com frequência?

— Não, mas por algum tempo, bom, durante as últimas semanas, eu a tenho visto quase todos os dias.

— E desde domingo?

— Só uma vez... até hoje.

— O quê? Ela veio aqui hoje?

— Ela está aqui agora.

— Agora?

— Sim, ela chegou faz uns dez minutos. O carro de aluguel está esperando por ela na Place Saint-Ferdinand como de costume. Eu a encontrei na porta.

— Quem mora no segundo andar?

— Duas pessoas: uma modista, a senhorita Langeais, e um cavalheiro que alugou dois cômodos mobiliados um mês atrás, sob o nome de Bresson.

— Por que o senhor disse "sob o nome"?

— Porque acho que é um nome que ele adotou. Minha esposa faz faxina na casa dele e... bom, não há duas camisas lá que tenham as mesmas iniciais bordadas nelas.

— Ele passa muito tempo em casa?

— Não, ele sempre sai. Faz três dias que ele não aparece.

— Ele estava aqui no sábado à noite?

— Sábado à noite? Deixe-me pensar... sim, no sábado à noite, ele chegou e passou a noite toda lá.

— Como ele é?

— Ah, eu não saberia responder. Ele muda tanto. Às vezes ele é grande, às vezes pequeno, às vezes alto, às vezes magro... escuro e claro. Às vezes eu nem o reconheço.

Ganimard e Sholmes trocaram olhares.

— É ele, não é? — perguntou Ganimard.

— Ah — disse o porteiro —, vejam, lá vai a senhorita.

A senhorita acabara de sair do prédio e caminhava na direção de seu carro de aluguel na Place Saint-Ferdinand.

— E lá está o senhor Bresson.

— Senhor Bresson? Qual deles é ele?

— O que está com um pacote embaixo do braço.

— Mas ele não está junto com a garota. Ela está indo sozinha para o carro de aluguel.

— Sim, nunca vejo os dois juntos.

Os dois detetives se levantaram. Pela luz dos postes da rua, eles reconheceram a silhueta de Arsène Lupin, que andava na direção contrária àquela por onde ia a garota.

— Qual deles você vai seguir? — perguntou Ganimard.

— Vou atrás dele, claro. Ele é o mais importante.

— Então eu vou atrás da garota — propôs Ganimard.

— Não, não — disse Sholmes, rapidamente, pois não queria revelar a identidade da garota para Ganimard. — Eu sei onde encontrá-la. Venha comigo.

Os dois seguiram Lupin a uma distância segura, tomando cuidado para se esconder da melhor forma possível entre as pessoas e atrás de bancas de jornais. Perceberam que a perseguição era fácil, pois ele andava de maneira contínua, sem virar à direita ou à esquerda, mas mancava um pouco com a perna direita, tão pouco que era necessário um olhar atento de um observador profissional para perceber isso. Ganimard notou o fato e disse:

— Ele está fingindo ser manco. Ah, se pudéssemos chamar dois ou três policiais e prender o nosso homem! Corremos o risco de perdê-lo.

Mas eles não encontraram nenhum policial antes de chegarem a Porte des Ternes e, depois de passar pelas fortificações, não havia nenhuma probabilidade de receberem qualquer ajuda.

— É melhor nos separarmos — disse Sholmes —, pois há muitas pessoas na rua.

Estavam agora no Boulevard Victor-Hugo. Andaram cada um de um lado da rua e tomaram o cuidado de ficar na sombra das árvores. Eles continuaram andando por vinte minutos, quando Lupin virou à esquerda e seguiu às margens do Sena. Logo eles o viram descer até a beira do rio. Ficou lá por apenas alguns segundos, mas eles não conseguiram ver seus movimentos. Lupin então voltou por onde viera. Os dois que o seguiam esconderam-se na sombra de um portão. Lupin passou na frente deles. O pacote desaparecera. E, enquanto ele caminhava, outro homem saiu de baixo da marquise de uma casa e se esgueirou entre as árvores.

— Ele também parece estar seguindo Lupin — disse Sholmes em voz baixa.

A perseguição continuou, mas agora fora atrapalhada pela presença de um terceiro homem. Lupin voltou pelo mesmo caminho, passou pelo Porte des Ternes e voltou para o prédio na avenida des Ternes.

O porteiro estava fechando o prédio quando Ganimard apareceu.

— Você o viu?

— Sim — respondeu o porteiro. — Eu estava desligando o gás quando ele fechou e trancou a porta.

— Tem alguém com ele?

— Não, ele não tem criados. Ele nunca come aqui.

— O prédio tem escada de serviço?

— Não.

Ganimard disse a Sholmes:

— É melhor eu ficar na porta do apartamento dele enquanto você vai atrás do delegado na rua Demours.

— E se ele conseguir fugir nesse meio-tempo? — perguntou Sholmes.

— Enquanto eu estiver aqui? Ele não vai conseguir escapar.

— Um contra um, com Lupin, você não tem a menor chance.

— Bom, não posso arrombar a porta. Não tenho direito de fazer isso, principalmente durante a noite.

Sholmes deu de ombros e disse:

— Quando você prender Lupin, ninguém vai questionar os métodos que você usou para fazer isso. Mas vamos lá em cima tocar a campainha e ver o que acontece.

Subiram até o segundo andar. Havia uma porta dupla à esquerda da escada. Ganimard tocou a campainha. Nenhuma resposta. Ele tocou a campainha mais uma vez. Ainda assim, nenhuma resposta.

— Vamos entrar — disse Sholmes.

— Tudo bem, vamos — respondeu Ganimard.

No entanto, ficaram parados, indecisos. Como as pessoas que hesitam quando têm que tomar uma ação decisiva à qual temem, além disso, parecia a eles impossível que Arsène Lupin estivesse ali, tão perto deles, do outro lado daquela porta frágil, que poderia ser arrombada apenas com o golpe de uma mão. Mas conheciam Lupin bem demais para supor que ele se permitiria cair em uma armadilha de maneira tão estúpida. Não, não, mil vezes não, Lupin não estava mais ali. Através dos apartamentos vizinhos, sobre os tetos ou por uma saída convenientemente preparada, ele já devia ter fugido e, mais uma vez, capturariam apenas a sombra de Lupin.

Sentiram um arrepio quando ouviram um leve barulho do outro lado da porta. Tiveram então a impressão, que se tornou praticamente uma certeza, de que ele estava lá, que os três estavam separados apenas pela tênue porta de madeira e que ele os ouvia, que ele os podia ouvir.

O que deveriam fazer? A situação era séria. Apesar de sua vasta experiência como detetives, eles estavam tão nervosos e ansiosos que tiveram a impressão de ouvir as batidas de seu coração. Ganimard questionou Sholmes com o olhar. Então deu um golpe violento na porta com o punho. Imediatamente ouviram o barulho de passos, passos que agora não tentavam mais se esconder.

Ganimard balançou a porta. Sholmes e ele então, unindo esforços, correram até a porta e a abriram com o ombro. Ficaram então parados, surpresos. Um tiro fora dado no quarto ao lado. Um outro tiro, e então ouviram o barulho de um corpo caindo.

Quando entraram no quarto, viram o homem caído no chão com o rosto virado para a lareira. O revólver caíra de sua mão. Ganimard inclinou-se e virou a cabeça do homem. O rosto estava coberto de sangue, que saía de duas feridas, uma no rosto e outra na têmpora.

— Não é possível reconhecê-lo por causa do sangue.

— Não tem problema! — disse Sholmes. — Não é o Lupin.

— Como você sabe? Você nem olhou para ele.

— Você acha que Arsène Lupin é o tipo de homem que se mata? — perguntou Sholmes com um sorrisinho sarcástico.

— Mas achamos que era ele lá fora.

— Achamos, porque quisemos achar. Aquele homem nos enganou.

— Então deve ser um de seus cúmplices.

— Os cúmplices de Arsène Lupin não se matam.

— Bom, então quem é ele?

Os dois revistaram o corpo. Em um bolso, Herlock Sholmes encontrou uma carteira vazia, em outro, Ganimard encontrou vários luíses. Não havia sinais de identificação em nenhuma peça de roupa. Em um baú e em duas malas, não encontraram nenhuma roupa. Na cornija da lareira, havia uma pilha de jornais. Ganimard abriu-os. Todos continham artigos relacionados ao roubo do candelabro judaico.

Uma hora depois, quando Ganimard e Sholmes deixaram a casa, eles continuavam sem saber quem era o indivíduo que cometera suicídio por causa de sua visita fora de hora.

Quem era ele? Por que ele se matara? Qual era a conexão entre isso e o candelabro judaico? Quem o seguira quando ele voltou do rio? A situação envolvia questões complexas e muitos mistérios.

Herlock Sholmes foi dormir bastante mal-humorado. Bem cedo na manhã seguinte, ele recebeu o seguinte telegrama:

> Arsène Lupin tem a honra de informar ao senhor sua trágica morte na pessoa do senhor Bresson, e o convida para participar do funeral e enterro, que será realizado às custas do Estado na quinta-feira, dia 25 de junho.

Capítulo 8

O naufrágio

Eu disso que eu não gosto, Wilson — disse Herlock Sholmes depois de ter lido a mensagem de Arsène Lupin. — É isto o que me chateia nesse assunto: sentir o olhar astuto e zombeteiro desse camarada me seguindo por todos os lugares. Ele vê tudo, ele sabe tudo, ele lê meus pensamentos mais íntimos, ele até prevê o menor de meus movimentos. Ah, ele tem uma intuição maravilhosa, muito melhor do que a das mulheres que têm excelente instinto, sim, muito melhor até do que a intuição do próprio Herlock Sholmes. Nada lhe escapa. Eu me lembro de um ator cujos passos e movimentos são direcionados por um gerente de palco, que diz isso e faz aquilo em obediência a um desejo superior. Eu me sinto assim. Você entende, Wilson?

Certamente Wilson teria entendido se não estivesse apagado no sono profundo de um homem cuja temperatura varia entre trinta e sete e trinta e nove graus. Mas se ele ouvia ou não, para Herlock Sholmes, não importava. Ele continuou falando:

— Preciso concentrar toda a minha energia e colocar todos os meus recursos em ação para fazer um progresso mínimo. E, felizmente para mim, os pequenos incômodos me fazem ter a sensação de estar sendo picado por uma agulha e isso só serve para me estimular. Assim que a ferida cicatrizar e o choque na minha vaidade diminuir, direi para mim mesmo: "Divirta-se, meu caro, mas lembre-se de que aquele que ri por último ri melhor. Mais cedo ou mais tarde, você se trairá". Pois, sabe, Wilson, foi o próprio Lupin quem, por meio de sua primeira mensagem e por ela ter chamado a atenção de Henriette, revelou para mim o segredo de sua correspondência com Alice Demun. Já se esqueceu desse detalhe, meu caro?

Mas Wilson dormia, e Sholmes, andando para cima e para baixo, voltou a falar:

— E agora as coisas não estão indo mal; estão um pouco obscuras, talvez, mas a luz está chegando. Em primeiro lugar, preciso descobrir tudo sobre o senhor Bresson. Ganimard e eu vamos até a margem do rio, ao lugar onde Bresson jogou o pacote, e entenderei o verdadeiro papel daquele cavalheiro. Depois disso, o jogo será entre mim e Alice Demun. Uma oponente bastante tranquila, não, Wilson? E você não acha que eu logo vou descobrir a frase que foi escrita usando as letras recortadas do livro do alfabeto e o que as letras isoladas — C e H — significam? Isso é tudo o que eu quero saber, Wilson.

A senhorita entrou no quarto naquele momento e, ao observar Sholmes gesticulando, disse, de maneira doce:

— Senhor Sholmes, terei de chamar a atenção do senhor se acordar meu paciente. Ele não pode ser perturbado. O médico recomendou descanso absoluto.

Ele olhou para ela em silêncio, espantado, como no primeiro dia, por causa de sua calma inexplicável.

— Por que o senhor está me olhando assim, senhor Sholmes? O senhor parece estar tentando ler meus pensamentos. Não? Então, o que é?

Ela o questionou com a expressão mais inocente em seu lindo rosto e em seus sinceros olhos azuis. Um sorriso surgiu em seus lábios, e ela parecia ter tanta candura que o inglês quase perdeu a cabeça. Ele se aproximou dela e disse, em voz baixa:

— Bresson se matou na noite passada.

Ela pareceu não entender o que ele dizia, por isso repetiu:

— Bresson se matou na noite passada...

Ela não demonstrou nenhuma emoção; agiu como se o assunto não lhe interessasse nem um pouco.

— A senhorita já foi informada — disse Sholmes, demonstrando seu incômodo. — Se não, a notícia teria, no mínimo, a assustado. Ah, a senhorita é mais forte do que imaginei. Mas de que adianta a senhorita tentar esconder qualquer coisa de mim?

Ele pegou o livro do alfabeto, que colocara em uma mesa e, ao abri-lo nas páginas que haviam sido recortadas, disse:

— A senhorita vai me contar a ordem das letras que estão faltando para formar exatamente a mensagem que a senhorita enviou para Bresson quatro dias antes do roubo do candelabro judaico?

— A ordem? Bresson? O roubo do candelabro judaico?

Ela repetiu as palavras devagar, como se estivesse tentando entender seu significado. Ele continuou:

— Sim. Aqui estão as letras usadas... neste pedaço de papel... o que a senhorita disse para Bresson?

— As letras usadas... o que eu disse...

De repente, ela explodiu em uma gargalhada.

— Ah, é isso! Entendi! Eu sou cúmplice do crime! Existe um senhor Bresson que roubou o candelabro judaico e que agora cometeu suicídio. E eu sou a amiga do cavalheiro. Ora, que ideia absurda!

— Quem a senhora foi visitar na noite passada no segundo andar de um prédio na avenida des Ternes?

— Quem? Minha modista, a senhorita Langeais. O senhor acha que a minha modista e o meu amigo senhor Bresson são a mesma pessoa?

Apesar de tudo o que sabia, Sholmes agora estava em dúvida. Uma pessoa é capaz de fingir terror, alegria, ansiedade, na verdade, todos os tipos de emoção, mas ela não pode fingir indiferença absoluta ou uma risada despreocupada. Ainda assim, ele continuou a questioná-la:

— Por que a senhora me abordou na estação Northern Railway no outro dia? E por que a senhora insistiu para que eu deixasse Paris imediatamente sem investigar o roubo?

— Ah, o senhor é muito questionador, senhor Sholmes — respondeu ela, ainda rindo de maneira bastante natural. — Como punição, não vou lhe responder nada e, além disso, o senhor precisa ficar aqui cuidando do paciente enquanto eu vou até a farmácia com urgência. *Au revoir*.

Ela saiu do quarto.

— Fui trapaceado... por uma garota — murmurou Sholmes. — Não só não consegui tirar nada dela, mas também me expus e a deixei de sobreaviso.

Ele então lembrou-se do caso do diamante azul e da primeira vez em que interrogou Clotilde Destange. A dama loira não tinha respondido para ele da mesma maneira natural e com a mesma serenidade e não estava ele mais uma vez cara a cara com uma daquelas criaturas que, sob a proteção e influência de Arsène Lupin, mantêm a maior frieza ao encarar um perigo terrível?

— Sholmes... Sholmes...

Foi Wilson quem o chamou. Sholmes aproximou-se da cama e, inclinando-se sobre ele, disse:

— O que foi, Wilson? Sua ferida está doendo?

Os lábios de Wilson se moveram, mas ele não conseguia falar. Por fim, com grande esforço, ele gaguejou:

— Não... Sholmes... não é ela... isso é impossível...

— Por favor, Wilson, o que você sabe sobre isso? Estou te dizendo que é ela! É só quando encontro uma das criaturas de Lupin, preparadas e instruídas por ele, que perco minha cabeça e faço papel de bobo... aposto que, dentro de uma hora, Lupin vai saber tudo sobre nosso interrogatório. Dentro de uma hora? O que estou dizendo? Ora, ele já deve estar sabendo. A ida à farmácia... com urgência. Que bobagem! Ela foi telefonar para Lupin.

Sholmes deixou a casa apressado, desceu a avenida de Messine e chegou a tempo de ver a senhorita entrar em uma farmácia. Dez minutos depois, ela saiu do local carregando pequenas embalagens e um frasco enrolado em papel branco. Mas ela não tinha ido muito longe quando foi abordada por um homem que, com o chapéu na mão e um ar obsequioso, pareceu pedir ajuda a ela. Ela parou, entregou alguma coisa a ele e continuou andando.

— Ela falou com ele — disse o inglês para si mesmo.

Se não era uma certeza, era pelo menos uma intuição, forte o suficiente para fazê-lo mudar de tática. Ele deixou a garota seguir seu caminho e seguiu o mendigo suspeito, que andou devagar até a avenida des Ternes e vagou por um bom tempo em volta do prédio onde Bresson vivia, às vezes levantando seus olhos para as janelas do segundo andar e observando as pessoas que entravam no prédio.

Depois de uma hora, ele subiu em um bonde que ia na direção de Neuilly. Sholmes o seguiu e sentou-se atrás do homem e ao lado de um homem escondido atrás das páginas de um jornal. Na fortificação, o cavalheiro abaixou o jornal, e Sholmes reconheceu Ganimard, que então sussurrou enquanto apontava para o homem à frente:

— Esse é o homem que seguiu Bresson na noite passada. Faz uma hora que ele está de olho no prédio.

— Alguma novidade sobre Bresson? — perguntou Sholmes.

— Sim, chegou uma carta para ele hoje pela manhã.

— Hoje pela manhã? Então foi postada ontem, antes que o remetente soubesse da morte de Bresson.

— Exatamente. Agora está nas mãos do juiz de instrução. Mas eu consegui ler a carta. Ela dizia: "Ele não vai aceitar nenhuma negociação. Ele quer tudo, a primeira coisa assim como a segunda. Se não, ele vai tomar providências".

— Não havia nenhuma assinatura — acrescentou Ganimard. — Acho que essas poucas linhas não nos servem muito.

— Não concordo, senhor Ganimard. Para mim, essas poucas linhas são muito interessantes.

— Por quê? Não entendo.

— Por motivos pessoais para mim — respondeu Sholmes com a indiferença que ele frequentemente lançava sobre o colega.

O bonde parou na rua de Château, no ponto final. O homem desceu e caminhou devagar. Sholmes o seguiu a uma curta distância, apesar de Ganimard ter protestado dizendo:

— Se ele se virar, vai suspeitar de nós.

— Ele não vai se virar.

— Como o senhor sabe?

— Ele é cúmplice de Arsène Lupin, e o fato de andar dessa maneira, com as mãos no bolso, prova, em primeiro lugar, que ele sabe que está sendo seguido e, em segundo lugar, que ele não tem medo.

— Mas acho que estamos perto demais dele.

— Não estamos perto demais para evitar que ele escape de nós. Ele está muito confiante.

— Ah! Olhe lá! Em frente àquele café, tem duas bicicletas de policiais. Se eu pedir a ajuda deles, ele não vai escapar de nós.

— Bom, nosso amigo não parece preocupado com isso. Na verdade, ele mesmo está pedindo pela ajuda deles.

— Mon Dieu! — exclamou Ganimard. — Ele é audacioso.

O homem se aproximou dos dois policiais no momento em que eles subiam em suas bicicletas. Depois de falar alguma coisa, ele subiu em uma terceira bicicleta, que estava encostada na parede do café, e saiu pedalando rapidamente, acompanhado dos dois policiais.

— Veja só! Um, dois, três e já! — rosnou Sholmes. — E com a ajuda de quem, senhor Ganimard? De dois colegas seus... Ah! Mas esse Arsène Lupin tem uma organização maravilhosa! Bicicletas de policiais a seu serviço! Eu disse ao senhor que o nosso camarada estava calmo demais, seguro demais.

— Ora, então — disse Ganimard, bastante envergonhado —, o que vamos fazer agora? Rir é fácil, qualquer um pode fazer isso.

— Vamos lá, não perca seu bom humor! Vamos nos vingar. Mas, enquanto isso, precisamos de reforço.

— O Folenfant está esperando por mim no final da avenida Neuilly.

— Ora, vá até lá encontrá-lo e juntem-se a mim depois. Eu vou atrás do nosso fugitivo.

Sholmes continuou no rastro das bicicletas, o qual era bastante visível no caminho de terra, já que duas delas tinham seus pneus estriados. Logo ele descobriu que os rastros levavam até as margens do Sena e que os três homens haviam virado na mesma direção que Bresson virara na noite anterior. Ele chegou então ao portão onde Ganimard e ele se esconderam e, um pouco mais à frente, percebeu que as marcas das bicicletas se misturavam, o que mostrava que os homens haviam parado naquele ponto. Bem em frente havia um pequeno pedaço de terra que se projetava para dentro do rio e, em sua ponta, havia um velho barco amarrado.

Foi lá que Bresson jogou o pacote, ou melhor, deixou-o cair. Sholmes desceu até a margem e viu que o declive não era muito íngreme e que a água era bastante rasa, por isso, seria bastante fácil recuperar o pacote, caso os três homens já não o tivessem feito.

— Não, não podem ter feito isso — pensou ele. — Não tiveram tempo. Quinze minutos no máximo. Mas, ainda assim, por que vieram para cá?

Um pescador estava sentado no velho barco. Sholmes perguntou a ele:

— O senhor viu três homens de bicicleta alguns minutos atrás?

O pescador fez um sinal negativo. Mas Sholmes insistiu:

— Três homens que pararam na estrada, bem acima desse banco de areia.

O pescador colocou sua vara embaixo do braço, pegou um caderno no bolso, escreveu em uma das páginas, rasgou-a e entregou o papel a Sholmes. O inglês soltou um grito de surpresa. No meio do papel que ele segurava na mão, viu a série de letras recortadas do livro do alfabeto:

CDEHNOPRZEO — 237.

O homem voltou a pescar, protegendo-se do sol com um grande chapéu de palha, com o seu paletó e colete esticados ao seu lado. Ele olhava com atenção a linha que boiava na superfície da água.

Houve um momento de silêncio — solene e terrível.

"Será ele?", pensou Sholmes com uma ansiedade quase dolorosa. Então deduziu o fato:

"É ele! É ele! Ninguém mais poderia ficar ali de maneira tão calma, sem demonstrar a menor ansiedade, sem ao menos temer o que pode acontecer. E quem mais saberia a história das letras misteriosas? Alice o avisara através do mensageiro."

De repente, o inglês sentiu que sua mão, que sua própria mão, de maneira involuntária, segurou a coronha do revólver e percebeu que seus olhos estavam fixos nas costas do homem, um pouco abaixo de seu pescoço. Um movimento e o drama estaria terminado; a vida do aventureiro teria um fim miserável.

O pescador não se moveu.

Sholmes brincou nervoso com o revólver e experimentou o desejo de atirar e acabar com tudo, mas, ao mesmo tempo, sentiu-se horrorizado com tal ato de natureza repugnante. A morte seria certa e acabaria com tudo.

"Ah!", pensou ele, "deixe que ele se levante e se defenda. Se ele não fizer isso, pior para ele. Mais um segundo e vou atirar..."

Mas um barulho de passos atrás dele o fez virar a cabeça. Era Ganimard chegando com dois ajudantes.

Então, rapidamente mudando de planos, Sholmes pulou no barco, cujas amarras arrebentaram com a força do pulo, caiu sobre o homem e agarrou seu corpo. Os dois rolaram juntos no chão do barco.

— Ora, e agora? — exclamou Lupin, lutando para se libertar. — O que isso significa? De que adiantará depois que um de nós vencer o outro? O senhor não saberá o que fazer comigo, nem eu saberei o que fazer com o senhor. Vamos ficar aqui parecendo dois idiotas.

Os dois remos caíram na água. O barco ficou à deriva.

— Meu Deus, que bagunça o senhor fez! Um homem da sua idade deveria ser mais esperto! O senhor age como uma criança.

Lupin conseguiu se libertar das mãos do detetive, que, totalmente exasperado e pronto para matar, colocou a mão no bolso. Soltou um palavrão: Lupin pegara seu revólver. Ele então ajoelhou-se e tentou capturar um dos remos perdidos para chegar até a margem, enquanto Lupin tentava pegar o outro para levar o barco para o rio.

— Já era! Não consigo alcançar — disse Lupin. — Mas não tem problema se o senhor pegar o remo, eu consigo evitar que o senhor o use. E o senhor poderia fazer o mesmo comigo. Mas, veja só, o mundo é assim, agimos sem nenhum motivo ou razão, e nossos esforços são em vão, pois é o destino que decide tudo. Agora, o senhor não vê que o destino está do lado de seu amigo Lupin? O jogo é meu! A corrente está a meu favor!

O barco descia o rio devagar.

— Cuidado! — gritou Lupin, rapidamente.

Alguém na margem apontava um revólver. Lupin abaixou-se. Um tiro foi dado e acertou a água em frente ao barco. Lupin soltou uma gargalhada.

— Deus me ajude! É o meu amigo Ganimard! Mas foi uma péssima ideia fazer isso, Ganimard. Você não tem o direito de atirar, a não ser em legítima defesa. Será que o pobre Lupin te incomoda tanto a ponto de você se esquecer disso? Agora, seja bonzinho e não atire de novo! Se fizer isso, vai acabar atingindo seu amigo inglês.

Ele estava atrás de Sholmes, olhando para Ganimard, e disse:

— Agora, Ganimard, estou pronto! Mire no coração dele! Mais alto! Um pouco à esquerda. Ah! Você errou desta vez... mais um tiro perdido... tente novamente... suas mãos estão tremendo, Ganimard... Agora, mais uma vez... um, dois, três, atire! Errou! Parbleu! As autoridades lhe deram uma arma de brinquedo.

Lupin pegou um revólver longo e atirou sem mirar. Ganimard colocou a mão no chapéu. A bala o atravessara.

— O que você acha disso, Ganimard? Ah, isso sim é um revólver de verdade! Um verdadeiro buldogue inglês. Ele pertence ao meu amigo, Herlock Sholmes.

E, com uma risada, ele atirou o revólver na margem. A arma caiu nos pés de Ganimard.

Sholmes não conseguiu conter um sorriso de admiração. Que espírito jovem ele tinha! E como ele parecia se divertir! Parecia que a sensação de perigo lhe causava um prazer físico. E tal homem extraordinário não tinha nenhum outro propósito na vida além de procurar por perigos simplesmente pela sensação de diversão que lhe proporcionavam quando ele tentava evitá-los.

Havia muitas pessoas agora às margens do rio, e Ganimard e seus homens seguiam o barco enquanto ele descia devagar junto com a corrente. A captura de Lupin era uma certeza matemática.

— Confesse, velho camarada — disse Lupin para o inglês —, que o senhor não trocaria sua posição no momento nem por todo o ouro do Transvaal! O senhor está sentado na primeira fila para assistir à orquestra! Mas, em primeiro lugar, precisamos de um prólogo... depois do qual pularemos para o quinto ato do drama, que vai representar a captura ou a fuga de Arsène Lupin. Portanto, vou fazer uma pergunta clara para o senhor, para a qual exijo uma resposta também clara: um simples sim ou não. O senhor vai renunciar ao caso? No momento, eu ainda consigo consertar o dano que causou; mais tarde, isso estará além do meu poder. Podemos combinar assim?

— Não.

O rosto de Lupin deixava claros sua decepção e seu incômodo. Ele continuou:

— Insisto. Mais para o seu bem do que para o meu. Insisto porque tenho certeza de que o senhor será o primeiro a se arrepender de ter feito a intervenção. Pela última vez, sim ou não?

— Não.

Lupin agachou-se, retirou uma das tábuas do fundo do barco e, durante alguns minutos, ficou envolvido em um trabalho que Sholmes não conseguia entender. Então, levantou-se, sentou-se ao lado do inglês e disse:

— Acho, senhor, que vim para o rio hoje com o mesmo propósito: recuperar o objeto que Bresson jogou fora. De minha parte, convidei alguns amigos para me acompanhar e estava prestes a fazer a busca nas margens do rio quando meus amigos me avisaram da presença do senhor. Confesso que a notícia não me surpreendeu, já que recebo informações a cada hora sobre o progresso de sua investigação. Isso foi fácil. Sempre que alguma coisa acontece na rua Murillo que possa me interessar, o telefone toca e sou informado.

Ele parou de falar. A madeira que ele tirara do fundo do barco estava se levantando e a água entrava no barco.

— Diabos! Não sei como arrumar isso, mas acho que o velho barco está afundando. O senhor não tem medo, senhor?

Sholmes deu de ombros. Lupin continuou:

— O senhor entenderá então, nessas circunstâncias, e sabendo de antemão que o senhor estaria muito mais ansioso para lutar uma batalha do que para evitá-la, que posso garantir que eu não estava totalmente chateado por entrar em uma competição na qual a questão é bastante certa, já que tenho todas as cartas em minha mão. E desejo que nosso encontro tenha uma grande publicidade para que sua derrota seja conhecida universalmente, de maneira que outra condessa de Crozon ou outro barão d'Imblevalle não fiquem tentados a solicitar sua ajuda contra mim. Além disso, meu caro senhor...

Ele parou de falar e, usando as mãos como luneta, olhou para a margem do rio.

— *Mon Dieu!* Eles fretaram um barco soberbo, um verdadeiro navio de guerra, e veja só como estão remando. Em cinco minutos, estarão ao nosso lado, e estarei perdido. Senhor Sholmes, um conselho: o senhor me segure, me amarre e me entregue aos oficiais da lei. Faça isso, por favor? A menos que, nesse meio-tempo, naufraguemos, então não conseguiremos fazer nada além de prepararmos nosso testamento. O que o senhor acha?

Eles trocaram olhares. Sholmes agora entendia o plano de Lupin: ele furara o barco. E a água subia. Já chegara na sola de suas botinas. Então cobriu seus pés, mas eles não se moveram. Já estava em seus tornozelos. O inglês pegou seu cigarro, enrolou-o e acendeu-o. Lupin continuou a falar:

— Mas não considera tal oferta uma confissão de minha fraqueza. Eu me rendo ao senhor em uma batalha na qual consigo chegar à vitória para evitar uma luta sobre um campo que não foi a minha escolha. Ao fazer isso, reconheço o fato de que Sholmes é o único inimigo que temo e anuncio minha expectativa de que Sholmes não sairá do meu encalço. Aproveito esta oportunidade para dizer ao senhor essas coisas, já que o destino concordou em me dar a honra de ter essa conversa com o senhor. Eu só me arrependo de uma coisa: de que nossa conversa tenha ocorrido enquanto estamos com nossos pés submersos... uma situação que carece de dignidade, devo confessar... O que eu disse? Pés submersos? É pior do que isso.

A água já chegara à prancha de madeira na qual estavam sentados, e o barco afundava gradualmente.

Sholmes, fumando seu cigarro, parecia estar admirando a paisagem. Por nada no mundo que — enquanto estava ali cara a cara com aquele homem que, embora ameaçado por perigos, rodeado por uma multidão, seguido por um grupo de policiais, mantinha sua equanimidade e bom humor — ele, Sholmes, iria demonstrar o menor sinal de nervosismo.

Cada um deles parecia dizer: deve uma pessoa se sentir incomodada por tais futilidades? As pessoas não se afogam todos os dias em rios? Seria incomum eles receberem tanta atenção? Um tagarelava, o outro sonhava; os dois escondiam seu orgulho ferido sob a máscara da indiferença.

Um minuto mais e o barco afundaria. Lupin continuou a tagarelar:

— O importante a saber é se afundaremos antes ou depois da chegada dos campeões da lei. Essa é a pergunta principal. Com relação ao nosso naufrágio, isso já está decidido. Agora, senhor, chegou a hora de fazermos nosso testamento. Deixo toda a minha fortuna a Herlock Sholmes, cidadão inglês, para seu uso e benefício. Mas, *mon Dieu*, como esses paladinos da lei estão se aproximando rapidamente. Ah! Camaradas corajosos! É um prazer observá-los. Observar a precisão dos remos! Ah! É o senhor, brigadeiro Folenfant? Bravo! A ideia de uma embarcação de guerra é excelente. Vou elogiar o senhor para seus superiores, brigadeiro Folenfant... O senhor quer uma medalha? Vai ganhar. E seu camarada Dieuzy, onde ele está? Ah, sim, acho que o vi na margem esquerda do rio, à frente de centenas de nativos. De maneira que, se eu escapar do naufrágio, serei capturado pela esquerda por Dieuzy e seus nativos ou, pela direita, por Ganimard e a população de Neuilly. Um dilema embaraçoso!

O barco entrou em um redemoinho, começou a girar e Sholmes se agarrou no encaixe dos remos. Lupin disse a ele:

— O senhor deveria tirar o paletó. Vai ser mais fácil nadar sem paletó. Não? O senhor se recusa? Então vou vestir meu paletó também.

Ele vestiu o paletó, abotoou-o como fizera Sholmes e disse:

— Como o senhor é descortês! E que pena que o senhor seja tão teimoso nessa questão, na qual, claro, o senhor mostra sua força, mas, oh! Tão em vão! Realmente, o senhor desperdiça sua genialidade.

— Senhor Lupin — interrompeu Sholmes, saindo de seu silêncio —, o senhor fala demais e frequentemente peca por excesso de confiança e por sua frivolidade.

— Essa é uma crítica dura.

— Então, sem saber, o senhor me forneceu, um minuto atrás, a informação que eu queria.

— O quê? O senhor queria uma informação e não me perguntou?

— Não tive a oportunidade de perguntar, o senhor se voluntariou. Dentro de três horas, poderei entregar a chave do mistério ao senhor d'Imblevalle. Essa é a única resposta que...

Ele não terminou a frase. O barco de repente afundou, levando os dois homens para baixo com ele. O bote emergiu imediatamente, com o casco virado para cima. Gritos foram ouvidos nas duas margens, seguidos por momentos ansiosos de silêncio. Então os gritos foram retomados: um dos ocupantes do barco subira à superfície.

Era Herlock Sholmes. Ele era um excelente nadador e se aproximou, com largas braçadas, do barco de Folenfant.

— Coragem, senhor Sholmes — gritou Folenfant. — Estamos aqui. Continue nadando, vamos alcançar o senhor... mais um pouco, senhor Sholmes. Agarre a corda.

O inglês agarrou a corda que haviam jogado para ele. Mas, enquanto o puxavam para o barco, ouviu uma voz atrás dele dizendo:

— A chave para o mistério, senhor, sim, o senhor a terá. E estou impressionado que o senhor ainda não a tenha conseguido. E depois? Para que ela vai servir? Quando a hora chegar, o senhor vai ter perdido a batalha...

Agora, confortavelmente instalado no casco do barco, Lupin continuou a falar com gestos solenes, como se esperasse convencer o adversário.

— O senhor precisa entender, meu caro Sholmes, que não há nada a ser feito, absolutamente nada. O senhor se encontra na posição deplorável de um cavalheiro que...

— Renda-se, Lupin! — gritou Folenfant.

— O senhor é muito sem educação, Folenfant, por me interromper no meio de uma frase. Eu estava dizendo que...

— Renda-se, Lupin!

— Ah, *parbleu!* Brigadeiro Folenfant, um homem só se rende quando está em perigo. Certamente o senhor não acha que estou em perigo.

— Pela última vez, Lupin, eu exijo que você se renda.

— Brigadeiro Folenfant, o senhor não tem a menor intenção de me matar. O senhor pode querer me ferir, pois tem medo que eu fuja. Mas e se por acaso o ferimento for mortal! Apenas pense no remorso que vai sentir! Isso iria encher de amargura a sua velhice.

O tiro foi dado.

Lupin se espantou, agarrou-se no casco do barco por um momento, então soltou-o e desapareceu.

───────────────── ◇ ─────────────────

Eram exatamente três horas quando tudo aconteceu. Precisamente às seis horas, como dissera, Herlock Sholmes, usando calças curtas demais e um paletó pequeno demais, que emprestara de um hoteleiro em Neuilly, além de um chapéu e uma camisa de flanela, entrou no *boudoir* na rua Murillo, depois de enviar uma mensagem ao senhor e à senhora d'Imblevalle expressando seu desejo de conversar com eles.

Eles o encontraram andando de um lado para o outro no cômodo. E ele parecia tão cômico em seu traje que eles mal conseguiram segurar uma risada. Com ar pensativo e as costas curvadas, ele caminhava como um robô, indo da janela para a porta e da porta para a janela, dando sempre os mesmos números de passos e virando sempre da mesma maneira.

Ele parou, pegou um pequeno enfeite, examinou-o mecanicamente e voltou a caminhar. Por fim, parou em frente a eles e perguntou:

— A senhorita está aqui?

— Sim, ela está no jardim com as crianças.

— Eu gostaria que ela estivesse presente em nossa conversa.

— Isso é mesmo necessário?

— Tenha um pouco de paciência, senhor. A partir dos fatos que vou apresentar aos senhores, ficará clara a necessidade da presença dela aqui.

— Muito bem. Suzanne, você pode chamá-la?

A senhora d'Imblevalle levantou-se, saiu e voltou quase imediatamente, acompanhada por Alice Demun. A senhorita, que estava mais pálida do que de costume, permaneceu em pé, encostada em uma mesa, e nem se deu ao trabalho de perguntar por que fora chamada. Sholmes não olhou para ela, mas, de repente, virando-se para o senhor d'Imblevalle, disse, em um tom que não admitia uma resposta:

— Depois de vários dias de investigação, senhor, devo repetir o que eu disse quando cheguei aqui: o candelabro judaico foi roubado por alguém que mora nesta casa.

— E o nome do culpado?

— Eu sei qual é.

— Tem como provar?

— Tenho o suficiente para estabelecer o fato.

— Mas exigimos mais do que isso. Queremos recuperar os objetos roubados.

— O candelabro judaico? Está comigo.

— O colar de opalas? A caixa de rapé?

— O colar de opalas, a caixa de rapé e todos os objetos roubados na segunda ocasião estão comigo.

Sholmes estava se deliciando com aqueles diálogos dramáticos e ficava feliz em anunciar suas vitórias de maneira tão direta. O barão e a esposa estavam impressionados e olhavam para Sholmes com uma curiosidade silenciosa que era o melhor dos elogios.

Ele lhes contou, com bastante detalhe, o que fizera naqueles três dias. Contou a eles sobre sua descoberta no livro do alfabeto, escreveu em uma folha de papel a frase formada com as letras que faltavam, então narrou a jornada de Bresson até as margens do rio e sobre o suicídio do aventureiro e, finalmente, relatou sua luta com Lupin, o naufrágio e o desaparecimento de Lupin. Quando terminou, o barão disse, com a voz baixa:

— Agora o senhor nos contou tudo, menos o nome do culpado. A quem o senhor acusa?

— Acuso a pessoa que recortou as letras do livro do alfabeto e que se comunicou com Arsène Lupin por meio daquelas letras.

— Como o senhor sabe que essa correspondência foi entregue para Arsène Lupin?

— Minha informação vem do próprio Lupin.

Ele mostrou a eles um pedaço de papel que estava molhado e amassado. Era a página que Lupin tirara de seu caderno de anotações e na qual ele escrevera a frase.

— E os senhores vão perceber — disse Sholmes, com satisfação — que ele não foi obrigado a me entregar aquela folha de papel e, assim, revelar sua identidade. Simples criancice de sua parte e ainda assim ele me deu a informação que eu queria.

— E qual era essa informação? — perguntou o barão. — Não consigo entender.

Sholmes pegou um lápis e escreveu as letras e os números.

$$CDEHNOPRZEO - 237$$

— E? — perguntou o barão. — É a fórmula que o senhor mesmo acabou de me mostrar.

— Não. Se o senhor virar e revirar aquela fórmula em todos os sentidos, como eu fiz, o senhor verá rapidamente que esta fórmula não é a mesma que eu lhe mostrei primeiro.

— E como elas são diferentes?

— Esta tem duas letras a mais: um E e um O.

— É verdade, eu não tinha percebido isso.

— Junte essas duas letras às letras C e H que restaram formando a palavra *"respondez"* e o senhor concordará comigo que a única palavra possível a ser formada é *ECHO*.

— O que isso significa?

— Isso se refere ao *Echo de France*, o jornal de Lupin, seu órgão oficial, aquele no qual ele publica suas comunicações. Responder ao *Echo de France*, em propagandas pessoais, sob o número 237. Essa é a chave para o mistério, e Arsène Lupin foi gentil o suficiente em me fornecer. Fui até o escritório do jornal.

— E o que o senhor encontrou lá?

— Encontrei a história toda sobre as relações entre Arsène Lupin e seu cúmplice.

Sholmes mostrou sete jornais abertos na quarta página e mostrou as seguintes linhas:

1. Ars. Lup. Dama implora proteção. 540.
2. 540. Espera detalhes. A. L.
3. A. L. Sob dom. inimigo. Perdida.
4. 540. Escrever endereço. Fará investigação.
5. A. L. Murillo.
6. 540. Parque três horas. Violetas.
7. 237. Entender. Sáb. Estarei dom. man. parque.

— E o senhor chama isso de história toda! — exclamou o barão.
— Sim. E, se o senhor puder me ouvir por alguns minutos, acho que consigo fazê-lo concordar comigo. Em primeiro lugar, uma dama que assina 540 implora pela proteção de Arsène Lupin, que responde pedindo detalhes. A dama responde que está sob domínio do inimigo, que é Bresson, sem dúvida, e que está perdida se alguém não for ajudá-la. Lupin fica desconfiado e não se aventura a marcar um encontro com a mulher desconhecida, pergunta o endereço e propõe investigar. A dama hesita, durante quatro dias — veja as datas —, e finalmente, sob o estresse das circunstâncias e influenciada pelas ameaças de Bresson, ela fornece o nome da rua: Murillo. No dia seguinte, Arsène Lupin anuncia que estará no parque Monceau às três horas e pede para sua correspondente desconhecida levar um buquê de violetas como forma de identificação. Então existe um pulo de oito dias na correspondência. Arsène Lupin e a dama não precisam mais se corresponder pelo jornal agora, pois já se encontram ou escrevem diretamente um para o outro. O esquema está organizado desta maneira: para satisfazer as exigências de Bresson, a dama precisa levar o candelabro judaico. A data ainda não está marcada. A dama que, por prudência, se corresponde por meio de letras recortadas de um livro, decide por um sábado e acrescenta: resp. Echo 237. Lupin responde que entendeu e que estará no parque no domingo pela manhã. No domingo pela manhã, o roubo acontece.

— Realmente essa é uma excelente cadeia de provas circunstanciais, e o elo está completo — disse o barão.

— O roubo então acontece — continuou Sholmes. — A dama sai no domingo pela manhã, conta para Lupin o que fez e leva o candelabro judaico para Bresson. Tudo corre exatamente como Lupin previra. Os oficiais de justiça, enganados por uma janela aberta, quatro buracos no chão e dois arranhões na varanda, imediatamente seguem a teoria de que o assalto foi cometido por um ladrão. A dama está segura.

— Sim, confesso que a teoria era lógica — disse o barão. — Mas o segundo roubo foi...

— O segundo roubo foi provocado pelo primeiro. Os jornais reportaram como o candelabro judaico desapareceu, alguém decidiu repetir o crime e levar o que fora deixado. Desta vez, não foi um assalto simulado, mas um roubo de verdade, um verdadeiro furto, com escadas e outras parafernálias.

— Lupin, claro.

— Não. Lupin não age de forma tão estúpida. Ele não atira nas pessoas por motivos tolos.

— Então, quem foi?

— Bresson, sem dúvida, e a dama a quem ele extorquia não sabia disso. Foi Bresson que entrou aqui, foi Bresson que eu persegui, foi Bresson que feriu o pobre Wilson.

— O senhor tem certeza disso?

— Absoluta. Um dos cúmplices de Bresson escreveu para ele ontem, antes de seu suicídio, e a mensagem continha provas das negociações entre esse cúmplice e Lupin pela restituição de todos os artigos roubados da casa dos senhores. Lupin exigia tudo: "a primeira coisa (que era o candelabro judaico) assim como os objetos do segundo caso". Além disso, ele vigiava Bresson. Quando o último voltou do rio na noite passada, um dos homens de Lupin o seguiu, assim como nós.

— O que Bresson estava fazendo no rio?

— Ele fora avisado sobre o progresso da minha investigação.

— Avisado? Por quem?

— Pela mesma dama, a qual temia que a descoberta do candelabro judaico levasse à descoberta de sua própria aventura. Assim, Bresson, depois de ser avisado, embrulhou em um pacote todos os objetos que poderiam comprometê-lo e jogou-o em um lugar do rio onde achou que poderia pegá-lo depois que o perigo passasse. Foi depois que ele retornou, seguido por Ganimard e por mim, com outros pecados em sua consciência, sem dúvidas, que perdeu a cabeça e se matou.

— Mas o que o pacote continha?

— O candelabro judaico e os seus outros objetos.

— Então, eles não estão com o senhor?

— Imediatamente após o desaparecimento de Lupin, eu me beneficiei do banho que ele me forçou a tomar e fui até o lugar escolhido por Bresson, onde encontrei os artigos embrulhados em uma lona. Eles estão lá, em cima da mesa.

Sem dizer uma palavra, o barão cortou a corda, rasgou a lona molhada, pegou o candelabro, girou um parafuso na parte debaixo do candelabro, então abriu o recipiente do candelabro ao meio e lá dentro encontrou uma quimera dourada, cravejada de rubis e esmeraldas.

A pedra estava intacta.

Havia naquela cena, de aparência tão natural e que consistia em uma simples exposição de fatos, algo que a tornava terrivelmente trágica: a acusação formal, direta e irrefutável que Sholmes lançava contra a senhorita em cada uma das palavras que dizia. E também era impressionante o silêncio de Alice Demun.

Durante aquela longa e cruel acumulação de pequenas provas sobrepostas umas às outras, nenhum músculo de seu rosto se movia, nenhum traço de revolta ou medo perturbara a serenidade de seu límpido olhar. Onde estavam seus pensamentos? E, principalmente, o que ela diria no momento solene em que se tornaria necessário para ela falar e se defender para quebrar a corrente de provas que Herlock Sholmes tecera tão sabiamente em volta dela?

O momento chegara, mas a garota estava em silêncio.

— Fale! Fale! — exclamou o senhor d'Imblevalle.

Ela não falou. Ele então insistiu:

— Uma palavra é o suficiente. Uma palavra negando tudo e confiarei em você.

Aquela palavra, ela não disse.

O barão andou de um lado para o outro nervoso; então, dirigiu-se a Sholmes e disse:

— Mas o senhor tem absoluta certeza de que está certo?

Sholmes hesitou, como um homem atacado de surpresa e cuja resposta não é imediata. No entanto, ele sorriu e disse:

— Apenas a pessoa a quem acuso, por causa de sua situação na casa, poderia saber que o candelabro judaico continha aquela joia magnífica.

— Eu não posso acreditar nisso — repetiu o barão.

— Pergunte a ela.

Aquilo era, realmente, a única coisa que ele não teria feito, confiando cegamente na garota. Mas ele não podia mais deixar de fazer aquilo. Ele se aproximou dela e, olhando em seus olhos, disse:

— Foi mesmo a senhorita? Foi a senhorita quem pegou a joia? Foi a senhorita quem se correspondeu com Arsène Lupin e cometeu o roubo?

— Fui eu, senhor — respondeu ela.

Ela não abaixou a cabeça. Seu rosto não exibia nenhum sinal de vergonha ou medo.

— Isso é possível? — murmurou o senhor d'Imblevalle. — Eu nunca teria acreditado nisso... a senhorita é a última pessoa neste mundo de quem eu desconfiaria. Como a senhorita foi fazer algo assim?

— Fiz exatamente como o senhor Sholmes contou. No sábado à noite, vim até o *boudoir*, peguei o candelabro e, pela manhã, levei-o para o homem.

— Não — disse o barão —, o que a senhorita afirma é impossível.

— Impossível, por quê?

— Porque, pela manhã, encontrei a porta do boudoir trancada com o ferrolho.

Ela ruborizou e olhou para Sholmes como se estivesse procurando por um conselho. Sholmes estava impressionado com o embaraço da dama. Não teria ela nada a dizer? As confissões, que consagravam a explicação que ele, Sholmes, fizera sobre o roubo do candelabro judaico, serviam apenas para mascarar uma mentira? Estaria ela os enganando com uma confissão falsa?

O barão continuou:

— A porta estava trancada. Encontrei a porta exatamente como eu a deixara na noite anterior. Se a senhorita entrou por aquela porta, como a senhorita diz que fez, alguém deve tê-la aberto pelo lado de dentro, ou seja, do boudoir ou de nossos aposentos. Agora, não havia ninguém dentro desses dois cômodos... não havia ninguém além de minha esposa e eu.

Sholmes abaixou a cabeça e cobriu o rosto com as mãos para esconder suas emoções. Uma luz repentina apareceu em sua cabeça, que o assustava e o deixava excessivamente desconfortável. Tudo fora revelado a ele, como uma paisagem escura da qual a noite se afastava de repente.

Alice Demun era inocente!

Alice Demun era inocente. Aquela proposição explicava o embaraço que ele experimentara desde o início ao lidar com a terrível acusação contra aquela jovem garota. Agora, ele viu a verdade, ele sabia disso. Depois de alguns segundos, ele levantou a cabeça e olhou para a senhora d'Imblevalle da maneira mais natural que conseguiu. Ela estava pálida, com aquela palidez incomum que nos invade nos momentos mais difíceis da vida. Suas mãos, que ela tentava esconder, tremiam.

"Mais um minuto e ela vai se trair", pensou Sholmes.

Ele se colocou entre ela e o marido no desejo de impedir algum perigo que, por culpa dele, agora ameaçasse aquele homem e aquela mulher. Mas, ao ver o barão, ele ficou chocado até o íntimo de seu ser. A mesma ideia terrível entrara na cabeça do senhor d'Imblevalle. O mesmo pensamento passava pela cabeça do marido. Ele também entendeu! Ele enxergou a verdade!

Desesperada, Alice Demun precipitou-se contra a verdade implacável dizendo:

— O senhor está certo, senhor. Cometi um erro terrível. Eu não entrei pela porta. Eu vim pelo jardim e pelo vestíbulo, com a ajuda de uma escada.

Aquele era um esforço supremo de verdadeira devoção, mas um esforço inútil. As palavras soavam falsas. A voz não trazia convicção, e a pobre garota já não mais exibia aqueles olhos claros, sem medo, e o ar natural de inocência que lhe caía tão bem. Agora ela abaixou a cabeça, vencida.

O silêncio tornou-se dolorido. A senhora d'Imblevalle esperava pelo próximo movimento do marido, com muita ansiedade e medo. O barão parecia estar lutando contra aquela terrível suspeita, como se não pudesse acreditar no colapso de sua felicidade. Por fim, disse para a esposa:

— Fale! Explique!

— Não tenho nada para falar — respondeu ela, com a voz baixa e com o rosto repleto de angústia.

— Então fale... senhorita.

— A senhorita me salvou... com sua devoção... com seu carinho... e deixou que a acusação caísse sobre ela...

— A salvou do quê? De quem?

— Daquele homem.

— Bresson?

— Sim, era a mim que ele ameaçava... eu o conheci na casa de uma de minhas amigas... e caí na besteira de ouvir o que ele dizia. Ah! Não era nada que você não possa perdoar. Mas escrevi duas cartas a ele... cartas que você verá... eu as comprei de volta... você sabe como... Ah! Tenha piedade de mim! Já sofri tanto!

— Você! Você! Suzanne!

Ele levantou a mão, pronto para bater nela, pronto para matá-la. Mas soltou os braços e murmurou:

— Você, Suzanne... Você! Isso não é possível.

Por meio de frases entrecortadas, ela relatou sua história complicada, seu despertar assustado diante da infâmia do homem, seu remorso, seu medo. Também contou sobre a devoção de Alice, sobre como a jovem adivinhara o desespero da patroa e assim arrancou-lhe uma confissão, escreveu para Lupin e planejou o esquema do roubo para salvá-la de Bresson.

— Você, Suzanne, você — repetia o senhor d'Imblevalle, curvado com tristeza e vergonha. — Como você pôde fazer isso?

❖❖❖

Na mesma noite, o vapor Cidade de Londres, que faz a linha entre Calais e Dover, deslizava devagar sobre o mar tranquilo. A noite estava escura, o vento era fraco. A maioria dos passageiros já estava em suas cabinas, mas alguns, mais intrépidos, passeavam no convés ou dormiam em grandes cadeiras de balanço, envoltos em grossos cobertores. Era possível ver, aqui e ali, a luz de um cigarro e era possível ouvir, misturado com um suave murmúrio da brisa, o som fraco de vozes que não se atreviam a falar alto diante do grande silêncio da noite.

Um dos passageiros que andava de um lado para o outro no convés parou em frente a uma mulher que estava deitada em um banco, examinou-a e, quando ela se moveu um pouco, disse a ela:

— Achei que dormia, senhorita Alice.

— Não, senhor Sholmes, não estou dormindo. Estou pensando.

— Em quê? Se é que eu posso perguntar.

— Estava pensando na senhora d'Imblevalle. Ela deve estar muito triste. Sua vida está arruinada.

— Ah, não, não — respondeu ele rapidamente. — Seu erro não foi muito grave. O senhor d'Imblevalle vai perdoá-la. Ora, mesmo antes de partirmos, ele já estava mais calmo com ela.

— Talvez... mas ele vai se lembrar disso por um bom tempo... e ela vai sofrer bastante.

— A senhorita a ama?

— Muito. Foi meu amor por ela que me deu forças para sorrir enquanto eu tremia de medo e que me deu coragem de olhar para o rosto do senhor quando eu desejava me esconder.

— E a senhorita está triste por tê-la deixado?

— Sim, muito triste. Não tenho parentes, nem amigos, só tenho a ela.

— A senhorita terá amigos — disse o inglês, que estava preocupado com sua tristeza. — Eu prometi isso para a senhorita. Tenho parentes... e alguma influência. Garanto à senhorita que não vai se arrepender de ter vindo para a Inglaterra.

— Pode ser mesmo, senhor, mas a senhora d'Imblevalle não estará lá.

Herlock Sholmes voltou a andar pelo convés. Depois de alguns minutos, ele se sentou perto de sua companheira, encheu seu cachimbo e riscou quatro palitos de fósforo em vão na tentativa de acendê-lo. Então, como não tinha mais fósforos, levantou-se e perguntou ao cavalheiro que estava sentado próximo a ele:

— O senhor teria fogo, por favor?

O cavalheiro abriu uma caixa de fósforos e riscou um. A chama iluminou seu rosto. Sholmes o reconheceu: era Arsène Lupin.

Se o inglês não tivesse feito um movimento praticamente imperceptível de surpresa, Lupin teria achado que sua presença a bordo já fosse do conhecimento de Sholmes, pois ele controlou seus sentimentos muito bem e, com naturalidade, esticou a mão para o adversário.

— Como vai a saúde, senhor Lupin?

— Bravo! — exclamou Lupin, que não conseguiu esconder um grito de admiração para o sangue frio do inglês.

— Bravo? E por quê?

— Por quê? Porque apareço para o senhor como um fantasma, apenas algumas horas depois de o senhor ter me visto afundar no Sena; e, por orgulho, uma qualidade essencial a um inglês, o senhor não demonstra a menor surpresa. O senhor me cumprimenta naturalmente. Ah, repito, bravo! Admirável!

— Não há nada admirável nisso. Da maneira como o senhor caiu do barco, eu sabia que o senhor fez isso de forma voluntária e que a bala não o atingira.

— E o senhor foi embora sem saber o que tinha acontecido comigo?

— O que tinha acontecido com o senhor? Ora, eu sabia. Havia pelo menos quinhentas pessoas nas margens do rio no espaço de um quilômetro. Se o senhor escapasse da morte, sua captura seria certa.

— E, ainda sim, estou aqui.

— Senhor Lupin, existem dois homens no mundo que nunca me surpreendem: em primeiro lugar, eu mesmo, e então Arsène Lupin.

O tratado de paz estava selado.

Se Sholmes não tivesse triunfado em suas investidas contra Arsène Lupin; se Lupin continuava sendo o único inimigo cuja captura ele nunca esperava conseguir realizar; se, no curso de suas lutas, ele não tivesse sempre em vantagem, o inglês tinha, pelo menos, por meio de sua extraordinária intuição e tenacidade, conseguido recuperar o candelabro judaico e o diamante azul.

Desta vez, talvez, o término não tenha sido tão brilhante, especialmente do ponto de vista dos espectadores, pois Sholmes fora obrigado a manter um silêncio discreto sobre as circunstâncias nas quais o candelabro judaico fora recuperado e, para anunciar isso, ele disse que não sabia o nome do ladrão. Mas, no homem para homem, Arsène Lupin contra Herlock Sholmes, detetive contra ladrão, não havia vencedor nem vencido. Cada um deles conquistou triunfos correspondentes.

Assim, eles podiam agora conversar como adversários educados que depuseram suas armas e que admiravam bastante um ao outro.

A pedido de Sholmes, Arsène Lupin narrou a estranha história de sua fuga.

— Se eu puder chamá-la de fuga — disse ele —, foi tão simples! Meus amigos estavam me observando, pois eu tinha pedido para que me encontrassem lá para recuperar o candelabro judaico. Então, depois de ficar uma boa meia hora embaixo do barco, eu me aproveitei de uma ocasião, quando Folenfant e seus homens procuravam por meu corpo nas margens do rio, para subir no barco. Meus amigos simplesmente me pegaram quando passaram por mim em um barco a motor, e navegamos embaixo dos olhos pasmos de uma multidão de quinhentos curiosos, incluindo Ganimard e Folenfant.

— Muito bem — exclamou Sholmes —, bela jogada. E agora o senhor tem algum assunto para tratar na Inglaterra?

— Sim, algumas coisas para resolver... mas eu me esqueci... e o senhor d'Imblevalle?

— Ele já sabe de tudo.

— Tudo? Ah, meu caro Sholmes, o que foi que falei para o senhor? O mal agora é irreparável. Não teria sido melhor me deixar resolver o assunto do meu jeito? Em mais um dia ou dois, eu teria recuperado os bens roubados de Bresson e os devolveria ao senhor d'Imblevalle, e aqueles dois cidadãos honestos teriam vivido felizes e em paz para sempre. Em vez disso...

— Em vez disso — disse Sholmes, rindo —, misturei as cartas e semeei a discórdia no seio de uma família que estava sob sua proteção.

— *Mon Dieu!* Claro que eu os protegia. O senhor acha que a pessoa rouba, trapaceia e erra o tempo todo?

— Então o senhor também faz o bem?

— Quando eu tenho tempo. Além disso, eu me divirto fazendo o bem. Agora, por exemplo, em nossa última aventura, achei extremamente divertido o fato de eu precisar ser o bom gênio tentando ajudar e salvar mortais infelizes, enquanto os gênios do mal só lhes traziam desespero e lágrimas.

— Lágrimas? Lágrimas? — protestou Sholmes.

— Certamente! Os d'Imblevalle estão destruídos, e Alice Demun está chorando.

— Ela não podia mais ficar lá. Ganimard a teria descoberto mais cedo ou mais tarde e, por meio dela, chegaria à senhora d'Imblevalle.

— Isso é verdade, senhor, mas de quem é a culpa?

Dois homens passaram. Sholmes perguntou a Lupin, de maneira amigável:

— O senhor conhece aqueles cavalheiros?

— Acho que o reconheço como sendo o capitão do navio.

— E o outro?

— Não sei.

— É Austin Gilett, que ocupa, em Londres, um cargo semelhante ao do senhor Dudouis em Paris.

— Ah! Que sorte! O senhor poderia me apresentar a ele? O senhor Dudouis é um de meus melhores amigos, e ficarei encantado em contar isso ao senhor Austin Gilett.

Os dois cavalheiros passaram novamente.

— E se eu o levasse ao pé da letra, senhor Lupin? — disse Sholmes, levantando-se e segurando o pulso de Lupin com uma mão de ferro.

— Por que o senhor está me segurando com tanta força, senhor? Vou segui-lo com boa vontade.

Na verdade, ele se permitiu ser arrastado sem oferecer a menor resistência. Os dois cavalheiros desapareciam de vista. Sholmes apressou o passo. Suas unhas entravam na pele de Lupin.

— Venha! Venha! — exclamou ele, com uma pressa fervorosa que combinava com seus atos. — Venha! Mais rápido.

Mas ele parou de repente. Alice Demun os seguia.

— O que a senhora está fazendo, senhorita? A senhorita não precisa vir. A senhorita não deve vir!

Foi Lupin quem respondeu:

— O senhor vai notar, senhor, que ela não está vindo por vontade própria. Eu estou segurando o pulso dela com a mesma força com que o senhor segura o meu.

— Por quê?

— Porque quero apresentá-la também. A parte dela no caso do candelabro judaico é muito mais importante do que a minha. Cúmplice de Arsène Lupin, cúmplice de Bresson, ela tem o direito de contar sua aventura com a baronesa d'Imblevalle, uma história que vai interessar bastante o senhor Gilett como um oficial da lei. E, ao apresentá-la, também, o senhor terá levado sua intervenção até o último limite, meu querido Sholmes.

O inglês soltou o braço do prisioneiro. Lupin soltou a senhorita.

Eles ficaram parados olhando um para o outro por alguns segundos, em silêncio e sem se mover. Então Sholmes voltou para o banco e sentou-se, seguido por Lupin e pela garota. Depois de um longo silêncio, Lupin disse:

— Está vendo, senhor, o que quer que façamos, nunca estaremos do mesmo lado. O senhor está de um lado da cerca e eu do outro. Podemos trocar cumprimentos, apertos de mão, conversar um pouco, mas a cerca está sempre lá. O senhor continuará sendo Herlock Sholmes, o detetive, e eu, Arsène Lupin, o ladrão de casaca. E Herlock Sholmes sempre obedecerá, de maneira mais ou menos espontânea, com mais ou menos propriedade, seu instinto como detetive, que é perseguir o ladrão e abatê-lo, se possível. E Arsène Lupin, em obediência a seu instinto bandido, sempre estará ocupado evitando o alcance do detetive e zombando do detetive, se a ocasião permitir. E, dessa vez, ela permite.

HA, HA, HA!

Ele caiu na gargalhada, um riso sarcástico, cruel e odioso.
Então, de repente, ficando sério, dirigiu-se a Alice Demun:
— Pode ter certeza, senhorita, de que, mesmo reduzido ao último extremo, nunca a trairei. Arsène Lupin não trai ninguém, especialmente aqueles a quem ele ama e admira. E, permita-me dizer, eu amo e admiro a mulher corajosa e querida que a senhorita se mostrou ser.
Ele pegou em seu bolso um cartão de visitas, partiu ao meio e entregou metade para a garota, dizendo com a voz trêmula de emoção:
— Se os planos que o senhor Sholmes tem para a senhorita não derem certo, vá atrás da Lady Strongborough. A senhorita conseguirá encontrar seu endereço com facilidade, entregue a ela a metade do cartão e, ao mesmo tempo, lhe diga: "amigo fiel". Lady Strongborough vai lhe mostrar a verdadeira devoção de uma irmã.
— Obrigada — disse a garota. — Vou procurar por ela amanhã.
— E agora, senhor Sholmes — exclamou Lupin com o ar satisfeito de um cavalheiro que teve sua missão cumprida —, preciso me despedir. Ainda vai levar uma hora para terminarmos a viagem, então vou descansar um pouco.

Ele se deitou no banco, com as mãos embaixo da cabeça.

Rapidamente os penhascos da costa inglesa começaram a surgir na luz cada vez mais forte do dia que nascia. Os passageiros saíram de suas cabinas e amontoaram-se no convés, apreciando com animação a costa que se aproximava. Austin Gilette passou por eles, acompanhado por dois homens, que Sholmes reconheceu como agentes da Scotland Yard.

Lupin dormia em seu banco.

Fim

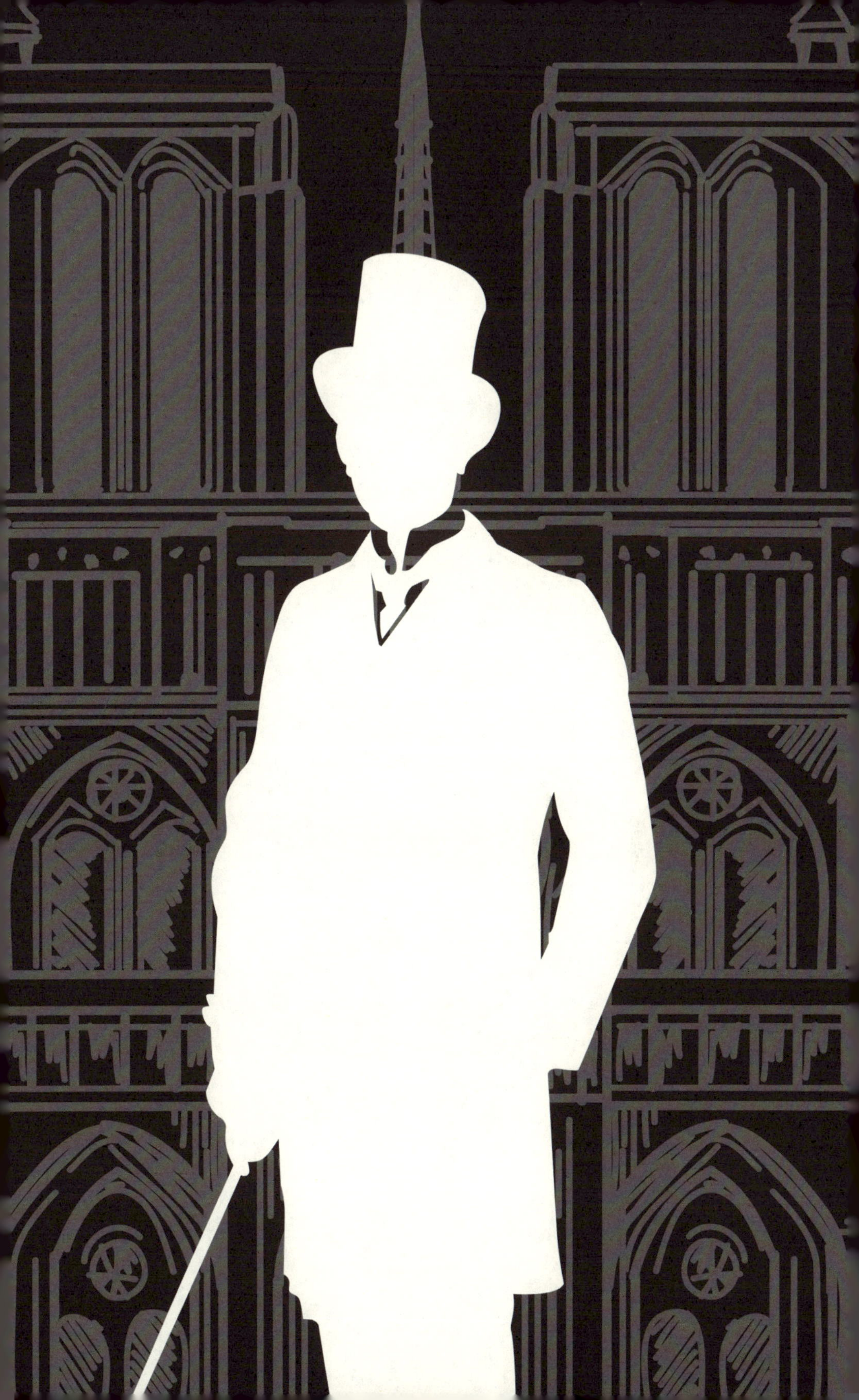

SOBRE O AUTOR

Maurice Leblanc

Maurice Leblanc

Nascido em Rouen em 1864, falecido em Perpignan, em 1941, Maurice Leblanc é o segundo filho de Emile Leblanc, proprietário de navios mercantes, e Mathilde Blanche, filha de tintureiros ricos. Desde muito cedo se dedicou ao jornalismo e à literatura negando-se a seguir a carreira de seu pai e "foi fazer Paris" para escrever.

Seu primeiro romance, *Une Femme*, de 1893, foi muito apreciado e em 1901, ano em que publicou o romance autobiográfico *L'Enthousiasme*, já havia entrado para o círculo da literatura parisiense do qual fazia parte Stephane Mallarmé e Alphonse Allais. Seus contos, publicados no *Gil Blas*, colocaram-no na melhor posição dos contadores de histórias. O personagem Arsène Lupin, encomendado pela *Je sais tout*, rendeu-lhe um sucesso tão avassalador quanto inesperado.

Em 1907, dedicou-se exclusivamente a Lupin. Todavia o autor parecia ressentido, a exemplo de Sir Arthur Conan Doyle e o sucesso alcançado com Sherlock Holmes. Várias vezes tentou criar outros personagens, como o detetive particular Jim Barnett, mas eventualmente os fundia com Lupin. Leblanc também escreveu dois notáveis romances de ficção científica: *Les Trois Yeux* (1919), no qual um cientista faz contato televisual com Vênus de três olhos, e *Le Formidable Evènement* (1920), em que um terremoto cria uma nova massa de terra entre a Inglaterra e a França.

Maurice Leblanc era um socialista radical e livre-pensador e buscou inspiração para seu famoso personagem no anarquista Marius Jacob, que realizou 150 assaltos que lhe renderam 23 anos de prisão. Em 1910, ele tentou matar seu herói, mas, devido à inconformidade do público leitor, acabou ressuscitando-o.

Em 1918, Leblanc comprou uma casa em Étretat, mas refugiou-se (da Segunda Guerra) em 1939 em Perpignan, onde morreu de pneumonia em 10 de novembro de 1941.

Maurice Leblanc na primeira página da revista *Je sais tout*.
Edição nº 45 de 15 de outubro de 1908.

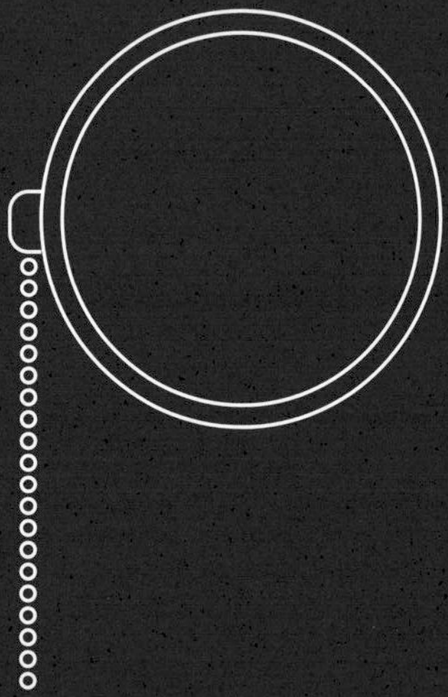

CURIOSIDADES

ARSENE LUPIN
versus HERLOCK SHOLMES

By MAURICE LEBLANC

Livro: *Arsène Lupin contra Herlock Sholmes*

A maioria dos leitores talvez só tenha conhecido o famoso ladrão de casaca após a versão da série *Lupin*, lançada pela Netflix, em 2021. No entanto, a história é bastante conhecida no mundo de língua inglesa, e na França, como era de se esperar, é parte daquilo que é necessário saber para ser considerado um francês legítimo. O mestre do disfarce e detetive amador apareceu em várias histórias curtas e romances, entre 1905 e 1939.

Arsène Lupin contra Herlock Sholmes é uma coletânea de duas histórias escritas por Maurice Leblanc, sobre as aventuras opondo Arsène Lupin a Herlock Sholmes. É uma continuação de Arsène Lupin, ladrão de casaca, notadamente a última história em que Herlock Sholmes chega tarde.

Esta aventura de Arsène Lupin, com cenário e tom humorísticos, contrasta com as obras mais sombrias de Leblanc, entre elas o livro seguinte, *A agulha oca*, com uma participação trágica de Sholmes.

Livro: *Arsène Lupin contra Herlock Sholmes*

Série *Lupin* | Netflix

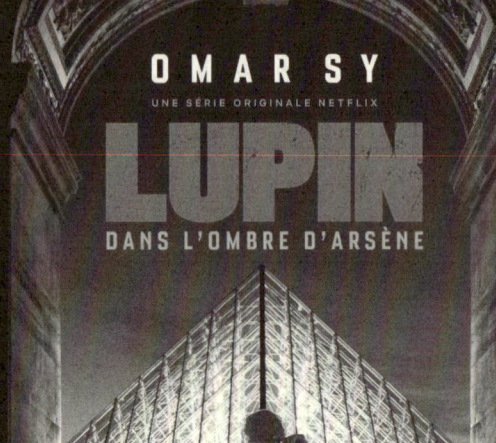

Lupin, série da Netflix (2021)

 A história segue o ladrão profissional Assane Diop, único filho de um imigrante senegalês, que veio à França em busca de uma vida melhor para seu filho. O pai de Assane é acusado de roubo de um caro colar de diamantes por seu empregador, o rico e poderoso Hubert Pellegrini, e se enforca em sua cela de prisão por vergonha, deixando o adolescente Assane órfão.
 Vinte e cinco anos depois, inspirado por um livro, sobre o ladrão cavalheiro Arsène Lupin, que seu pai lhe dera no dia do seu aniversário, Assane propõe se vingar da família Pellegrini, usando seu carisma e habilidades de subterfúgio e disfarce para expor os crimes de Hubert.

EDIÇÃO PANDORGA

Capa comum
3 volumes
Marcadores + Pôster

Box

Acompanha:

- 3 livros
- Pôster
- Marcadores

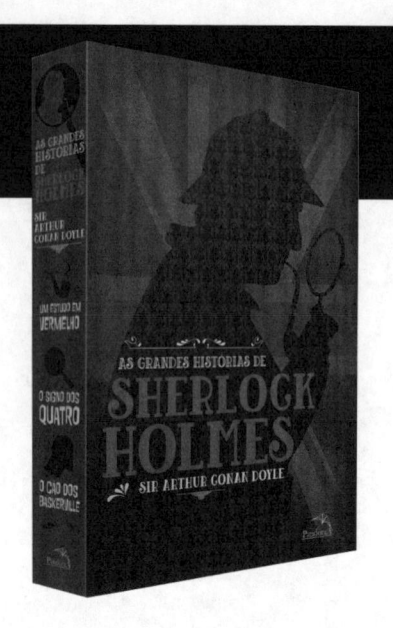

As Grandes Histórias de Sherlock Holmes

Nesse box o leitor encontrará três obras do autor Sir Arthur Conan Doyle, criador de Sherlock Holmes, o detetive ficcional mais popular da história. São eles: Livro 1, Um estudo em vermelho, Livro 2, O signo dos quatro, Livro 3, O cão dos Baskerville.

Um estudo em vermelho, presente nesse box, publicado em 1887, introduz ao público aqueles que se tornariam os mais conhecidos personagens de histórias de detetive da literatura universal. Em O signo dos quatro, Holmes está ainda mais confiante em sua técnica de dedução e se envolve em uma aventura repleta de drama e suspense: assassinatos, as figuras de um pigmeu e um homem com perna de pau, roubo, traições, com direito a uma cinematográfica perseguição pelo Tâmisa. Em O cão dos Baskerville, considerado best-seller e melhor romance policial já escrito, Holmes volta em um enredo de horror gótico em que as pistas são estranhas e os suspeitos não são poucos. Baseado em lendas locais sobre cães sobrenaturais e fantasmas que buscam vingança, é mais um caso brilhante para o imbatível detetive de Baker Street resolver.

Capa dura, edição luxo com alto-relevo

Edição luxo

Acompanha:

- Pôster
- Cards
- Marcador exclusivo

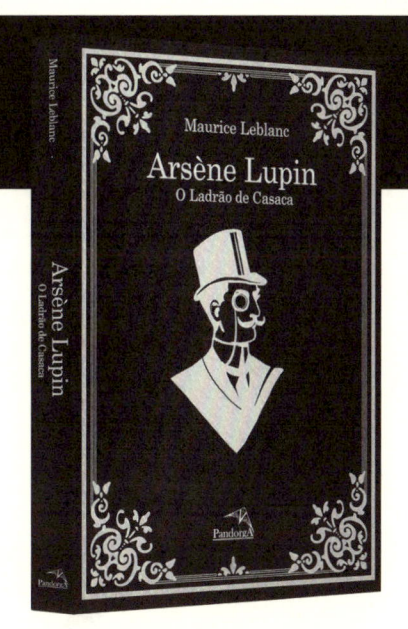

Arsène Lupin: o ladrão de Casaca

Arsène Lupin, o ladrão de Casaca é uma coletânea de nove histórias do escritor francês Maurice Leblanc que constituem as primeiras aventuras de Arsène Lupin.

O editor da revista francesa *Je sais tout* encomendou a Maurice uma novela policial, cujo herói fosse para França o que era para a Inglaterra o detetive Sherlock Holmes, de Sir Arthur Conan Doyle.

Nasceu assim Arsène Lupin, personagem vivo, audacioso, impertinente, desafiando sem cessar o Inspetor Ganimard, arrastando corações atrás de si, zombando das posições conquistadas e ridicularizando os burgueses, socorrendo os fracos, Arsène Lupin é um Robin Hood da Belle Époque.

Nessa edição especial em capa dura, o leitor encontrará a versão integral do texto, traduzido diretamente do francês. Acompanham pôster e marcador exclusivo.

INFORMAÇÕES SOBRE NOSSAS PUBLICAÇÕES
E ÚLTIMOS LANÇAMENTOS

PandorgA

editorapandorga.com.br
/editorapandorga
@pandorgaeditora
@editorapandorga